古典詩歌研究彙刊

第十四輯

龔鵬程 主編

第 15 冊

清初詠物詩研究（上）

劉利俠 著

國家圖書館出版品預行編目資料

清初詠物詩研究（上）／劉利俠 著 — 初版 — 新北市：花木
蘭文化出版社，2013〔民 102〕
目 4+180 面；17×24 公分
（古典詩歌研究彙刊 第十四輯；第 15 冊）
ISBN 978-986-322-458-7（精裝）
1. 詠物詩 2. 清代詩 3. 詩評
820.91   102015002

古典詩歌研究彙刊
第十四輯 第十五冊   ISBN：978-986-322-458-7

清初詠物詩研究（上）

作　　　者 劉利俠
主　　　編 龔鵬程
總 編 輯 杜潔祥
出　　　版 花木蘭文化出版社
發 行 所 花木蘭文化出版社
發 行 人 高小娟
聯絡地址 235 新北市中和區中安街七二號十三樓
　　　　　電話：02-2923-1455／傳真：02-2923-1452
網　　　址 http://www.huamulan.tw 信箱 sut81518@gmail.com
印　　　刷 普羅文化出版廣告事業
初　　　版 2013 年 9 月
定　　　價 第十四輯 17 冊（精裝）新台幣 24,000 元

清初詠物詩研究(上)

劉利俠 著

作者簡介

劉利俠，1973 年 12 月出生，陝西西安人。1996 年畢業於西安建築科技大學機械系，2000 進入陝西師範大學，師從霍有明教授研習中國古代文學，2003 年獲碩士學位，2011 年獲博士學位。現為西安外事學院中文系副教授，西北大學中國文學博士後流動站研究人員，主要從事清代詩歌、詠物詩學及《全唐文》研究。

提　　要

　　清代是一個集大成的時代，也是古典詩歌在元明兩代沉寂之後厚蓄勃發的時代。清初社會動盪，知識份子所經歷的政治、道德、人格和身體的各種考驗，使得埋藏在內心深處的正義之心、民族意識和悲憫情懷被喚醒。這些深厚的情感，融合了現實的巨大痛苦和強烈的人生挫敗感，構織成抒情文學盪氣迴腸的主旋律。或畏於清政府的政治恐怖，或礙於繁密的文化禁錮，清初詩人習慣於用一種曲折隱晦的方式書寫內心激盪的情感。他們或以落花遙寄故國之思，以良禽香草喻己之忠貞，或借舊物古跡抒寫感時傷亂的情懷。那些為形勢所迫，失節仕清的文人，則多了一層道德的負累，內心的諸多幽怨更需借詠物婉轉說出。隨著社會的穩定，成長於清初的一批文人步入仕途，在詩歌領域取得了主導的地位，亂世文學的氣氛逐漸消退，承平的氣象顯露出來。然而，文字獄、禁書令，獨斷恐怖的文化政策，嚴重束縛了知識份子的思緒和創作。出於對惡劣的政治與文化環境的適應，詩歌的現實性與抒情性隨之減弱。臨摹物態來展現才情，達到怡情遣性目的的詠物詩成為文人風尚。清初詠物詩作為清詩重要的組成部分，不僅代表了清詩所取得的成就，而且集中體現了清代獨特的時代精神和文化風貌。

目次

上編　總體論

緒　論

　　對清詩的價值認同，在學術界經歷了一番波折。自清王國維提出
「一代有一代之文學」，標舉唐詩，之後便有了三唐之後無詩的定論。
梁啓超在《清代學術概論》中不僅將清代文藝的價值徹底否定，並且
特別指出：「其文學，以言夫詩，眞可謂衰落之極」〔註1〕。清代學者
的自我否定，爲後世對清詩的評價定下了基調。之後，又有過魯迅「好
詩被唐人做盡」，聞一多「詩的發展到北宋實際上也就完了」的論斷，
使清詩的被冷落成爲了必然。新文化運動對舊體詩的責難自然無可厚
非，其不利的影響卻一直延續了半個世紀。1983 年，蘇州大學召開
了首屆清詩討論會，是新時期第一次對清詩認識價值的反思和糾正。
這次名家雲集的學術盛會，是當代清詩研究的重大轉折，開創了清詩
研究的新局面。在這次會議中，最具代表性的成果是對清詩歷史地位
的重新審視，並且得出以下結論：一，從數量而言，清詩作家的眾多
和作品的豐富遠遠超過唐宋；二，從作品質量上說，許多名家、大家
的優秀作品，較之前人不僅毫無遜色，而且有不同程度的發展和超
越；三，清代詩歌根植於特定的歷史環境之中，其反映的思想內容是
新鮮而獨特的；四，在藝術形式上，清代詩歌流派之多，詩學研究之
深，亦非前代可以比擬；五，從歷史地位來看，清詩是對中國古典詩
歌的完美終結。

〔註 1〕梁啓超《清代學術概論》，上海古籍出版社，1998 年版，頁 101。

　　80 年代以來，清詩研究取得了前所未有的成就。不論是清詩選本、別集的出版，文獻資料的彙編，多部重要的清詩史的問世，都使我們深切感受到前輩學者爲之付出的努力。然而，正如嚴迪昌在《清詩史・緒論之一》中所說：「從整體看，該領域的開拓和研究是滯緩的。無論其涉及的廣度抑是深度，均與中國詩史的這一不可或缺的組合部分極不相稱」〔註2〕。在近 30 年裏，每一時期雖不乏具有重要學術價值的清詩研究專著問世，但「近年新出的幾種文學史中，清詩所佔的份量和論述，並沒有很大改觀」〔註3〕。這說明，對於清詩文學價值的認識和發掘，依然任重而道遠，需要我們後輩學人付出加倍的努力。

　　詩歌是數千年無數文人騷客創作的首選。其博大精深之處，更是難以想像。就詩歌形式而言，有四言、五言、六言、七言、雜言，有古體、近體，有樂府、律詩、絕句，可謂異彩紛呈。就詩歌題材來說，有詠物詩、詠史詩、宮怨詩、應製詩、邊塞詩、貶謫詩等等，更是不勝枚舉。此外，又有風格、流派的不同，還有官宦臺閣、文人士子，以及布衣平民、遺民隱士等不同的創作群體獨特的審美體驗與藝術追求。胡行之在《中國文學史講話》中說：「所謂歷來中國傳統文學的各種，都復興於清朝，把它重現，把它做個總結束」。〔註4〕有清一代，作家數以萬計，詩歌數量更是難以想像，對清詩「復興」與「總結」的文學史意義的探究與闡釋，是一個龐大而艱巨的工程，絕非數人之力能夠完成，也並非區區幾部數十萬字的論著能夠盡言。在此情況下，將選題專門化、細緻化是可行和必要的。選取一個文學現象，或者一個角度，或者某一個詩歌樣式、某一種題材、某一個流派、某一種風格進行研究，在廣泛瞭解清代的發展狀況之後，展開與其他歷史時期的縱向比較，融入詩學理論和審美文化的研究，得出具有文學史

〔註2〕嚴迪昌《清詩史》，浙江古籍出版社，2002 年版，頁1。
〔註3〕王颺《清詩歷史地位再評議》，《蘇州大學學報》，2006 年第 1 期。
〔註4〕胡行之《中國文學史講話》，光華書局，1932 年版。

意義的結論，這是一種研究清詩的新思路。

　　本文選題「清初詠物詩研究」是對清詩的分題材斷代研究，旨在探討詠物詩這一詩體在清代初期的發展及其對文學傳統的繼承和創新。

　　蔣寅在《清代文學論稿》中說：「清代文學的歷史分期較以往任何一個時代都要困難，難點在於清代二百多年的歷史上橫跨著一個比附政治史上的『近代』概念而生的『近代文學』概念。」〔註5〕清代橫跨「古代」與「近代」兩個不同概念的歷史，又是農業文明向工業化轉型的重要時期。新舊、中西文化的相互干擾造成了清代文學現象的複雜化，給清詩研究造成了一定的難度。清詩的分期，學術界主張四期者居多，只是對各期的斷限稍有分歧。清代學者揚希閔在《詩榷》中的劃分方法為：順治至康熙三十年、康熙中至乾隆四十年、乾隆中至道光末及咸豐以後。〔註6〕本文在此基礎上，將清初從順治至康熙三十年的時段稍作後延，主要為了保證對一些重要詩人的創作進行較為完整的研究。此外，康熙四十五年所編選的《佩文齋詠物詩選》，是詠物詩史上的重大事件，作為詠物詩的重要專集也不得不察。所以，本文選取順治至康熙中後期 60 餘年的詩歌為研究對象。這一時期，遠離了「近代」西方與工業化思潮的影響，保留了較為純粹的農耕社會的文化積纍，不論是文人的思想以及藝術表現方法，都表現出較強的民族性和傳統性。而且，這一時期，是社會動蕩趨於穩定的關鍵時期，也是亂世文學向治世文學逐漸過渡的時期。詩人群體構成極為複雜，遺民、貳臣和新進士人共享著同一片天空，道德、欲望和人性相糾纏，悲憤、愧恥和希望相交織。這些，使得詩歌表現出一種既慷慨悲壯又沉鬱哀婉的深刻與厚重，具有較強的文學和藝術價值。與此同時，生活在這一複雜惡劣的政治環境下的知識分子，面臨著社會動亂、民族敗亡的雙重災難，承擔著生存與道德的雙重責難，他們的

〔註5〕蔣寅《清代文學論稿》，鳳凰出版社，2009 年版，頁 6。
〔註6〕轉引自蔣寅《清代文學論稿》，鳳凰出版社，2009 年版，頁 8。

抉擇和體驗，是對民族性格和中國傳統的文人精神最生動的詮釋和考驗。

詠物詩是我國最古老並且蘊含著豐厚文化底蘊的詩歌樣式。傳說中葛天氏的《玄鳥》，黃帝的《雲門》和虞舜的《南風》，都已頗具詠物詩的風味。自原始歌謠始，詠物詩便根植於中國肥沃的文化土壤之中，萌發、生長，最終枝繁葉茂，成為古典詩歌中的一棵參天大樹。詠物詩的內容極為豐富。宏觀來說，一些山水詩、詠史詩和題畫詩，都可包含在詠物詩之列。並且，詠物是中國詩歌「賦、比、興」手法最突出的體現，也是中國古典文學含蓄、蘊藉的藝術美的典範。詠物詩作為中國古代抒情詩的一大類，具有特殊的研究價值。

「詠物」作為一種抒情手段，是詩情和技巧的完美結合。詠物詩的繁榮，離不開詩歌藝術技巧的成熟和文人士子詩情的高漲。清代是中國古代詩歌的最後階段，也是幾千年深厚的文學創作積澱最後勃發的時期。清初的幾十年，社會動盪，知識分子所經歷的政治的、道德的、人格的和身體的各種考驗，使得埋藏在內心深處的正義之心、民族意識和悲憫情懷被喚醒。這些深厚的情感，融合了現實的巨大痛苦和強烈的人生挫敗感，構織成這一時期抒情文學蕩氣迴腸的主旋律。或畏於清政府的政治恐怖，或礙於繁密的文化禁錮，清初詩人習慣於用一種曲折隱晦的方式書寫自己內心激蕩的情感。他們或以花落之景遙寄故國之思，以良禽香草喻己之忠貞，或借舊物古迹抒寫一種感時傷亂的情懷。那些為形勢所迫，失節仕清的文人，由於多了一層道德的負累，其內心的諸多幽怨更需婉轉道出。於是，詠物成為這一時期最重要的抒情方式。而隨著社會的穩定，成長於清初的一批文人步入仕途，並且在詩歌領域取得了主導的地位。這時，亂世文學的氣氛逐漸消退，一種承平的盛世氣象展露出來。然而，文字獄、禁書令，獨斷而恐怖的文化政策，嚴重束縛了知識分子的思緒和創作。出於對惡劣的政治與文化環境的適應，詩歌的現實性與抒情性也隨之減弱。以臨摹物態來展現才情，達到怡情遣性目的的詠物詩也成為文人風尚。

還有圍繞詩歌的審美趣味而展開討論的「神韻說」、「格調說」、「性靈說」、「肌理說」，都與詠物詩的美學內涵的發掘相關。這種風氣，貫穿清統治的整個歷史時期。由此可知，詠物詩是清詩重要的組成部分，不僅能夠代表清詩所取得的成就，而且集中體現了清代獨特的時代精神、文化風貌。清代在詠物詩創作和詩歌理論研究上所取得的豐碩成果，不僅是對古代詠物詩最完美的終結，更以一種前所未有的包容與自信，爲我們提供了傳承文化傳統的精神典範。

　　本文選取清初詠物詩進行集中的討論，從詠物詩這一傳統而又特殊的視角，揭示清初詩歌獨特的風貌，體察清初文人沉痛而複雜的心靈。這不僅在清詩研究中顯得極爲必要，而且對於詠物詩來說，更是對其文學表現力和藝術價值的重大揭示。

第一章　清初詠物詩思想通論

　　明清之際，對漢族文人來說，是一段不願回首的噩夢。舊朝腐
敗與暴虐的陰影尚未散去，戰爭便如狂風暴雨般席卷而來，天崩地
坼、水深火熱。在他們身上，舊的創傷還未平復，新的摧殘已無處
遁逃。家園化爲灰燼，身體流離失所。更爲不堪的是，那理性與感
情、社會與個人、高尚與卑微挾裹下的生存與毀滅的抉擇，是那樣
地艱難。於是，在這步履維艱的時代裏，在多重精神負累的重壓下，
有了不同的群體，有了不同的姿態。但無論遺民也罷、貳臣也罷，
亦或是新朝的新進士子也罷，沒有誰能夠擺脫沉重。最終，在經歷
了巨大的痛苦、矛盾和困惑之後，一切終將得以消解，一切又將趨
於平靜。然而，這又是一個漫長的過程，需要大約一個甲子的時間，
枉費幾代人共同的承受。詩的魅力，在於生動而準確地傳達了人的
心聲。這一時期的詠物詩，和其他詩體一樣，承擔著整個時代的痛
苦，描繪著詩人們脆弱而複雜的心理歷程。在這血與火的時代，在
慷慨沉痛的詩情激蕩下，詠物詩以其獨特的抒情方式，展現了超強
的人文關懷和藝術魅力。

第一節　詠物詩中的遺民精神
　　從夏、商、周始，中國的歷史被頻繁的改朝換代分割成許多的線

段，在每兩條的交接處，總會出現一批出於對舊朝特殊的情感而不願出仕新朝的人。這一類人，我們習慣稱之為遺民。遺民在中國文化中，帶有一種群體性的精神特徵。伯夷叔齊耿直迂腐，屈原激憤深情，四皓瀟灑飄逸，陶淵明淡泊浪漫。正是這些被看作中國歷史上最古老的遺民，開創了遺民文化中最獨特豐富的人格傳統，規定了後世遺民精神的主旋律。對於傳統文學來說，遺民文學是重要的組成部分。尤其是屈子的《橘頌》和香草，陶令的《停雲》、《歸鳥》和南山下悠然綻放的籬菊，開創了遺民詠物抒情的傳統，詠物詩也成為遺民塑造自我和抒寫情感的重要手段和載體。

一、遺民詠物詩的思想傳統

遺民詩詠物抒懷，可以追溯到伯夷、叔齊的《採薇歌》。之後，有「周大夫行役之宗周，過故宗廟宮室，盡為禾黍，閔周室之顛覆，仿徨不忍去」〔註1〕而作之《黍離》，也是典型的遺民詩。此外，聞名於漢初的「商山四皓」，亦有《紫芝》之歌傳世。當然，「古之遺民，莫盛於宋」〔註2〕。宋末，遺民作為一個社會群體大量出現，而此時也成為遺民詩，尤其遺民詠物詩發展的重要階段。如謝翱、劉辰翁、鄭思肖等重要的遺民詩人，其詩善詠小物而託以大義，「其稱小，其旨大，其辭隱」〔註3〕，不僅擴大了遺民詠物詩創作的規模，而且以豐富深厚的情感意蘊，強烈動人的藝術感染力，為這一傳統的詩歌形式注入悲壯、嚴正的人文氣質，大大提升了其文學價值，對後世，尤其是明末遺民詩也產生了重要影響。以下，筆者從情感思想方面，對宋末遺民詠物詩作一簡略論析。

1、抒寫「天高不可訴，宿憤何時平」的悲劇心理

「遺民則惟在廢興之際，以為此前朝之所遺也」。〔註4〕在中國

〔註1〕朱熹《詩經集傳》，上海古籍出版社，1987年版，頁29。
〔註2〕邵延採《思復堂文集》，浙江古籍出版社，1987年版，卷三。
〔註3〕任士林《松鄉集》，四庫全書本，卷四。
〔註4〕歸莊《歸莊集》，上海古籍出版社，1984年版，頁170。

古代漫長的歷史進程中，朝代更替以數十計。而宋末遺民數量的激增，則與民族淪亡不無關係。因此，不能忽視所謂的「夷夏之辨」。「夷狄之有君，不如諸夏之亡也」（《論語·八佾》）。早在孔子時，已將對異族的排斥，定格在文化上的格格不入。在宋儒眼裏，華夏人「生長理皇聖德汪洋之中，飛躍道化流行之下，詩書理義誠明其心，衣冠禮樂光華於躬。」〔註5〕（鄭思肖《心史·久久書》）而異族之類，「不論道理，純是力、財、色、食四事」（鄭思肖《心史·大義略敘》）。文化的差異，形成了根深蒂固的鄙視：「夷狄行中國事，非夷狄之福，實夷狄之妖孽。譬如牛馬，一旦忽解人語，衣其毛尾，裳其四蹄，三尺之童見之，但曰『牛馬之妖』，不敢稱之曰『人』」（鄭思肖《心史·雜文·古今正統大論》）。趙宋的亡國，不僅僅是一姓之朝的敗亡，更是民族的災難和漢文化的覆滅。對於視傳統社會秩序和文化精神爲生命的宋遺民來說，其內心所承受的巨大痛苦是可想而知的。所以，對宋遺民人格的界定，絕不應簡單停留在戀國和忠君上。而對於這一群體強烈的民族情感，也不能草草地給予「狹隘」的評價。不論如何，熱愛民族文化，保持強烈的民族自尊心是難能可貴的。明末王猷定在《宋遺民廣錄序》中說：「存宋者，遺民也」，正是看到了遺民群體對漢民族文化和精神傳統的保持。如果說對舊朝的懷戀以及強烈的民族自尊使大量的文人自主性地選擇了與元政府的對立，那麼，蒙古民族在入主中原時對漢民族所犯下的滔天罪行，統治者對南方士子在政治上的打壓，以及與文人前途緊密相關的科舉之路的斷絕，也使得「遺民」成爲許多人唯一可供選擇的生存方式。通過以上的分析，我們可能深切體會宋末遺民內心世界的複雜和沉痛。所以，他們的姿態，絕沒有伯夷叔齊「不食周粟」，「不降其志，不辱其身」的瀟灑，他們的歌詠自然也無「商山四皓」《紫芝歌》般的明快。

　　宋遺民的詠物詩創作，首先是一種情感的自我排遣。他們渴望能

〔註5〕鄭思肖《鄭思肖集》，上海古籍出版社，1991年版。

夠尋求一種心理的依託，一種精神的默契，以此來驅散內心的孤獨和脆弱。而這種精神的渴求，在人與人之間難以真正地實現。於是，他們將目光轉向了外界，在自然和外物中去尋找知己，通過對物的歌詠，實現對自我內心的體照。如林景熙《精衛》：

> 形微意良苦，前身葬長鯨。
> 天高不可訴，宿憤何時平。
> 欲填東海深，能使西山傾。
> 山傾海乃深，日夜空悲鳴。
> 情知力不任，誓將畢此生。〔註6〕

詩原注也曾提到：「陶淵明、韓退之皆有詩」。但陶、韓二詩，推崇的是精衛作為弱者的「猛志」和「專精」。而林景熙的詩於此之外，賦予了這一形象悲劇性的內涵。「前身藏長鯨」強調了命運之悲；「天高不可訴，宿憤何時平」，突出對現實的憤慨；「山傾海乃深，日夜空悲鳴」則又是一種絕望。以上幾點，抒寫的正是宋末遺民面對民族和國家的敗亡，空懷報國之志，卻又無力迴天的悲憤之情。對於眾多的宋遺民來說，這種強烈的悲情意識是相通的。

> 未是扶搖得意時，籠中日月且相依。
> 一身天地宜閒過，四面風塵莫遠飛。
> 老樹無枝空悵望，春山何處不知歸。
> 憑君愛取新毛羽，休向花前怨落輝。(連文鳳《籠中鳥》)

身處異族殘暴的統治之下，日月無光、天地變色。縱有遠著之志，亦是徒設昔心，任歲月蹉跎。詩中，無枝的老樹，是已經黯然逝去的南宋王朝，是遺民們內心永遠的的精神歸宿。如果政治的春天不會到來，他們的靈魂永遠找不到棲息。這裏，無樹可依而又振翅難飛的籠中之鳥，是詩人對自我生存的艱難狀態最貼切的比喻。在另一詩中，詩人又以「寄生樹」自比：「吾每歎吾生，幽思繼以泣。託根非其所，舉世淪以習。老枝年歲晚，病葉風雨急」(連文鳳《寄生樹》)。此詩

〔註6〕本文所引宋遺民詩皆出自傅璇琮等編《全宋詩》，北京大學出版社，1999年版。

的深刻之處，在與不僅寫出了自我命運的悲劇，而且還揭示出了這一悲劇的根源。「嗟哉寄生樹，微根不自立」。中國古代的知識分子，對封建王朝精神上的依附，是其共同的人格缺憾。生活在太平盛世，注定要遭遇懷才不遇、仕途蹇澀，以及排擠、貶謫的精神折磨。生活在亂世，將人生的悲喜榮辱，靈魂、精神，統統託付給一個搖搖欲墜、腐朽不堪的政權。一旦日落西山，便從此無可皈依。無論身處何地，靈魂永遠流浪。再如謝翱的《種葵蒲萄下》，以葵藿自比，慨歎不幸生於藤蔓之下，與日光無緣，只能自甘凋零。其寒苦、寂寥和空虛的心境，與前詩同調。

　　花也是宋人的慣詠之物。但宋代遺民的詠花詩依然具有強烈的悲情意識。前人詠花，意在遣興，以寫花之形色、神態為主，盡現花之美艷。而宋遺民的詠花詩，往往寫野叢、深谷、雨中、秋冬之花，賦予了花超於常態的身世背景和淒婉氣質。如謝枋得的《荊棘中杏花》，通過將流落荊棘和生長於京師園圃中的杏花之命運對比，在慨歎「天公無心物自物，得意未用相陵誇」的同時，將「曲池芳徑非宿昔」的不幸之花與「蒼苔濁酒」的自我命運緊緊相連。林景熙《秋日榴花》中，將春日裏開放的榴花，「移植」於「清霜下百草」的秋日。「燕逝蟬無聲，園林迹如掃」，是詩人內心寂寥的體現，而「飄零餘寸丹，耿耿歲華老」所闡釋的，是詩人對已逝的大宋王朝複雜、綿遠的懷戀，及情感無處託付的幽怨。再如謝翱的《雨後海棠》：

> 春光搖搖一萬里，野粉殘英空蜀水。
> 天人愁濕紅錦窠，萬里移根淚如洗。
> 蒼苔裏枝雪墜地，雨中聞有西南史。
> 化為黃鵠凌空飛，開時銜花落銜子。
> 綠章青簡下蓬萊，滯魄遊魂恨未已。
> 至今鸚鵡啼猩紅，不隨明月葬空中。

蜀地的海棠、杜宇構成了一幅淒美的畫面，而且極易使人與亡國的詩題相聯繫。詩中雖未點明，但「野粉殘英空蜀水」、「萬里移根淚如洗」、「滯魄遊魂恨未已」等描寫，足以令讀者遐想連篇。詩中的海棠，不

僅有頗似亡國的身世背景和悲情體驗，而且被賦予了堅韌的鬥爭精神。「化爲黃鵠淩空飛，開時銜花落銜子」。在奇譎的想像中，詩人現實中無處施展的心志得以一逞而快。

在諸多花品中，宋遺民最愛梅花。梅花生長於深冬之中，這與遺民所感受到的政治氣氛相契合；梅花獨放的清香、淡雅的品質，最堪託付遺民艱難處境中的人格期許和落寞情懷。並且，梅花帶來的春的希望，又能爲黑暗的心靈增添些許光亮。「冷艷清香受雪知，雨中誰把蠟爲衣」（謝翶《臘梅》）、「百花頭上頭更高，空谷天寒弄幽質」（林景熙《賦梅一花得使字》）、「幾憑水驛傳芳信，只許沙鷗識素心」（林景熙《漁舍觀梅》）、「明年無限風花在，奪得春回是此花」（鄭思肖《梅花》）、「老枝猶帶深山雪，生意能回破屋春」（連文鳳《謝人惠梅花》）。在宋遺民詩中，梅花既是其內心世界的眞實寫照，也是其暗淡生活中的知己和伴侶。「江天欲雪未雪時，絕江探梅驢倒騎」，「一色白雲天似雪，和衣和雪宿梅花」（劉辰翁《探梅四絕》）。

2、刻畫「地走人行獸，春開鬼面花」的悲情世界

「宋人詩體多尙賦而比與興寡」﹝註7﹞，擅長議論而直抒胸臆是後人對宋詩的總體評價。在宋遺民詩中，也可以看到一些言語激憤的抒情詩，如鄭思肖《心史》中的《德祐六年歲旦歌》：「痛憶我君我父母，眼中不識天下人。不變不變不不變，萬挫以死無二心。」這樣的抒寫方式雖然酣暢直白，但不是遺民詩的主流。在宋遺民詩中，能夠明顯感受到唐詩「比與興爲之」的藝術精神的回歸。「蒙古貴族集團在政治上對南人的統治確實採取了頗爲罕見的高壓手段，但在文化控制方面卻是頗爲疏忽和寬容的」﹝註8﹞。這是宋遺民與明遺民在生存環境上的又一不同。而比興精神的回歸，對宋遺民來說，並不來自於政治的壓力，而是一種自主的藝術選擇。同時也說明，唯有比興這種中國詩歌藝術中最主流的表現手法，才能擔荷遺民群體強烈、深廣的

﹝註7﹞ 劉壎《隱居通議》，四庫全書本，卷七。
﹝註8﹞ 方勇《南宋遺民詩人群体研究》，人民出版社，2000年版，頁22。

情感訴求。在宋末元初的遺民結社中，影響最大的事件，莫過於「月泉吟社」所發起的詩歌徵集和評選活動。當時選題爲《春日田園雜興》，並且作了具體的說明：

> 詩居六義，興居其一。凡陰陽寒暑、草木鳥蟲、山川風景，得於適然之感而爲詩者，皆興也。……有因春日田園間景物感動性情，意與景融，辭與意會，一吟風頃，悠然自見，其爲雜興也，此眞雜興也。不明此意而爲此詩，他未遑悉論，往往敍實者多入於賦，稱美者多近於頌，甚者將「雜興」二字體貼，而相去益遠矣。（《月泉吟社·題意》）〔註9〕

所謂《春日田園雜興》，就是以春日田園風物爲吟詠的對象。但是，這種吟詠，不等同於傳統意義上的抒寫蕭散隱逸情懷的田園詩或純粹玩賞風花的詠物詩。公元 1286 年，元統治者下發了博採江南名士的命令，以此來消解普遍存在於江南士人群體中的對立情緒。對於江南遺民群體來說，面臨道德節操的嚴峻考驗。而隨之舉辦的吟詩活動，可以看做是一次集體性的「抗節」活動，既是對遺民文化的捍衛，也是遺民情緒的集體宣泄。在這次活動中，作爲直接描繪物色的「賦」和稱頌物色的「頌」都視作失格，而「興」成爲評判優劣的首要標準。很明顯，發起者正是要創作者通過眼前之景，眼前之物，來含蓄婉轉地抒寫自己的遺民情懷。這次由謝翶、方鳳、吳思齊等人參與舉辦的具有強烈政治意味的詩歌活動，其宗旨體現了遺民詩創作的總體傾向。「感動性情，意與景融，辭與意會」則可以看做是對宋遺民詠物詩藝術特徵的高度概括。而「陰陽寒暑、草木鳥蟲、山川風景」也同樣是遺民詠物抒懷的主要內容，其中，「春日」又是遺民詩中較爲集中的表現主題。

> 何苦懷芳草，無情綠又新。
> 年年生古道，步步是青春。
> 愁碧連分袂，飛紅墜舞衣。
> 一笻當秀野，萬里亦隨人。

〔註 9〕吳渭《月泉吟社》，清咸豐間浦江吳氏家刻本。

蒼茫成蕪楚，煙綿又濡秦。

長安紅紫陌，羅襪已生塵。（劉辰翁《春景·春草步步綠》）

劉辰翁曾分別選取四季風物加以歌詠。如他作《春景》詩 60 首，《夏景》詩 32 首，《秋景》詩 40 首，《冬景》詩 16 首，這些詩占其詩作總數量的 3/4。古人「傷春」，一般限於暮春，而且以閨情詩居多。但像劉辰翁這樣的春詩，卻是一個「愁」字了得，可謂「春光無限好，我卻為春愁」（真山民《春感》）。春天是一個讓人產生無限希望的季節，但對宋元易代的遺民來說，國家和民族的敗亡，個人命運的慘痛，使他們背負著沉重的情感負累。新朝日益鞏固的現實，又讓他們看不到任何人生的希望。於是，大地回春，步步緊逼，一年一年，宇宙的春天和自我的春天永遠脫節。「一聲幽谷鳥，滿眼故國花」，「尚存他日淚，又看一年花」（劉辰翁《春景·絕域改春華》）。春花、春鳥對他們來說，不能激起任何的愉悅，只會帶來徒勞的傷悲。所以，「無情」是他們面對新春所想要保持的態度。但是，面對一片片的蔥綠，他們卻又遏制不住如草般滋生的思緒。放眼千里，感受到的是戰亂之後的荒蕪；思接萬古，體會到了離合萬變、繁華如夢的虛妄。希望不能被點燃，卻只感到了莫名的疲倦，這是一種對生命的厭倦。

甚至有時，面對麗日的美好，遺民們還會產生一種本能的排斥和怨憎。

西園兵後草茫茫，亭北猶存御愛黃。

晴日暖風生百媚，不知作意為誰香。

（汪元量《廢苑見牡丹黃色者》）

天地無情正北風，飛鴻哀吟亂雲中。

此時縱使開千樹，不及東皇一點紅。（鄭思肖《小草花》）

在遺民的心中，政治的春天已一去不返。而此刻的流鶯飛花，只能是對新朝的迎合和粉飾。於是，這些嬌媚的花朵便多少被賦予了某種道德評判內容，不再具有任何的美感。「地走人行獸，春開鬼面花」（鄭思肖《辛巳歲立春作》），這可以說是「怒春」了。此種情緒，在傳統春詩中，絕無僅有。

　　在春日諸多物色中，最爲遺民憐念的是「子規」。這種亦被稱爲「杜宇」、「杜鵑」的鳥，因其叫聲頗似「不如歸去」，聞之使人鄉愁頓生。此外，它又傳說爲蜀王杜宇的精魂所化，暮春時節悲鳴不已，直至交口流血，將滿山的杜鵑染紅。於是，這個與亡國之君有關的文化符號，極易讓遺民與現實的政治境遇相聯繫，從而產生一種本能的親切。「杜鵑日日勸人歸，一片歸心誰得知？望帝有神如可問，謂余何日是歸期。」（謝枋得《春日聞杜鵑》）亡國的士子，與這位傳說中失國的君王一樣，再也找不迴心靈的歸宿。「衰蘭行客道，芳草斷腸詞。明日成愁蝶，殘陽又子規」（劉辰翁《春景‧公作送春詩》）。「衰蘭」、「芳草」的羈旅，「愁蝶」、「殘陽」的遲暮，都無法與子規啼鳴所引發的亡國哀痛相比。所以，無論如何的春景，有了「子規」的點綴，便打上了末世遺民的深深烙印，情感也變得更加沉重了。

　　傷春之外，宋遺民詩的又一主題是故地重遊的「黍離」之悲。蒙古是游牧的民族，元朝的建立，完全是對漢人殘暴的武力征服。蒙古軍所到之處，焚燒殺掠，給漢族民眾帶來了深重的災難。「昔聞天兵入西蜀，鞭鼓亂搥裂岩谷。金鞍戰馬踏雲梯，日射旌旗紅簌簌。黑霧壓城塵漲天，西方殺氣成愁煙。釣魚臺畔古戰場，六軍戰血平三川。」（汪元量《聞父老說兵》）西蜀乃形勝之地，又以富庶聞名天下，依然逃不了毀滅的厄運，更何況揮鞭可及的江南之地。「德祐初年二月二，元兵陷我蘇州地。城外蕩蕩爲丘墟，積骸漂血彌田裏」（鄭思肖《陷虜歌》）。雖然，這一段腥風血雨的歲月很快過去，但戰火留下的滿目瘡痍卻難以平復，留在遺民心頭的痛，也永遠不會消逝。

　　　繁華已成夢，登覽忽成塵。
　　　風物曠西子，笙歌醉北人。
　　　斷猿三竺曉，殘柳六橋春。
　　　太一今誰問，斜陽自水濱。（林景熙《西湖》）

六橋的衰柳、飛來峰上時斷時續的猿鳴與水濱的落日，共同構織成了一幅淒涼景象。想往日西湖之盛，讓人不忍卒讀。

重到揚州十載餘，畫橋雨過月模糊。

后皇廟裏花何在，隋帝堤邊柳亦枯。

陂麥青青嘶亂馬，城蕪冉冉落群烏。

人生聚散愁無盡，且小停鞭向酒壚。（汪元量《揚州》）

「以我觀物，物皆著我之色彩」。對客觀世界來說，並無所謂繁華與蕭瑟。斷壁殘垣，很容易被春日的深深草木所掩蓋。所以，詩中的淒涼，多是自詩人心中漾出。此種藝術效果，在於詩人對詩歌意象的有意篩選。「荒草」、「廢苑」、「衰柳」、「夕陽」都成為抒寫己悲不可或缺的組成。當然，在這些詩中，亡國的慘痛永遠不會被忘記。「陂麥青青嘶亂馬」、「笙歌醉北人」，「幾處王孫芳草地，胡僧相對坐看經」（連文鳳《湖上》）。這些，時刻提醒著詩人在游牧民族統治下的恥與痛。

3、「雕悴緣何事，青青憶舊叢」的悼念與控訴

雖然與清政府相比，元統治者表現出對文人詩歌禁忌的漠視，但生活在其打壓之下的遺民並非無所顧忌。所以，鄭思肖晚年，將記錄其心理歷程的《心史》，沉入蘇州承天寺井中。而曾經參加轟轟烈烈抗元運動的謝翱，也同樣能夠感到迫害的逼近，所以他的詩歌總顯得晦澀難讀。其詩集題名《晞髮集》，取自《楚辭‧九歌‧少司命》中：「與女沐兮咸池，晞女髮兮陽之阿」。一方面出於對屈原節操的仰慕，另一方面則是對楚辭「香草美人」比興手法的繼承。在謝翱詩中，《芳草怨》是一首突出體現楚騷精神的詠物詩：

湘雲離離沉曉月，疏麻夏死白水發。

傳芭楚女辭帳中，夜逐霓旌南過越。

荊岑越嶠殊百草，恨結柔絲香不老。

紅英搗鹽實斧創，青子滿地枝如掃。

刺桐樹朽猩猩在，佩雜芳蘺散秋海。

鄉來青鳳食花去，瞻望靈君涕零雨。

此詩的意境顯得惝恍迷離、幽曲難辨。但仔細品味，卻也不難把握。詩中的「靈君」，使人聯想到詩人心中的英雄和同志，當時遭遇囚禁的愛國將領「文天祥」。而「傳芭楚女辭帳中，夜逐旌旗南過越」，是

詩人對往日戰鬥生涯的追憶。「荊岑越嶠」的「百草」，是和詩人一起
戰鬥過的愛國志士。「恨結柔絲香不老」是他們矢志不渝的鬥爭精神。
而詩中百草遭遇「斧創」而「青子滿地枝如掃」的情境便是對志士們
捐軀國難，精神不滅的生動闡釋。所以，題爲《芳草怨》，實爲對愛
國者的悼亡之歌。

　　用詠物來隱喻政治和一些敏感的現實主題，在謝翱詩中表現得尤
爲突出：《池上萍》用池上的浮萍比喻那些喪失民族氣節而一味媚元
的無恥小人；《鐵如意》化自《晉書‧王敦傳》中「（王敦）以鐵如意
擊唾壺」之事，抒寫遺民心中鬱積的不平之氣；《文房四友歎》中以
文房四寶喻中國傳統文化。其序曰「兵後，四友流落，有訪得之者，
則頂禿足折，笏碎幅裂。自秦以來，未見吾黨獲禍如此之慘。」詩中
藉此來控訴元統治者對漢文化的扭曲和踐踏。「平身國士立橋下，誓
死守此漆身瘖。」抒寫了詩人傳承和捍衛民族文化的決心。

　　此外，謝翱的詠物詩還觸及到一些重要的歷史事件。如《瓊花
引》：

> 后土祠前車馬道，天人種花無瑤草。
> 英雲蕊珠欲上天，夜半黃門催進表。
> 酒香浮春露泥泥，二十四橋色如洗。
> 陰風吹雪月墜地，幾人不得揚州死。
> 孤貞抱一不再識，夜歸閶風曉無迹。
> 蒼苔染根烟雨泣，歲久幽魂化爲碧。

這亦是一首悼亡詩，悼念宋末愛國將領李庭芝。據宋史記載：德祐二
年，元軍攻破臨安，南宋謝太后攜幼帝乞降，並下詔令揚州守軍獻城。
時庭芝堅守揚州，謂守城將士曰：「奉詔守城，未聞有詔諭降也」（脫
脫《宋史》卷四二一）。遂拒不奉詔。後宋瑞宗於福州即位，庭芝往赴，
將守城之事託付副將朱煥。然所託非人，朱煥獻城投降。庭芝往救不
及，反遭賊手，以身殉國。瓊花是揚州的代表，有「維揚一枝花，四
海無同類」（韓琦《瓊花》）之說。其白如雪，清香宜人。而最爲奇特之
處，在於此花與揚州城的政治命運緊密相連。「在宋代歷史中，揚州

經歷了金元兩次南下侵奪，失城失地，慘遭災禍，瓊花也在兩次滅頂之災中枯萎凋零，並隨著南宋的滅亡而永遠消失。」〔註10〕詩中的瓊花，用來比喻守城英雄的忠烈與憤恨是極貼切的。「夜半黃門催進表」，分明隱射謝後的勸降；「孤貞抱一不再識，夜歸閬風曉無迹」是志士的赤誠無可託付，最終只落得瓊花枯萎、英魂升天的可悲下場。「蒼苔染根烟雨泣，歲久幽魂化爲碧」則是贊頌英雄雖死，猛志長存。這雖是一首詠物詩，但卻蕩氣迴腸，具有「史」的文學價值。

　　在元政府的暴行中，最令遺民激憤的莫過於楊璉眞珈發掘宋陵一事。楊璉眞珈是忽必烈的愛將，時任江南施教總攝。爲利所趨，在元政府的默許之下，率眾發掘宋帝后陵，盜其財寶，將屍骨拋灑草莽間。這一行徑，嚴重傷害了遺民的情感。在此情況下，謝翱、林景熙等展開了遺骨的拾取、掩埋活動，「親拾寒瓊出幽草，四山風雨鬼神驚」（林景熙《夢中作四首》）。謝翱詠物詩《古釵嘆》「白烟濕樵叟來，拾得慈獻陵中髮」，《廢瑟詞》「發埋空山販繒客，草中惟棄秦時瑟」等都涉及到了此事。眾遺民在掩埋遺骨之時，從宋帝殿移來多青樹植其上，故遺民多以「冬青」爲詠，抒寫一顆赤子之心和對趙宋王朝悲慘命運的深切哀悼。

> 冬青花，花時一日腸九折。
> 隔江風雨晴影空，五月深山護微雪。
> 石根雲氣龍所藏，尋常螻蟻不敢穴。
> 移來此種非人間，曾識萬年觴底月。
> 蜀魂飛繞百鳥臣，夜半一聲山竹裂。（林景熙《冬青花》）

以上可以看出，宋末的政治動蕩帶給文人前所未有且難以承受的災難，他們的心態與那些高蹈出世的古代先賢有著本質的不同。沒有古聖先哲的指引，找不到心靈的慰藉和精神的支撐，他們的內心顯得尤其狂躁和焦慮。這是宋遺民與後來的明遺民的重要不同。所以，詩歌對他們來說，更多的是一種悲劇情懷的自我宣泄和痛苦心

〔註10〕余吉生《宋代文人的瓊花書寫》，揚州大學學報，2008 年第 5 期。

靈的自我排解，是一種精神和心理的極度需求。而這種需求，往往借助詠物來實現，這也正是宋末遺民詠物詩多產的主因。可以說，宋末遺民詠物詩的繁榮，既是對遺民文化及文學傳統的繼承，也是這一群體在特殊的時代背景、生存環境和人生抉擇下，尋求精神支撐和情感宣泄的必然選擇。宋遺民創作的詠物詩，在中國詠物詩藝術園地中的價值不可忽視。

二、清初遺民詠物詩的思想內涵

「作爲一個社會群體，遺民文化創造中最具特色、最有成就者當爲詩歌，尤其是清初遺民詩，不僅是清詩的主流，而且在中國古代詩史上佔有相當重要的位置。」〔註11〕在清初遺民詩中，詠物詩佔有相當的比重，具有著不凡的成就。在本節中，我們將首先對清初遺民詠物詩的思想內涵，作一簡單的梳理和概括。

1、復明之志與亡國之痛

明清之際，是遺民文化繁盛的時期。這不僅僅因爲湧現出了大批不仕新朝的遺民，還在於思想家們對遺民問題的探討，將遺民精神作爲延續漢文化的中砥而推崇和倡導。在清初的討論中，逸民與遺民的區別作爲重要的命題被提出和討論。歸莊在爲朱子素《歷代遺民錄》所作序中說：「孔子表逸民，首伯夷、叔齊，《遺民錄》亦始於兩人，而其用意則異。凡懷道德不用於世，皆謂之逸民；而遺民則惟在廢興之際，以爲此前朝之所遺也。」〔註12〕這裏，對逸民來說，強調的是道德操守，對遺民來說，突出其與前朝的聯繫，但並未說明這種聯繫的具體內涵。王夫之在《周易內傳》中闡釋得更爲透徹：「遁其非時，則巢、許之逃堯、舜，嚴光、周黨之亢光武也；非其義，則君臣道廢，而徒以全軀保妻子爲幸，孟子謂小丈夫也。」〔註13〕綜其二者可知，

〔註11〕張兵《遺民及遺民詩之流變》，《西北師大學報》(社會科學版)，1998年第 4 期。
〔註12〕歸莊《歸莊集》，中華書局，1962 年版，頁 170。
〔註13〕王夫之《船山全書》，嶽麓書社，1996 年版，頁 291。

在明清之際的士大夫看來，遺民不同於逸民、隱士，首先在於其身處興廢易代之際，絕仕途之念；其次，遺民作爲前朝所遺，具有心繫前朝、對抗舊朝，心存舊主、不廢君臣之道的鮮明的政治傾向。故而眷戀故國、謀求恢復，在鬥爭無望之後，心存一腔赤忱和巨大的家國悲痛，是遺民精神最首要的內涵。

清初，許多的遺民如王夫之、顧炎武、屈大均等都曾投身復明的事業，或者積極奔走各地聯絡，等待時機；或者參與各種南明政權，寄予統一的希望。清初復明的烈火一直燃燒到順治末年南明政權的徹底敗亡，鄭成功的去世。直到康熙十二年的吳三桂叛亂，依然在遺民心中激蕩過波瀾。這漫長的三十餘年，對許多人來說，意味著人生的全部。遺民這種深埋於心中的復明渴望，付諸於筆端，卻無法直接地說出，便通過詠物詩表達出來。

> 萬事有不平，爾何空自苦？長將一寸心，銜木到中古。
> 我願平東海，身沉心不改。大海無平期，我心無絕時。
> 嗚呼！君不見西山銜木眾鳥多，鵲來燕去自成巢。
> （顧炎武《精衛》）

> 西山木，一日一枝銜未足，口血霑濡枝忽榮，化作扶桑向
> 陽谷。扶桑枝枝有一日，一日未終一日出。人間十日不妨
> 多，后羿彎弓休更彈。日光倘肯照心肝，但教燒得海水乾。
> 海水乾時精衛死，魂作一金鳥，與日相終始。
> （屈大均《精衛詞》）

精衛在中國文化中是不畏強暴、堅持理想、勇於拼搏的象徵。這一精神符號，在遺民詩中，成爲一個重要的意象，來託付恢復舊國的決心。在顧炎武的詩中，詩人以精衛自喻，抒寫自己九死不悔的鬥爭激情。詩中的燕鵲，作爲精衛的對照物，是詩人對那些置民族、國家大義於不顧、謀求私利者的諷刺。而屈大均這首《精衛詞》，則用浪漫的手法，構畫了一幅前仆後繼，最終取得事業成功的宏偉藍圖。「日」、「月」爲「明」，故清初遺民詩中，日、月常被作爲明的代稱。扶桑是神話中日出之地。這裏的十日，代表詩人想像中的多個復明政權，十日普

照的轟轟烈烈是臆想中的復明高潮。海水的乾涸，是清亡的象徵。而
精衛作爲復明的英雄，獻身事業，「與日相終始」，將永遠捍衛明王朝。
此詩作於康熙三十一年大均晚年，復明事業已淪爲無望。而他依然沉
迷其中，令人感歎。這種幻想，也許正是排遣失意，尋求自我慰藉的
方式吧。

　　遺民詩中，大雁也是常被用來抒寫復明志向的意象。大雁秋冬季
從北方飛到南方，這種看似尋常的習性，在身居南方的遺民看來，具
有特殊的政治內涵。辭北而向南，是棄清而投明（南方是南明政權的
所在）；秋冬季節，又具有不畏艱險，投身惡劣的環境的鬥爭精神；
遭人射獵，是時時可能遭遇的殘酷迫害；鴻雁傳書的傳說，又被賦予
聯絡革命者、傳遞勝利消息的光榮使命。

> 數聲嘹喔起汀沙，亂點晴空暮影斜。
> 六翮欲衝遼海雪，一行先別嶺南花。
> 但令處處無飛繳，莫恨年年不到家。
> 荇葉蘆芽春漸遍，無窮煙水在天涯。（陳恭尹《送雁》）

　　詩中的大雁，是放棄安逸生活，不畏險難、不計個人安危，爲復
明事業奔波勞苦的志士形象。滿族來源於東北，故而「遼海雪」在遺
民詩中便是清的指代。「六翮欲衝遼海雪，一行先別嶺南花」，用意極
爲明顯。聯繫同爲嶺南詩人的屈大均之忙碌奔走，以及與詩人的密切
交往，此處的《送雁》或爲屈氏送行之作，詩中充滿了對其堅定的鬥
爭意志的仰慕和歌頌。在清初遺民詩中，以雁爲喻抒寫復明心志，首
推王夫之的《雁字詩》：「分明扶日月，因革自春秋」（《雁字詩》十二），
「雲林添畫筆，中土不無人」（《前雁字詩》二）。這些遠征的大雁，是
詩人理想報負的外化。

　　在遺民詩中，寄託復明理想的意象還有很多，如梅花〔註14〕、
木棉、石榴等。「枝枝影爲朱天出，朵朵香同赤帝歸」（屈大均《紅石

〔註14〕梅花在嚴冬盛開，傳播著春天的消息。而春天，在遺民筆下，往往
　　　　代表著復明的希望。這一問題將在第九章詳細論述。

榴》)、「扶持赤帝南溟上，吐納丹心大火中」（屈大均《南海神祠木棉花歌》)。這些紅艷的花朵，暗合了明皇室的「朱」姓，代表了一顆復明的赤膽忠心。與屈大均不謀而合，陳恭尹也有一首《木棉花歌》，「祝融炎帝司南土，此花無乃群芳主。巢鳥須生丹鳳翄，落英擬化珊瑚樹」，將朱紅的木棉花比作南明政權，希望其後繼有人。詩歌結尾「願爲飛絮衣天下，不到邊風胡雪寒」，以木棉飛絮爲天下人製衣預祝南明的最終統一。

當清的統治逐漸鞏固，南明的各個政權草草收場，留給遺民的只有莫大的失落感。逐漸，強烈的亡國之痛和末世情懷代替了復明的希望。在明遺民詠物詩中，落花是表現這種情感最典型的意象。那在空中如細雨般飄搖翻飛最終零落的花瓣，代表著美好事物的消逝、不可挽回的無奈和觀者無限的眷戀與傷感情緒。歸莊在《落花詩序》中說道：「落花雖復衰殘之景，題詠多作穠麗之詞，即有感歎，不過風塵之況，憔悴之色而已。我生不辰，遭值多故，客非荊土，常動華實蔽野之思，身在江南，仍有大樹飄零之感。」〔註15〕生活在太平治世的文人，雖有落花之詠，也不過雕飾於形神，或有所感，也只不過自歎身世而已。身處易代之際的遺民，故國的滅亡，異族的統治，使他們斷絕了一切對未來的美好希望。現實的幻滅感和對人生的悲劇體驗，與落花如夢幻般的淒美極爲契合。而落花的紅色，也會觸動遺民們敏銳的政治神經，引起相互情感的共鳴。

  庭中野外亂飛翻，哀怨無窮總不言。
  帶雨隨階苔濺淚，隨風貼水荇招魂。
  玉簫盡出新簹館，畫舫多移綠樹村。
  時過不辭就消歇，尚餘芳氣在乾坤。（歸莊《落花詩》)

正如王夫之所說：「即物皆載花形，即事皆含落意」（王夫之《寄詠落花詩十首序》)。那庭中翻飛的亂紅，不是落花，是明王朝敗亡情景的藝術象徵。「濺淚」是亡國的深哀劇痛，「招魂」是對前朝無限的眷戀和

〔註15〕歸莊《歸莊集》卷三，中華書局，1962年版，頁119。

深切的痛惜。即使四季輪迴，春回大地，草木復榮，一切都歸於平息。在遺民心中，這種傷感的情緒也會永遠糾結在心中，揮之不去。「狂風發發振芳林，搖落傷殘自不禁」（歸莊《落花詩》八），「萬樹穠華無復存，飄零失所不須論」（歸莊《落花詩》八）。這便是「身在江南」卻時時感到的「大樹飄零之感」吧。〔註16〕

　　如果說落花作爲政治情感的寄託，具有鮮明的時代性特徵。那麼，相比較而言，子規在遺民詩中則是極爲傳統的意象。子規鳥又稱杜鵑、杜宇，其聲哀怨淒厲。傳說爲古蜀王杜宇失國後所化，至暮春悲啼不已，至交口流血，染紅山中杜鵑。這個關於帝王的悲劇故事，極易引起遺民對以身殉國的崇禎皇帝的懷念。「此鳥年年向寒食，何獨今聞摧肺腑？昔人云是古帝魂，再拜不敢忘舊主。前年三月十九日，山嶽崩頹哀下土。」（黃宗羲《三月十九日聞杜鵑》）三月十九日，是崇禎皇帝的祭日，也是大明亡國的日子，此詩應該作於順治三年的這一天。子規的叫聲，引動了詩人對於國喪君亡的痛苦回憶，激起了他恢復舊朝的滿腔赤誠，「靜聽嗚咽若有謂，懦夫亦難安竇藪」（同上）。無論何時何地，子規的叫聲，都是對遺民內心深情而痛苦的呼喚。

　　在遺民詩中，觸物感懷、傷今弔古也是抒寫亡國痛苦的重要手段。如余懷的《看花詩》：「齊梁舊事風吹去，柳葉梨花恨未休。」（《戊申看花詩》二十三）哪怕是在百花盛開的美麗春天，詩人總能夠營造出一種濃濃的悲劇氣氛，將今日之春與往日之春區分開來，抒寫懷舊戀國的傷感情緒。又如方文《西府海棠歌》中「往時叢卉家家有，今日名園處處荒」，「趁此春情亟遊賞，莫教風雨又摧殘」。也是在今昔對比中抒寫感情，其所描繪的景象，較之余懷，更現實地反映了經歷兵災之後江南的蕭條。詩人雖熱心於賞花，其實是對僅存的往日遺迹的憐惜罷了。「今朝對此增惆悵，回首鍾山亦愴神」（方文《東園杏花歌》），對鍾山所代表的大明王朝的懷念，才是此景此情的最終歸宿。

〔註16〕關於王夫之的《落花詩》，本文將在第五章中作專題研究。

2、高尚節操與抱獨之心

清初遺民的忠君愛國，是一個值得探討的問題。我們不難發現，在龐大的遺民群體中，大部分的遺民並沒有出仕明朝的經歷。而且，不論前朝腐朽暴虐的統治，還是南明小朝廷們令人失望的昏暗混亂，都給他們留下了心靈的創傷和痛苦的回憶。所以，在遺民強烈的復明意識中，真正出於個人政治情感的因素並不占主導。異族的統治，及入侵者對國民犯下的滔天罪行激起的仇恨所導致的強烈的反抗情緒，是復明的主要推動力。此外，還有一點不容忽視。正如王夫之所言：「非其義，則君臣道廢」。因為君主的不義而捨棄他，這是一種違背道的行為。也就是說，遺民這種知其不可為而為之，知其不義而熱愛懷戀之，更多的是一種對道德的自覺遵守，是自我完善的必然要求，是一種人格的自律，也是其所引以為自豪的高尚節操。

> 昔日金枝間白花，只今搖落向天涯。
> 條空不繫長征馬，葉少難藏覓宿鴉。
> 老去桓公重出塞，罷官陶令乍歸家。
> 先皇玉座靈和殿，灑淚西風夕陽斜。（顧炎武《賦得秋柳》）

這首詩似乎與王士禎《秋柳》詩中「好語西烏莫夜飛」句有關〔註17〕。王士禎理性善意的奉勸，引起了顧林亭強烈的反感。在詩中，詩人宣佈，無論復明的形勢如何低迷，無論多少人最終選擇放棄，但自己一定會堅持下去，永遠保持一顆對大明王朝的赤忱之心。「老去桓公重出塞」是對仕清者的譏諷，「罷官陶令乍歸家」則是對那些自持高風亮節的隱逸之士的不滿。詩歌充滿一種豪邁的氣概，源自於詩人對自己堅定的政治方向、堅強的道德意志的信心和驕傲。

> 山家貪釀蜜，處處有蜂巢。
> 只道利堪取，誰知義足多。
> 君臣名不二，生死志靡他。
> 借問乘軒者，從王事如何？（陳恭尹《蜂》）

〔註17〕參見第八章第二節。

這是陳恭尹《夏蟲四詠》中的第一篇。詩中借詠蜂，贊頌忠貞不二的精神。結尾不忘對那些仕清的大夫致一個責問，遺民所獨具的道德優越感躍然於紙上。其他的三首分別寫道：「苦吟疑有怨，絕食似終窮。莫訝鄰家叟，生兒效且忠」（《蟬》），「形質本纖細，中心耿且明」（《螢》），「撲燈緣底事？只爲愛光明。蹈死雖不惜，捐軀實可傷」（《蛾》）。在這些夏蟲身上所寄予的誓死效忠明朝的精神，正是詩人對自我道德的高度期許。

　　在眾多的詩歌意象中，能夠契合遺民心理，表現其內心的執著和堅定信念的，不是春草夏花，而是秋冬季那些在蕭索中展現生命光彩的花木和禽蟲。

　　　　殺氣疑不流，驚風吹大荒。

　　　　云胡此花色，淡定發潭光。

　　　　霜實使之然，誰名爲拒霜？（杜濬《題霜菊卷》其一）

　　　　用盡老圃力，不肯居暄風。

　　　　九月登草堂，十月絕鳴蟲。

　　　　寥寥四五枝，突兀天地中。（同上其二）

菊是遺民慣詠之物，其於嚴霜中傲然挺立的姿態和枯萎枝頭、不甘凋零的品格，曾被鄭思肖贊爲「寧可枝頭抱香死，何嘗吹落北風中」。「抱香死」是對節操的堅守，不落「北風中」是不向異族統治妥協的態度。與之相比，明遺民詠菊詩的內涵更爲豐富。上引杜濬詩中，令人感受頗深的是用雄健的筆法勾勒出的一派肅殺之氣。此處所描繪的霜菊惡劣的生長環境，生動展現了明遺民現實的生存體驗。這一點，與宋遺民頗有不同。元在入主中原以後，並未顧及到對漢族文人的整肅和打壓。在這方面，清朝政府則表現出極端的重視和強硬。「剃髮令」、「奏銷案」、「通海案」、「哭廟案」，這些事件以最直接的血腥方式，摧毀著遺民最後的堅持。所以，菊的「拒霜」，象徵著遺民在清政府殘酷的迫害中堅持信念和永不屈服。詩歌的第二首又是另一種境界。在清的統治局勢逐漸穩定之後，政府對江南士子開始轉向懷柔政策。康熙十七年的詔舉「鴻博」，對遺民來說，更是一種精神的瓦解和意志的

考驗。杜詩中以菊「用盡老圃力，不肯居暄風」，贊頌遺民在如此惡劣的政治環境之下，自甘寂寞、勇於擔當苦難和堅持己志的精神。

下面再看一首詠雁詩：

> 一雁渡汾河，河邊積雪多。
>
> 水枯清澗曲，風落介山阿。
>
> 塞上愁書信，人間畏網羅。
>
> 覆車方有粟，飲啄意如何？（顧炎武《一雁》）

「水枯」、「風落」、「積雪」、「網羅」營造了孤雁北歸後艱難的處境和內心的愁苦，尾聯用公冶長事。王翼民箋：「全詩以雁自喻，孤危之情，大致可曉。惟末聯命意稍嫌隱晦，味『意如何』三字，則覆車之粟，當食之乎？不當食乎？未易言也。」〔註18〕其說甚是。而認為詩中以「『覆車得粟』的鳥雀刺明臣仕清者」〔註19〕的看法較之前說，未免失之膠柱。詩尾疑問的口氣，則更多透露出自我選擇的艱難。

「從政治上看，遺民是一種姿態；從道德上來看，遺民是一種操守；從哲學上來看，遺民是一種價值信念」〔註20〕遺民就是這樣一群為了一種姿態、一種操守、一種信念而放逐了自己的人。這種放逐，對大部分人來說，意味著社會價值的難以實現，意味著從此遠離世俗的快樂去擁抱山野荒村的枯寂。這是一種匡世的孤獨。當遺民選擇了此種姿態，選擇了操守，選擇了信念，必然要飲下這份孤獨，這是遺民的宿命。既然無法擺脫，只有坦然面對。在清初的遺民詩中，這種抱獨之心連同他們的姿態、他們的操守，以及他們的信念，一同寫入詩中，被詠歎、品味和自我欣賞。「九月登草堂，十月絕鳴蟲。寥寥四五枝，突兀天地中」（杜濬《題霜菊卷》），這種突兀於天地之間，便是孤獨者的姿態。

〔註18〕王翼民《顧亭林詩箋注》，中華書局，1998年版，頁573。

〔註19〕福建師範大學中文系編《清詩選》，人民文學出版社，1984年版，頁92。

〔註20〕田崇雪《遺民的江南——中國文化史上的遺民群落》，學林出版社，2008年版，頁3。

　　遺民筆下的秋蟲、秋鳥、秋花，具有頑強的生命力、美好的物態特徵和蕭索落寞的生長環境，三者結合，正是遺民政治信念、人格操守和孤獨感的生動闡釋。

　　　　涼蟬飲風露，流響滿空林。

　　　　獨自爲高潔，應非吾子心。（屈大均《白華園作》）

在《翁山詩外》中，除大量的詠梅詠菊詩外，詠蟬詩也是一道亮麗的風景。在這些詩中，大均將秋蟬這一特殊意象的內涵，進行了充分的發揮。上引詩中，蟬不僅具有高潔品格、餐風飲露的堅強和寒苦，還滲入了詩人對自我人生的深刻反思。人人都有最初的理想，但理想與現實其實很遠。大均是一個慷慨任氣的偉丈夫，其理想的遠闊自是必然。然而，生逢亂世，異族的入侵，使得理想的實現與道德信念發生了衝突，是違背還是堅持？對於深受儒家思想侵染的文人來說，道德永遠是底線，不可逾越。「獨自爲高潔，應非吾子心」。不論是不是最初想要的人生，選擇了，就必須承受。「不是居高樹，從何見夕陽」（屈大均《蟬》），「爲我嘯日月，臨風殊未央」（屈大均《蟬》），大均所贊頌的高潔，不是高人隱士的超然於物外，而是被作爲道德高標的對舊朝的癡心不改。

　　　　蕭蕭楓葉外，秋逐一聲來。

　　　　是日兼鴻雁，含風到越臺。

　　　　浮雲時踟躕，落月亦徘徊。

　　　　嘯父知君是，相留傍酒杯。（屈大均《蟬》）

此處的「嘯父」，不再是《列仙傳》中的僊人。而是爲大明王朝哀鳴的吟者。那天空掠過的大雁，飄浮欲去的行雲，和搖搖欲墜的落月，襯托著蟬的孤獨。而蟬的孤獨，正輝映著詩人的寂寞。

　　遺民詩中，用來抒寫高尚節操和抱獨情懷的最重要的意象是梅花。

　　　　剩得南枝疏影橫，草堂谿館獨凄清。

　　　　百年冰雪身猶在，十日春風花又生。

　　　亂後故人猶見汝，定中居士未忘情。

　　　紛紛桃李喧城市，坐對空山共月明。

　　（萬壽祺《草堂外舊梅一枝放花》）

　　「宋、明俱亡於北，其臣皆寄心於南。」〔註21〕「南枝」在遺民詩中，具有心懷故國的情感內涵。詩歌的前兩句，抒寫了一腔忠愛與抱獨幽懷。但詩人還嫌不夠，於五六句又反覆詠歎之：「未忘情」是忠貞，見花而未見人是自甘寂寞。七、八句將梅與桃李作以對比，相形出兩種人生境界的高下。略作品味，詩人的自賞之情溢於言表。品味此詩，往往難以分辨，那在草堂飽嘗淒清、歷經百年冰雪空對春山明月的，是梅還是「我」？原來，在遺民的梅詩中，人與物已經融爲一體了。

　　在中國文化中，梅、蘭、竹、菊，並稱「四君子」。在明遺民詩中，梅、菊吟頌最多，蘭爲其次，竹較少些。究其原因，竹所具有的虛靜的人格內涵，與遺民執著狂熱的政治情感略有出入。當然，有的詩人在選擇意象時也很隨意，看似身邊的常物，一經點染，便有了遺民的情思：

　　　玉簪時不尚，何況玉簪花。

　　　自向墻陰老，休教樹葉遮。（方文《玉簪》）

清政府下「剃髮令」，世人不再束髮，玉簪也被棄之不用，至於玉簪花，更是無人欣賞了。但是雖被廢棄墻陰，玉簪花卻依然渴望日光的沐浴，這種在寂寞中保持的一腔赤忱，正是遺民獨有的品格。

3、生命價值與生存困境

　　遺民不是怪胎，他們是生活在特殊的時期，固執地堅持傳統的一群人。這傳統中，既包含著道德與人格，也包含著理想與追求。在遺民最初的人生構圖中，也不乏賢臣良將的夢想，也不乏豪情壯志的激情。只是，山崩地裂的災難所帶來的仇恨和痛苦，沖淡了他們對自身所應具有的高度期許，斷送了他們的功業之路和人生理想。遺民詩

〔註21〕王翼民《顧林亭詩箋釋》，中華書局，1998年版，頁131。

中，理想已經不再是主題，但讀者也並非無從感知。

在杜濬的《變雅堂集》中，有一首《大椿樹歌》。詩中的椿樹，雖來自《莊子》，但卻頗有不同。《莊子》中的椿樹，被安排在土地廟旁，借著神的庇護頤養天年，無用，無功。而杜濬詩中的椿樹，卻屹立於江東之城，毗鄰於熙熙攘攘的市井，是「三夏之日尤堂堂，入樹出樹分陰陽」，「擔夫暫息廢襁襁，行子久坐思衣裳」。對於自己的價值，這棵樹有自己的思考：「逼側思將大千庇，豈若嵯峨近山翠」。雖然它深知，生長在野山茂林之中，可以遠離異患的侵擾。但是庇護大千世界、芸芸眾生，實現自我存在的價值，也是它所渴望和追求的。最終，椿樹爲斧鑿所摧，終於命喪中年。詩歌構思的巧妙，在於將椿樹這一蘊含著道家無爲思想的典型意象，進行了儒化的改造，寄託了詩人的濟世理想，被賦予了遺民特殊的身世背景和情感訴求。「北枝今年忽傾悴」，「爾樹何知又恨何」，是亡國的災難，粉碎了椿樹的理想，也摧毀了詩人的一生。

類似的詩歌，在顧炎武的詩集中亦有兩首。

> 鑿木前人制，收泉易卦稱。天機無害道，人巧合成能。
> 壞脈涓涓出，川流揗揗升。入晴常作雨，當暑欲生冰。
> 菜甲青專地，花容赤繞塍。彌令幽興劇，頓使化工增。
> 坐愛平畦廣，行憐曲水澄。灌園今莫笑，此地近於陵。
> （顧炎武《鄒平張公子萬斛園上小集，各賦一物，得桔槔》）

> 瓠實向秋侵，唔然繫夕林。不材留苦葉，槁死亦甘心。
> 偶伴嘉蔬植，還依舊圃尋。削瓜輸上俎，剝棗遜清斟。
> 衛女河梁迥，涇師野渡深。未須驚五石，應信直千金。
> 作器疑無用，隨流諒不沉。試充君子佩，聊比國風吟。
> （顧炎武《瓠》）

桔槔是古人汲水之器。《莊子》中說，子貢南遊於楚，見一丈人灌園，頗爲費力，於是推薦了桔槔。但丈人並不領情，說道：「吾聞之吾師，有機械者必有機事，有機事者必有機心。機心存於胸中則純白不備。純白不備則神生不定，神生不定者，道之所不載也。吾非不知，羞而

不爲也。」〔註22〕道家將桔槔作爲機械之始，認爲機械的使用，會激發人的機巧之心，故桔槔也是被貶斥的對象。詩中，通過描繪桔槔汲水灌漑菜畦花圃所帶來的生機勃勃的美好景象，對桔槔所代表的「人巧」給予了熱情的讚美。這是一種積極入世，渴望造福民眾、開創清平世界的人生追求的體現。詩歌結尾「灌園今莫笑，此地近於陵」，則詩情一轉，是對空老山林，無所作爲的人生的慨歎了。第二首詩詠瓠。《莊子》中的大而無用的瓠，被顧亭林用來聊以自況，雖可看作自謙與自嘲，但視作自抒己志也未嘗不可。道家不以物之功用言輕重。在顧詩中，分明以千金之值度之。此瓠「隨流諒不沉」，可以渡衛女，助涇師的特殊才幹，豈是瓜棗之流可同日而語。這分明是詩人匡世救國的心志寫照。但詩歌開篇，就已經滿含悲情了。「苦葉」是身歷的艱難和內心的痛苦。那雖有用世之心，卻咢然繫於林中，因無人採摘而枯死枝頭的瓠的形象所蘊含的，更是人生的失意了。

明遺民不是隱者，不是逸民。他們的思想中，儒家的積極入世、匡濟天下的價值觀占據著主流。但當道德與其價值實現發生衝突時，捨棄的只能是後者。「不義而富且貴，於我如浮雲」。聖人之言，貫徹到遺民的人生之中，即是於此龍荒爲首、神夏敗亡之時，「仕則無義，潔其身，所以存大淪也」〔註23〕的決絕態度。當他們選擇了「遺民」的存在方式，道德便成爲其生命的核心。當人生的價值不能於身外實現，自我道德人格的保持所帶來的優越感成爲他們重要的心靈慰藉。當然，這樣的結論未免有些絕對。以「清初三大儒」（黃宗羲、顧炎武、王夫之）爲代表的不少遺民，在道德的自持之外，積極地投身到學術研究之中，著書立說。「天行健，君子以自強不息」，正如顧亭林詩中「天機無害道，人巧合成能」，認識命運的存在，但絕不放棄人力的主動，與之抗爭到底，才是儒者的本色。這種精神，在王夫之《落花詩》中得到了充分的闡釋。但對於大多

〔註22〕郭慶藩撰、王孝魚點校《莊子集釋》，中華書局，1961年版，頁433。
〔註23〕屈大均《翁山文外》，嘉業堂叢刊本，卷十六。

數遺民來說，枯寂的人生包含著太多的失意。「獨自爲高潔，應非吾子心？」(屈大均《白華園作》) 在遺民詩中，這是極爲深刻的扣問，蘊含著遺民內心身處最沉痛的自省。屈大均，這個不幸的詩人，18歲遭遇了家園被異族踐踏的殘酷。一切屬於年輕人的美好展望從此被粉碎。仇恨的火焰燃燒在胸中，師仇國恨成爲這個青壯生命的全部意義。但是，在奔波半生之後，他閒居鄉里，飽嘗著生活的困頓和晚景的淒涼，對自己的選擇便也有了質疑。「高潔雖天性，悲涼豈太和」(屈大均《蟬》)；「嚴寒原本性，困苦卻年高」(屈大均《梅花七首》四)；「全生在高潔，半世盡清寒」(同上六)；「年衰無暖日，命薄至秋霜」(同上七)。在諸多遺民中，屈大均雖行輩較晚，卻被認爲是意志最堅定者之一。嚴迪昌在《清詩史》中稱其爲「慷慨任氣」。但品讀其晚年的詩句，慷慨之氣泯然無存。「困苦」、「年衰」、「命薄」、「悲涼」、「清寒」，這樣一些飽含血淚的字眼，是他對自己曾經引以爲豪的人生選擇的深切體驗。所有的付出，惟落得「高潔」二字。這樣的選擇，是否值當？這是個一言難盡的答案，惟有切身的體驗，才能知道其中的辛酸。

　　遺民的品格聽起來唯美，其生存的困境亦不容忽視。

　　　遠視高肩有鳳文，生來不稱在人群。
　　　朱門香稻長如客，明月滄江總爲君。
　　　一種昂藏臨水岸，數聲清響落寒雲。
　　　碧天路近飛猶懶，自啄霜毛向夕曛。(陳恭尹《鶴》)

這是陳恭尹的一首詠鶴詩。乍一讀，會爲其所描繪的鶴的風神所傾倒。那「高肩鳳文」的才華、「昂藏臨水」的氣質和「總爲君」的款款深情，是那樣的超凡和孤傲。但仔細品味，夕陽下自啄毛羽的身影，可以眞切地體味到詩人一世的滄桑和傷痛的無處託付。那「飛猶懶」，看是一種不屑的姿態，但無處可飛卻是事實。懷才不遇的失意，是此詩的主調。「枝橫自昔難爲詠，頭白而今不用催。應惜和羹才未盡，先公祠下與徘徊。」(陳恭尹《錦岩先祠有梅一樹春將半猶盛開在粵中爲稀有

與巨川俊斯詠之》）較上面一首，此詩的表達更爲暢顯。在遺民詩人中，陳恭尹是借詠物的方式，將遺民所承受的精神苦痛表現得最爲充分的一個。他曾做秋詠詩 19 首，通過秋日物候的變化，將遺民晚年的孤獨失意進行了集中的宣泄。

> 砌蟲吟蟋蟀，階葉走梧桐。
>
> 天宇何寥廓，誰堪老此中。（《秋屋》）
>
> 對鏡意茫茫，爲軀七尺強。
>
> 如何千載下，空讓昔人長。（《秋鏡》）
>
> 猶集芳菲日，彌傷遲暮心。
>
> 因知漆園叟，所感亦猶今。（《秋蝶》）
>
> 微微依近渚，漠漠映遙天。
>
> 何處功臣閣，臨風一茫然。（《秋煙》）

如果說陳詩較多地觀照遺民的內心世界，而吳嘉紀（字賓賢，號野人）則是一位現實主義詩人，他的詠物詩，更多地反映了遺民現實生活的困頓。

> 稻粱東去少，與爾共窮途。（《重寓六灶河聞雁》）
>
> 幾時得伴田間叟，飽食高歌學飯牛？（《落日》）
>
> 肺病衰年客，床頭片月明。（《蟋蟀》）

　　除余懷之類的風流遺老之外，大部分遺民的生活都極爲窘迫。《儒林瑣記》中記載杜濬自言貧狀云：「往日之窮，以不舉火爲奇；近日之窮，以舉火爲奇」〔註24〕。雖未免誇張，但清貧確是事實。在諸多遺民中，吳嘉紀「是個名副其實的窮處於寒蘆野水間，『海上吟詩到白頭』的布衣寒士。」〔註25〕在他的詩中，沒有名人雅士的自我標榜，只有現實的眞實反映。他的詩歌，從一個重要的方面，反映了遺民的生活風貌。他的《孤筇一首，呈臬司金公》，即是一首自薦詩。「由於布衣的經濟地位決定著謀生之道，因而布衣群中又常有清客形狀」。

〔註24〕朱克敬《儒林瑣記 雨窗消意錄》，嶽麓書社，1983 年版，頁 8。

〔註25〕嚴迪昌《清詩史》，浙江古籍出版社，2002 年版，頁 139。

〔註 26〕清初遺民多與新朝權要交往，是一個不爭的事實。考察其動
機，雖不一而足，但卻有一個重要方面，正如野人詩中所說：「何心
競榮艷，但欲離苦寒。」

　　承受著失意、孤獨，超常的生活窘迫、離亂之苦的遺民，其人生
的亮點著實不多。但是，任何人都有享受幸福生活的渴望，都有排遣
憂患，求得內心平靜的權力。清初文人的遺民生涯中，對酒賞花是一
個帶有普遍性的人生樂趣，故詠物詩中，詠花、看花詩佔了絕對的優
勢。一方面，梅、菊之類花品在傳統文化中所具有的高尚的人文品格，
與遺民的自我人格期許相契合。遺民正是通過對這些花品的種植、觀
賞和歌詠，寄託心志、表現自我，或者通過一種人與物的交流，排遣
寂寞和孤獨。「相看忘語默，心與暗香通」（屈大均《對梅》三二），「神
契誰能似，依依水一方」（屈大均《對梅》三二），「坐深煙影下，心與蕊
爭開」（屈大均《對梅》三八）。從「相看」、「神契」到解頤，生動闡釋
了神與物遊，物我兩忘，最終超越自我存在和現實痛苦的過程。當然，
清初花詩中涉及的品類非常紛雜，「春則玄墓之梅，虎丘之蘭。夏則
昆山、太倉、嘉定之牡丹。而虞美人、罌粟、薔薇、芍藥，又皆極其
繁盛之時，到處追逐」（歸莊《看牡丹詩自序》）〔註 27〕。清初遺民可謂
無花不看，無花不詠，對花的追逐，到了不遺餘力的地步。這既可看
作晚明遊歷風氣和園林文化遺留的反映，也與遺民的生活狀態相關。
遺民生活動蕩，又不參與社會事務，其內心的自閉與壓抑可想而知。
於是，遺民之間的交往、交遊唱和，成為了其接觸社會的唯一途徑。
遺民相聚之時，看花是重要的內容。南方炎暖，四時之花不斷，又有
好客主人，往往開放園莊，納客賞花，設酒以待，所費不多。故而相
邀賞花，成為遺民最為便利的交遊方式。「樹蔭多設席，客至必擎茶。
題詠還需酒，無錢亦可賒」（方文《城南罌粟園看花》）；「笑指城南富貴
家，朱門寂寂鎖煙霞。不如老圃多幽趣，常許閒人來看花」（方文《至

〔註 26〕嚴迪昌《清詩史》，浙江古籍出版社，2002 年版，頁 136。
〔註 27〕歸莊《歸莊集》卷三，中華書局，1962 年版，頁 210。

晏家橋看罌粟花得七絕句》三）；「自歎貧家招客難，客來寧不薦杯盤。典衣沽酒亦成醉，甜筍香芹未覺酸」（方文《至晏家橋看罌粟花得七絕句》五）。當然，看花不僅僅是一種生活的外在形式，對遺民來說，更是一種精神的需求。形色美艷而又蘊含著蓬勃生機的花朵，帶給遺民的不僅僅是感官的愉悅，更是一種對美好的生活體驗的召喚。這些彰顯著生命和青春的花朵，將他們從暗淡的現實中解放出來，在這種淺層次的世俗快樂中，點燃其生命的理想和激情。「國色滿前從醉倒，夢醒人似在迷樓」（歸莊《看花雜詠・寓海濱朱氏……》），「若得百年皆此日，飽看三萬六千場」（歸莊《戊申看花詩》四十一）。這些花朵，與酒一樣，令人迷戀和沉醉，「麗蕊關心賞，妍枝議膽瓶。一酣拼竟日，三月不易醒」（杜濬《馬伯和宅海棠分得醒字》），「歲寒猶見眾花新，幸作長春國里人」（屈大均《冬日對花作》）。當然，正如酒的麻醉，花中的沉醉是短暫的。一旦覺醒之後，將是更深一層的失落感，「愁眼對娟娟，時時復燦然。忽驚憔悴色，不似妙英年」（杜濬《芍藥十首》），「靜得香歸處，愁憐影滿床」（屈大均《梅花》七），內心的悲情再一次被喚醒。

三、宋明遺民詠物詩思想之比較

在中國歷史上，宋明遺民是古代遺民最主要的兩大群體，具有重要的相通之處：一、明代與宋代，都是理學統治的時代，故而宋明遺民，都深受儒家思想的薰陶，其政治情感的忠貞與深沉同出一轍；二、元與清，都是由少數民族建立的政權，異族的統治，游牧民族野蠻殘暴的征服方式以及對漢族民眾的迫害，在遺民心中所激起的仇恨感一樣強烈。當然，宋明遺民也有不同之處。南宋的政治，對於文人相對較為寬鬆，而明朝駕馭臣民之術，可謂暴虐，故明遺民對舊朝的情感較之宋遺民更為複雜。又如，南宋偏安一隅，搖搖欲墜多年，大廈之傾，早已成為必然。而明是在農民起義與異族鐵騎雙重的衝擊下剎那間崩塌。所以，宋明兩朝的敗亡，留給遺民的傷痛感也有一定的差別。更何況，宋滅亡於 13 世紀，明滅亡於 17 世紀，在近 400 年間，經濟

的發展所導致社會價值觀的變化，必然影響到遺民的思想。另外，還有一點不容忽視。宋遺民所面對的政治抉擇和巨大痛苦是史無前例的，而明遺民，則有宋遺民的道路可供借鑒，有宋遺民的精神可作爲激勵，宋遺民對所經歷的人生苦難的體味，也可成爲其聊以自慰、尋求內心平衡的重要方式。1638 年，就在明亡的前夕，蘇州承天寺眢井中，發掘出了宋遺民鄭思肖的《心史》。這是鉤連兩代遺民的大事。《心史》所蘊含的忠愛之情，不知激勵了多少文人復明的熱情。在顧炎武、王夫之等許多遺民的詩作中，都有贊頌《心史》的篇章。明遺民詩中，「鐵函經」、「西臺痛哭」，鄭思肖、謝翱，這樣的意象和人物頻繁出現，其影響可見一斑。可以說，明遺民，正是踏著宋遺民的腳印，在其精神基石上成長起來的一群。有了宋代遺民的指引，明遺民在腥風血雨的年代裏，找到了自己，看到了希望。在家國、民族的雙重災難之下，他們沒有舉足無措，而是坦然面對、冷峻思考，對遺民的精神內涵作了更深邃的認識和闡釋。

在詩歌創作中，宋遺民將內心所承受的前所未有的悲痛，對國家、民族的悲歡，對漢文化的痛惜以及對個人命運的哀怨，用詠物詩的形式得以集中地體現。宋遺民詩人不僅豐富了詠物詩的情感內涵，增強了藝術感染力，而且爲這一詩體注入一股悲壯、嚴正的人文氣質，對明遺民詩的創作產生了極爲重要的影響。可以說，明遺民正是在宋遺民詩歌傳統的基礎上，創作了大量的詠物詩。

1、明遺民對宋遺民詠物詩傳統的繼承

明遺民對宋遺民詠物詩傳統的繼承表現在最重要的兩個方面。其一，思想內涵；其二，意象選擇。宋遺民與清遺民有著相同的民族淪亡的背景，故其詩歌內涵有頗多相通，如抒寫亡國之痛和民族災難，對自我命運的悲歡和對遺民氣節的歌頌。最能表現出宋明遺民詠物詩一脈相承的，是明遺民在抒情意象選擇上對宋遺民詩的繼承。其中較爲典型的意象如杜鵑（子規）、精衛、梅菊。南宋有投海身亡的衛王趙昺，明有自縊的崇禎，兩朝的末世君主既有亡國的愁怨，也都有以

身殉國的壯舉，故而頗得遺民懷念。杜鵑傳說爲古帝魂所化，其在中國文化中所蘊含的特殊悲劇內涵，極易引起人們的亡國悲情和對君主的懷念。宋遺民詩中，汪元量《雲安聞鵑》：「臣僕再拜哦新詩，詩成甫也成愁絕。都人重是古帝魂，敬重此鳥心不輟。」抒寫杜鵑所激起的臣子對故主的一腔赤誠。明遺民詩中亦有如黃宗羲《三月十九日聞杜鵑》：「昔人云是古帝魂，再拜不敢望舊王。前年三月十九日，山嶽崩頹哀下土。」借杜鵑的啼鳴悼念崇禎。傳說中的精衛，有銜木塡海的內涵，被遺民用來抒寫復國之志，既突出鬥爭的艱難，又反襯遺民的執著和無畏。顧炎武的《精衛》：「我願平東海，身沉心不改。大海無平期，我心無絕時」，與林景熙《精衛》中「山傾海乃深，日夜空悲鳴。情知力不在，誓將畢此生」表現出明顯的繼承關係。詠梅、菊在宋明詠物詩中都是主要的題材，是遺民人格精神的代表。鄭思肖《詠畫菊》「寧可枝頭抱香死，何曾吹墮北風中」，抒寫不妥協的氣節；林景熙《漁舍觀梅》「幾憑水驛傳芳信，只許沙鷗識素心」，寫幽處抱獨之心；謝翱《梅花》「水仙冷落瓊花死，只有南枝尚返魂」，寫對信念的堅持。此外宋遺民詩中，梅花有春使的內涵，被寄予了復國希望，如鄭思肖《梅花》：「明年無限風華在，奪得春回是此花」。以上內容，在明遺民詩中，都得到了充分的發揮。

2、明遺民詠物詩對宋遺民詩的超越

同處民族敗亡的易代時期，宋明遺民所面臨的政治道德考驗和內心所承受的巨大悲劇情感是相通的，所以，從思想內涵上來說，明遺民對宋遺民詠物詩傳統的繼承，既是一種自覺的行爲，也是一種心靈的默契。然而，由於兩代遺民所身處的時代背景中，亦有太多的差異，以及文學發展的必然，明遺民的創作絕不是對宋遺民文學的原形複製，而具有一定獨特的自我個性和變化。總體來說，相對於宋遺民詩，明遺民詠物詩具有如下的特徵：

首先，不論是明遺民，還是其重要作家的詠物詩創作，在數量上遠遠超出了宋。並且，明遺民創作了大量的詠物組詩，這在宋遺民詩

中極爲少見。在宋遺民中，以最著名，也是詠物詩創作最突出的謝翱、鄭思肖爲例，在《全宋詩》中，收謝詠物詩不足 50 餘首，鄭詠物詩 20 餘首。明遺民中，僅王夫之落花組詩，即 99 首，兩代遺民詠物詩數量之懸殊可見一斑。

其二，明遺民大大地豐富了詩歌意象，開拓了詠物詩的題材。在明遺民詠物詩中，有一些典型的意象，具有鮮明的時代特徵，如落花、石榴、木棉等。這些意象，其所營造的意境，鮮紅的色澤、孤生南國的特性，都被遺民用來作爲大明王朝或復明意識的隱喻，具有特殊的政治意蘊，是明遺民詩獨有的。就遺民精神的自我抒寫來看，宋遺民多用梅、菊自喻，而明遺民則於梅、菊之外，又有雁、蟬、鶴等重要的意象，作爲其精神節操的象徵。此外，看花、詠花雖爲兩朝遺民詩共同的內容，但宋遺民詩中以梅、菊爲主體，歌詠其他花品的詩歌著實很少。而明遺民詩中，涉及花類繁多，可謂無花不詠。而且，幾乎所有重要的遺民詩人都有大量的詠花、看花詩。不僅如此，明遺民詩中，涉及物類之廣，亦爲宋遺民難以企及，屈大均《香柚》、《柑》、《佛手柑》、《荔枝》、《龍眼》，詠盡嶺南佳果。陳恭尹一組詠秋詩，《秋簾》、《秋寺》、《秋燈》、《秋原》、《秋屋》、《秋瀑》、《秋簟》、《秋塘》、《秋茱》、《秋鏡》、《秋樓》、《秋衫》、《秋蝶》、《秋煙》、《秋琴》，就涉及 16 種物品，又有《放雲》、《放驢》、《放鶴》、《放鷹》、《放牛》、《放猿》、《放螢》、《放蝶》、《放鴨》、《放魚》諸詩，令人目不暇給。明遺民詠物詩中豐富的詩歌意象，不僅深刻揭示了明代遺民的內心，而且從地方物產、民俗民生各個方面爲讀者展開了廣闊的社會和生活背景，大大地開拓了詠物詩的題材。同時也說明，明遺民的精神世界較之宋遺民要豐富、開闊和平靜得多。

其三，對一些重要意象的文學內涵，明遺民詠物詩作了更加系統、豐富和深層次的發掘和闡釋。由於明遺民詠物詩數量增多，一些重要意象被多個詩人反覆歌詠，甚至創作體制龐大的組詩，其情感寄託和思想內涵必然更加深廣、豐富。以詠梅詩爲例。梅作爲四君子之

一，其幽香與傲雪的物性特徵，被作為高尚的道德品性和節操的象徵，在清代之前，包括宋遺民詩中，已形成一種傳統，在詩中反覆出現。而清初遺民詩人中，僅屈大均詠梅詩就 100 餘首，而且創作時間跨度極大，生動地記錄了詩人各個時期的心理歷程。1659 年的詠梅詩，巧妙地利用孝陵附近梅樹與明王朝的關聯，抒寫了青壯時期飽滿的政治熱情；康熙前二十餘年的詠梅詩，為詩人歸隱鄉里的初期，借對梅花的歌頌抒寫對自我人格的欣賞之情。詩中，人與梅的心神相契，互為知己，達到了物我相忘、難分彼此的審美境界。在康熙三十年後的詠梅詩中，梅花的寒苦，寄託了詩人對自我命運的悲情體驗，梅花的孤清，則蘊含著詩人對自我生命價值的自省。當然，論及詠梅組詩，還不得不談及王船山《梅花百詠》。這組詩從不同角度，描繪了不同品類、不同境況、不同姿態的梅花百種，寄託了詩人細膩、豐富的生命體驗，讀之妙趣橫生、回味無窮。梅花之外，菊花、鴻雁、秋蟬，都是清初詩人之摯愛，這些詩歌，無不具有著特殊的時代特徵和個性體驗，其思想內涵之深刻與豐厚，遠遠超過了宋末遺民的創作。

其四，與宋遺民詩相比，明遺民詠物詩更加重視個體生命的體驗，大大提升了明遺民詠物詩的文學價值。宋遺民詠物詩中，以抒寫亡國傷痛和遺民情感為主，其詩歌大多具有強烈的政治色彩。而明遺民的詩歌創作中，情感的變化非常明顯。在順治前期的詩歌中，政治色彩最濃。而隨著時間的推移，復明情勢逐漸低迷，詩歌的政治色彩也隨之消退。到康熙年間，抒寫自我成為了詩歌的主體。而且，兩代遺民詠物詩所體現出的遺民意識，也有明顯的不同。宋遺民退隱守節，出自於對宋王朝的忠心和對異族統治的仇恨，在他們之中，有西臺痛哭的謝翱，亦有抓狂、變態的鄭思肖，「遇歲時伏臘，輒野哭南向拜，人莫測識焉。聞北語，必掩耳亟走。」（盧熊《蘇州府志》）其偏激執拗達到了極點。鄭思肖的「心史」，就是一部忠君戀國的血淚之歌。在宋文人的遺民生涯中，舊日君國成為了全部。在他們眼中，「地走人行獸，春開鬼面花」（鄭思肖《辛巳歲立春作》），他們永遠沒有新生

活，沒有春天；在他們的心中，或者是「天高不可訴，宿憤何時平」（林景熙《精衛》）的激憤，或者是「凋悴緣何事，青青憶舊叢」（林景熙《枯樹》）的淒怨，唯獨沒有自己，缺乏生命的渴望。明遺民的堅持，則更多源自於對道德人格的珍視，是對自我生命價值進行了痛苦地考問之後的結果，顯得更加地冷峻和理性。較之宋遺民，雖然明遺民生存的政治環境更加惡劣，其心態卻顯得更為平和。他們或者為自己的人格堅守而驕傲，或者艱難不懈地探求新的道路，使自己的人生更有意義。他們「亂離時逐繁華事，貧賤人看富貴花」（歸莊《東行尋牡丹舟中作》），任何時候，都不放棄生活，不放棄哪怕一點點的人生樂趣。遺民的存在方式，是他們自主地選擇，並為之堅守了一生。但他們並不是盲目隨從，也不是渾渾噩噩。對於遺民道路的艱難了然於心，並且充滿信心。他們用敏感而詩性的心靈體察一切，用詩歌真誠地記錄自己的驕傲、孤獨、貧窮、困惑和渴望。那冬日傲然於冰雪的梅枝，秋日野叢悠然嶄放的黃菊，天空中變幻姿態書寫著自我的大雁，和風露中淒切鳴叫著的秋蟬，是明遺民真實生動的自我寫照，闡釋著生命的自尊、自愛和豐富、深厚，體現出遺民這一特殊的社會群體對自我人文的關懷，也使得其所創作詩歌的文學價值大大提升。

第二節　清初詠物詩中的貳臣心理

「易代」是清初的重要特徵，其所蘊含的政治文化，必然滲透到文學創作中。如果將陳子龍等以身殉國的節烈詩人劃歸到前朝，那遺民、貳臣等詩人群體，則實實在在是伴隨著新朝的建立而產生的。前一節討論了遺民詠物詩的思想內涵，這一節的討論將圍繞貳臣展開。

一、貳臣心理及清前貳臣詠物詩傳統

簡單地來說，貳臣是指「王朝易代之際兼仕兩朝的大臣」[註28]。

〔註28〕轉引自馬大勇《清初廟堂詩歌集群研究》，吉林人民出版社，2007年版，頁33。

古往今來，任何朝代都改變不了滅亡的命運。所以，貳臣自古就有，與忠臣烈士和遺民隱士相始終。但是，對於貳臣的研究，直到近些年才逐漸增多。其中較有影響的是張仲謀的《貳臣人格》。此外，馬大勇在《清初廟堂詩歌集群研究》亦有專章的討論。較之張氏之說，馬氏觀點似更為深入，學術嚴謹性也大大增強。貳臣的界定，是一個複雜的問題。對於上面所給出的定義，馬大勇提出了諸多的質疑：其一，貳臣並不一定專指大臣；第二，貳臣以王朝易代之際最多，但非易代之際獨有；第三，貳臣以兼仕兩朝為多，但也有歷仕多朝的。〔註29〕同時，在張仲謀的書中，也提出了另一個重要的問題：「歷史上的貳臣數不甚數，而遭人詬病的往往只是少數人。而這少數人又集中於三個歷史時空：一是南北朝，二是宋與金元，三是明清之際。」〔註30〕於是，他又給出貳臣一個「深層內涵」，即「特指那些再仕於少數民族政權的人」。並且分析了其中的原因，「乃是因為在中國人文傳統中，以『華夷之辨』為核心命題的民族意識在起作用」。〔註31〕

當然，貳臣現象的發生原理，最早來自於儒家「臣事君以忠」的思想。而「貳臣」作為一個重要的社會群體，被廣泛關注，並且在政治教化中作為反面形象而被嚴厲批判，則從清朝開始，與乾隆皇帝的直接參與不無關係。他曾親自下詔，於國史內增立《貳臣傳》，並分甲、乙兩等。這在中國歷代史書中，屬於首創。乾隆有此之舉，源於錢謙益等人的「進退失據」，欲使其捨棄舊主而投靠新朝的「不端」行為昭然於世，「俾斧鉞凜然，合於《春秋》之義焉」〔註32〕（《清史列傳》卷七十八）。很顯然，這位「十全天子」的舉措，泄私憤只是

〔註29〕馬大勇《清初廟堂詩歌集群研究》，吉林人民出版社，2007 年版，頁33。

〔註30〕張仲謀《懺悔與自贖——貳臣人格》，東方出版社，2009 年版，頁6。

〔註31〕張仲謀《懺悔與自贖——貳臣人格》，東方出版社，2009 年版，頁6。

〔註32〕《清史列傳》，中華書局，1987 年版。

誘因，也絕非出自爲亡明復仇的目的，而是爲了「『褒忠殛叛』，示以反面教材，維繫人心之穩固」〔註33〕。說白了，就是爲自己新朝的統治服務。由此，我們亦可發現，對於大清朝來說，這些於舊於新都不能討好的貳臣的生存環境是極惡劣的。相比較而言，南北朝時期，貳臣雖同樣會受到背叛舊朝和民族的雙重指摘，但思想的解放，道家思想對儒家道德觀的衝擊，使得其所擔荷的道德負累並不算沉重；宋金元之際，雖有宋理學對文人思想觀念的薰陶，但金、元社會漢文化和儒家道德觀的崩頹，也起到了爲貳臣精神解壓的作用。惟有明清之際，程朱理學根植於士人心中，這種「貳」於明、「貳」於漢的行爲，成爲其一生難以抹去的人格污點。加之大清王朝更加濃重的理學氣氛，由上而下的嚴厲聲討，更形成一種巨大的精神威壓。正如錢謙益等人，即使在死後，依然逃不出《貳臣傳》的「斧鉞凜然」。所以，生活在殘酷的道德環境之下的清代貳臣最爲不易，其內心也最複雜和焦慮。

從君臣之義與華夷之辨兩方面來界定，漢武帝時期背叛漢庭投降匈奴的李陵算是貳臣的鼻祖。文學史上，李陵留詩僅一首，名爲《歌》（亦作《別歌》）。此詩雖非詠物詩，但因其在貳臣詩史中的突出地位，亦摘錄如下：

> 徑萬里兮度沙漠，爲君將兮憤匈奴。路窮絕兮矢刃摧，士眾滅兮名已隤。老母已死雖欲報恩將安歸？

「昭帝即位數年，匈奴與漢和親。漢使求武等，單于許武還。李陵置酒賀武曰：『異域之人，一別長絕。』因起舞而歌，泣下數行，遂與武絕。」〔註34〕這是多麼悲壯慷慨的歷史一幕！此詩只五句，前四句追憶當年兵敗情景，似有自我辯解之意。但讀者依然可以感受到生活在「罷黜百家，獨尊儒術」的漢代最爲鼎盛時期的李陵，在道德

〔註33〕馬大勇《清初廟堂詩歌集群研究》，吉林人民出版社，2007年版，頁35。
〔註34〕班固《漢書》，中華書局，1962年版，頁2463。

重壓之下，身敗名裂的失意、對漢武帝不公的怨憤、身事異族的屈辱之感，以及面對蘇武時那種人格的自卑和靈魂找不到歸宿的焦慮。此外，較之後世的貳臣，李陵更需承受一種前無古人、後無來者的曠世孤獨。

李陵之後，南北朝時期的貳臣以庾信為代表。同時，庾信也是這一時期成就最高的詩人。庾信早期是梁宮廷唱和的主要參與者，創作了大量的宮體詩。詠物詩是宮體詩的主要組成部分，所以，庾信有不少詠物詩。其前期作品，多繪形繪色，並無深意，只晚年詩歌，抒寫對舊日家國的無限眷戀，頗具蕭索悲涼之氣。

> 綠房千子熟，紫穗百花開。
>
> 莫言行萬里，曾經相識來。〔註35〕（庾信《忽見檳榔詩》）

檳榔是南方之物，詩人睹物思鄉，拳拳之心可見。庾信詩中，有一些重要的詩歌意象。如大雁：

> 逢風時迴度，逐侶乍爭飛。
>
> 猶憶方塘水，今秋已復歸。（《賦得集池雁詩》）

對於這些自由翱翔天際或集於洲岸的大雁，詩人充滿了羨慕。雁兒戀著棲息之所，隨時可以歸去。人亦有思念之鄉，卻無緣再見，豈不令人神傷？

> 失群寒雁聲可憐，夜半單飛在月邊。
>
> 無奈人心復有憶，今暝將渠俱不眠。（《秋夜望單飛雁詩》）

此詩在思鄉之外，更有一種形隻孤單和難以言說的淒涼悲切。

> 南思洞庭水，北想雁門關。
>
> 稻粱俱可戀，飛去復飛還。（《詠雁詩》）

那奔波於南北的大雁，依然有詩人的影子。不論是青壯時期的南朝，還是暮年北地的流落，都不過是為稻粱所累、生計所迫。這裏既有詩人羈旅他鄉的內心疲憊，也有靈魂無處安頓的空虛和落寞。

「庾信常常把自己比作一株枯樹，一株傷殘的樹，一株半死的梧

〔註35〕本文中所引庾信詩均出自逯欽立輯校《先秦漢魏晉南北朝詩》（下），
中華書局，1983 年版。

桐。」〔註36〕庾信曾有一篇《枯樹賦》，其開篇引殷仲文之語「此樹
婆娑，生意盡矣」，以此喻自己雖生猶死的心境。

　　桂何事而銷亡，桐何爲而半死？昔之三河徙植，九畹移根；
　　開花建始之殿，落實睢陽之園。聲含嶰谷，曲抱《雲門》；
　　將雛集鳳，比翼巢鴛。臨風亭而唳鶴，對月峽而吟猿。

在作者看來，那些被移植的桂樹、桐樹，其繁華只是表象，「唳鶴」、
「吟猿」才是詩人內心驚悸、悲戚的寫照。「若乃山河阻絕，飄零離
別；拔本垂淚，傷根瀝血。」（《枯樹賦》）人之遠別故土，正如樹木之
移植，根枝斷裂、骨肉分離。這樣的傷痛，一旦形成，將永遠無法治
癒。如此巨大的痛苦，爲詩人的後半生定下了悲情的基調，消解了幾
乎所有的快樂和希望。枯樹的意象，也在庾信詩中反覆出現：「交讓
未全死，梧桐唯半生」（《慨然成詠》），「獨戀生意盡，空驚槐樹衰」（《擬
詠懷二十七首》其二十一）。

　　宋元之際，出現了一批自南宋仕金或仕元的貳臣。其中，趙孟頫
以趙宋皇族的身份，頗受人非議。相對於書法來說，其詩歌創作的成
績只能用「平平「二字概括，留下的詠物詩也不多。「高標傲歲晚，
秀色凝空烟。有懷貞白君，世豈知其玄」（《庭前松》）。詩中，可以窺見
詩人內心深處對自我人格的珍視，透露出不被他人所理解的苦悶。宋
元之際，還有一位遭人唾棄的方回。周密《癸辛雜識》極盡渲染誇張
之能事，對方回的人品作了描繪，對其的歷史形象造成了極爲不利的
影響。雖然，周文中可信的成份並不多，但其於德祐二年獻城降元既
成事實，自然也脫不了與貳臣的干係。方回詩歌數量直逼陸放翁，僅
罷官之後的《桐江續集》就存詩三千餘首，其中有不少的詠物詩。

　　平生無嗜好，有地種花看。
　　萬玉梅成列，千金菊作團。
　　秋宜鴻後冷，春惜燕前寒。

〔註36〕張仲謀《懺悔與自贖——貳臣人格》，東方出版社，2009 年版，頁
　　　41。

更喜薰風好，青青筍上竿。(《種花》)

方回晚年的 20 年在杭州度過，其心境從上面的詩中可略知一二。自古以來，梅、菊、竹、菊以配君子。品讀此詩，既是詩人對晚居生活情調的描繪，亦多少有自我標榜之意。若稍作翻檢就會發現，這些在遺民詩中才會大量出現的梅、菊、蘭詩，在方回作品中極爲常見，這可作爲其晚年以遺民自居的明證。在這些詩中，詩人或以老杜自許，懷窮憂之思，「少陵情味在，時諷浣花詩」(《小雪日觀殘菊有感》)，「世事重華那復爾，無錢更覺少陵愁」(《讀陶集愛其致意於菊者八因作八首》其一)；或以陶令自況，表露自我的心志和操守，突出蕭散淡泊的心境，「花邊行立花邊坐，不是閒花是菊花」(《久過重陽菊英粲然即事十首》其一)，「飲酒成詩二十篇，詩成多在菊花邊」(《讀陶集愛其致意於菊者八因作八首》其七)；蘭花詩則明顯以屈原自喻，以表堅貞，「國香政要枯如臘，旋買離騷置冊中」(《猗蘭秋思》其二)，「紉蘭爲佩楚忠臣，直道從來不屈身」(《秋日古蘭花十首》其七)。從方回的詠物詩中，我們感受不到絲毫的愧疚和消沉。可以看出，貳臣身份對其所造成的心理壓力可以忽略不計。

總之，除李陵之外，從庾信的懷鄉戀國和羈旅之痛，到趙孟頫、方回對自我人格的自賞，清代之前的貳臣詠物詩中，並未涉及太多的政治和道德的內容，張仲謀所說的「靈魂的自我救贖與人格的自我修補」〔註37〕的「懺悔文學」並未眞正出現。

二、清初詠物詩中的貳臣心理

清初的貳臣，雖都有降清的經歷，但其境況卻頗有不同：一些是在清軍入關時衣冠請降，一些則是在清政權鞏固之後應詔出山；一些降後終身事清，一些僅短期入仕，旋即歸隱。從人格品行來說，貳臣也是各呈其態，不如遺民在思想意識上具有較多的相通之處。因此，

〔註37〕張仲謀《懺悔與自贖——貳臣人格》，東方出版社，2009 年版，頁17。

對於貳臣心理的研究，應該從個體入手。當然，清初被歸爲貳臣的詩人甚眾，此處不能不有所取捨。有清一代的貳臣，猶以錢謙益、吳偉業、龔鼎孳名聲最著，其命運、性情又各具其態，詩歌並享「江左三大家」的美譽，是貳臣詩人的佼佼者，故將其作爲貳臣詩人的代表最爲合適。

1、錢謙益的自我重塑

錢謙益是三家中思想最複雜，性情最難言說的一位。其生平行藏將在第七章專論中討論，此處不作贅述。錢謙益的詠物詩，主要有兩個方面的內容：一、抒寫對大明王朝的沉痛懷念；二、抒寫對明朝的赤膽忠心和復明之志。其代表作如《圍棋詩》、《紅豆詩》、《落葉詩》、《雁字詩》等。錢氏的數十首圍棋詩不僅記錄了各個時期的復明形勢，堪稱「史詩」，而且將自己積極參與鬥爭，從希望到失望，從激情到落寞的情感歷程呈現無遺，可謂慷慨沉痛，極具藝術感染力。《紅豆詩》作於牧齋 80 壽辰，詩歌借紅豆以寄相思，婉轉寫出詩人對西南永曆王朝的牽掛。如「千葩萬蕊畏風凋，一拈猩紅點樹梢。應是天家濃雨露，萬年枝上不曾消」（《紅豆詩》其六）一首，以枝頭紅豆自喻，念念不忘大明朝恩遇，有誓死效忠之意。當然，這組詩在朱明大勢已去的現實情境下，借得紅豆「二十年復花」的干係，敷衍出復明有望的驚喜，確乎有些不合時宜。此外，牧齋詠物詩中，也有自抒感慨之作，但總能巧妙地與亡國的大背景相結合，將自己的人生失意與愛國忠君之情打成一片，纏綿哀怨，令人歎惋。最爲重要的是，通過這些詩歌，牧齋成功地完成了自我的重塑。其集遺民的悲憤憂思與志士的執著奮進爲一體的文學人格，顛覆了大眾心目中原本的貳臣形象，故而也被視爲文過飾非、文辭欺人的典型。清初遺民朱鶴齡，將其視爲「若欲掩其失身之事，以誑國人者」（朱鶴齡《愚庵小集》）。顧亭林在《日知錄》中也毫不客氣地指出：「其汲汲於自表暴而爲言者，僞也。」（《日知錄・文辭欺人》）牧齋詩中，還有一處值得關注，那就是牧齋對王維詩歌意象和情感有意識的移植。王維有《相思》詩，牧齋有《紅豆集》；

王維詩中有「秋槐葉落空宮裏」，牧齋有《秋槐集》。按王詩出自其《凝碧池》，是其在安史之亂中接受偽職後所作。從嚴格意義上來說，王維也有做貳臣的經歷。但安史之亂之後，王維的過失最終得到了社會上層的普遍諒解，所以並未影響其參禪理佛的心境。相反，牧齋卻因爲對右丞詩的刻意親近，得到了「愈見其下」的定論。

其實，無論是牧齋的自我重塑，還是其「停觴自唱右丞詞」（《紅豆詩》）的借古諷今，都是貳臣自我救贖的一種手段。牧齋一生，在迎降未獲得太多的政治收益而辭歸之後，曾有一次罷筆的經歷。這一事件頗值得回味。按照常理，在最艱難的時刻，正是文人借助詩筆宣洩憂憤之時，而牧齋卻就此收手「誓斷筆硯」，正顯示出牧齋與常人抒懷言志不同的詩歌觀念。「夫文章者，天地之元氣也。忠臣志士之文章，與日月爭光，與天地俱磨滅。」（《李君實恬致堂集序》）在牧齋看來，立言可以不朽，但必須與良好的政治聲譽和道德風範相輔相成。歸鄉初期，正是他名聲掃地而恥辱感最強的時期。此時即使落筆，也是貳臣聲口，得不到同情和贊譽，自然也留不下與日月爭光的篇章，所以只有擲筆。受反清力量的牽連而入獄後，情況發生了戲劇性的變化，也爲牧齋提供了一個改變公眾形象的機遇。於是，又開始寫詩。並且，詩中除了「右丞」這一極爲貼切的隱喻透露了貳臣的隱秘之外，其他都是「忠臣志士」的悲吟。牧齋一生，財富、美色都不在話下，只是在政治上總是混不好。所以，便有了謀求權力不得的隱痛。既然如此，博得個青史留名也好。只可惜前期的表現過了頭，連清譽也一併喪失了。但牧齋終不是個甘心失敗的人，很多時候，他都能找回反敗爲勝的自信。積極關注反清力量，苦心醞釀愛國詩篇，牧齋活得太不輕鬆。但是，復明依然無望，而世人又過於苛刻。無休止的指指點點，使得牧齋的苦心經營，換來更進一層的聲名狼藉。更有那不依不饒的乾隆皇帝，百年之後，還要將其打扮光鮮的詩文批得一無是處：「平生談節義，兩姓事君王。進退都無據，文章那有光」。「素行不端」、「非復人類」的激烈言辭，

將牧齋的道德與性情一網打盡。死後的牧齋，境況更加黯淡，其泉下有知，一定憤恨不已。

2、吳偉業的生命悲吟

江左三家中，吳梅村曾是最有可能逃脫貳臣命運的人。甲申之際，他已辭官回家；弘光落敗，他亦能急流勇退。清順治九年，梅村因名望過高而多受當朝權貴的薦舉，於是應詔出山，升任新朝國子監祭酒。只是在職僅八個月，便稱病還鄉。拋開大明與大清的不同，梅村三次出仕，三次辭歸，性質並無太大的差別，皆可視爲其性情的眞實體現。梅村熱愛生活，渴望實現自我，但對做官的風險總是比他人敏感。所以，出仕時帶著希望，辭歸總因爲失落。仕與隱，糾纏著他的一生。如果不是生活在易代之際，梅村最終可能成爲一位名高望重的隱士。梅村命運的悲劇，有自身性格的原因，也有時代的因素。所以，他的錯誤，並非不可饒恕。在江左三貳臣中，梅村最得人痛惜和憐念。

> 顧謙益已仕我朝，又自託於前朝遺老，借陵谷滄桑之感，
> 以掩其一身兩姓之慚，其人已無足觀，詩亦奉禁，固不必
> 論也。梅村當國亡時，已退閒林下，其仕於我朝也，因薦
> 而起，既不同於降表簽名；而自恨濡忍不死，踽天蹐地之
> 意，沒身不忘，則心與迹尚皆可諒。〔註38〕

對梅村的同情和對牧齋的不能原諒，集中在兩個問題上：其一，牧齋是迎降，梅村是「因薦而起」，一個在存亡之際，一個在舊朝已亡之後，性質完全不同；其二，梅村在詩文中，表現出羞愧悔恨之意，而錢氏則一味掩飾，有欺世盜名之嫌。這些最終可以歸結爲二人品格之高下。錢氏虛僞機詐，不如梅村本色性情。

筆者認爲，在梅村的一些詩歌中，確實表現出自我懺悔之意，如當年應詔赴京途中所作《過淮陰有感二首》其二中「我本淮王舊雞犬，不隨仙去落人間」，以及其《臨終詩》「忍死偷生廿載餘，而今罪孽怎

〔註38〕趙翼《甌北詩話》，人民文學出版社，1963 年版，頁 130。

消除？受恩欠債須塡補，總比鴻毛也不如！」但是，如果據此就斷定梅村忍辱偷生地度過了一生，也未免有些誇大。這兩首詩所作，乃其一生之非常時刻。如赴新朝爲官，氣節作爲一個現實問題擺在面前，不能不去考慮。這句詩既有自嘲、自諷，也未嘗沒有博取同情之意。中國人講究蓋棺定論，人死之後，惟有名垂千古，臨終之時的梅村，對身後之名的憂心可想而知。但總體來說，梅村並不是一個政治、道德和功利觀念很強的人。這一點，既表現在其行事上，也表現在詩歌中。梅村仕清，往往令人難以理解。曾兩次辭官，充分說明他並不是一個執著於權力地位的人，這是他與牧齋的不同。而順治朝出仕，並無甲申之際降與死的艱難抉擇，本就在可與不可之間。「假如他於鼎革之後，閉門謝客，伏處鄉野，他也會平安地以遺民身份終其一生。然而他不甘寂寞，仍想作他的風流才子、文章班首」〔註39〕。「不甘寂寞」包含著不甘平淡、追求名望兩層意思，正是嚴迪昌先生所說：「有名心者，不甘寂寞，難耐獨處」〔註40〕。其實，逐名對梅村來說尙在其次，否則也不會冒著失節的風險仕清。梅村更多時候，重視的是一種感覺，其中即包含著別人的認可、尊敬、價值的實現和生活的適意這些人的本能需求。總之，梅村是一個單純而感性的人。

梅村的詠物詩，可以分成兩類：一類是純粹詠物的遊戲之作，一類是「梅村體」長篇抒情詩。先說第一類。梅村詠物，往往一時興至，連詠數物：如詠蔬荼，有《王瓜》、《豇豆》、《莧》；詠動物，有《猿》、《橐駝》、《象》、《牛》；詠水果，有《蒲萄》、《石榴》、《蘋婆》、《文官果》；詠荼肴，有《蛤蜊》、《膾殘》、《石首》、《燕窩》、《海參》、《比目》、《薺》；詠齋中用品，有《焦桐》、《蠹簡》、《殘畫》、《舊劍》、《破硯》、《廢槃》、《塵鏡》、《斷碑》；詠花，有《芍藥》、《石榴》、《洛陽花》、《茉莉》、《芙蓉》、《菊花》；詠玩物，有《繭虎》、《茄牛》、

〔註39〕張仲謀《懺悔與自贖──貳臣人格》，東方出版社，2009年版，頁140。
〔註40〕嚴迪昌《清詩史》，浙江古籍出版社，2002年版，頁381。

《鶿鶴》、《蟬猴》、《蘆筆》、《橘燈》、《核桃船》、《蓮蓬人》、《戲詠不倒翁》；詠風，有《八風詩》八首。從以上的羅列可以發現，梅村詠物詩雖多，卻很難找到一個核心的意象，作爲其人格或情感的寄託。其自號「梅村」，卻少有專門的詠梅之作。這些首先說明，梅村並沒有像牧齋那樣，以詩歌作爲補救其道德缺失的工具，對自我的形象進行重新的掩飾或包裝。相反，大量帶有遊戲性質的詠物詩的創作，在整個清初詩壇亦屬少見，集中體現了其政治、道德觀念的淡薄，體現了其對生活的熱愛和充滿詩性的感性而細膩的心理。這一點，與其第二類詠物詩亦有相通之處。

梅村的「梅村體」詠物詩以生命爲主題〔註41〕，描寫對象從大明王朝的皇帝、后妃，到捲入明清兩朝政治漩渦而遭遇迫害的文人士子。在詩人筆下，這些人不分漢滿，沒有尊卑，無所謂忠奸善惡，只有關注和同情。這些詩中，戰爭和政治的殘酷被揭示，生命和尊嚴被強調。這些詩所蘊含的強烈的人文氣息，在清初文學中首屈一指。可能，正是梅村詩中所洋溢的強烈的生命意識和眞實性情，造就了其與視道德清名爲生命的烈士遺民不同的價值觀，也造就了其成爲貳臣的宿命。

3、龔鼎孳的愧恥與自贖

龔鼎孳的失節，較之錢、吳二人，更爲道學家所不齒。順治十七年的風雲變幻，將他推向了人生最尷尬的境地。三月，李自成攻入北京，在投降與殉節面前，他選擇了前者；這年五月，同樣的問題擺在面前，他作了同樣的選擇。這次，他的對象是滿清。短短數月，龔鼎孳被置身於輿論的波峰浪尖，成爲身仕三朝的歷史罪人。於此，他無可辯駁，只留下「我本欲死，奈小妾不肯何」的笑柄。從此，在世人的眼裏，龔芝麓成爲有才無德的浪子班首。

當然，這樣的評價未免有些不公。稍作考察，人們便很容易發現

〔註41〕參見第七章第一節。

龔氏的多重人格。拋開其貳臣的特殊身份，在污濁險惡的政治鬥爭中，無論仕明、無論仕清，他總能「不避威權，不憚凶險」，主持正義，保持在清流之列。尤其是在清初清廷滿漢對立的鬥爭激流中，他總是站在漢人一方，積極營救遭受迫害的官員和遺民。貳臣與清流、懦弱與耿直、道德與情感，這樣一些看似矛盾的人格特徵在龔鼎孳身上得到了統一。

對於龔鼎孳的詩歌，沈德潛在《國朝詩別裁集》中評價「惟宴飲酬酢之篇多於登臨憑弔」，其較之錢、吳二人，「似應少遜一籌」〔註42〕。朱庭珍在《筱園詩話》中亦云：「龔芝麓宗伯詩，辭採有餘，骨力不足」，「浮響較多，切響較少」〔註43〕。這些言論，嚴重影響了後人對龔詩的認識。究其原因，龔詩中確實存在著酬唱和次韻詩，而且這些詩歌占據了其作品的絕大部分。但是，「酬酢」之作，一定不如「登臨憑弔」麼？「唱和」就一定徒有辭採，沒有「切響」麼？此外，張仲謀在《貳臣人格》中也說道：

> （龔鼎孳）作為一個大節有虧的貳臣，他的才華卻無補於
> 他人格上的污點。而且在氣節問題上，他的表現比吳偉業
> 要淡泊得多。在一部《定山堂集》中，我們幾乎找不到他
> 為自己的失節行為而痛苦或懺悔的詩句。〔註44〕

張先生的觀點恐怕受清史專家孟森的影響太大。孟森在《橫波夫人考》中言及鼎孳「鼎革時既名聲掃地矣，其尤甚者，於他人諷刺之語，恬然與為酬酢。自存稿，自入集，毫無愧恥之心。」〔註45〕且不說其所論龔氏的人品，就「毫無愧恥之心」這一點就相當武斷。

龔鼎孳詩歌的真相，只稍作留意，便會明瞭。且不說其直抒幽憤的抒情詩，就是以唱和應酬為主的詠物詩，亦充滿了濃重的「愧恥」

〔註42〕沈德潛《清詩別裁集》，上海古籍出版社，1984年版，頁30。
〔註43〕郭紹虞《清詩話續編》，上海古籍出版社，1983年版，頁2356。
〔註44〕張仲謀《懺悔與自贖──貳臣人格》，東方出版社，2009年版，頁165。
〔註45〕孟森《心史叢刊二集》，中華書局，2006年版。

和憤恨之心，較之錢、吳，表現出更加典型的貳臣心理，並且「感慨興亡，聲情悲壯」〔註46〕，具有強烈的藝術感染力。

龔鼎孳詠物詩，以看花詩爲多，且往往伴隨友人和美酒。這樣的情景，使人極易想到李白「人生得意須盡歡」的狂放。龔詩看花飲酒，既有縱酒行樂的意味，也是一種痛苦心靈的自我排遣和麻醉，「晚風寒急思燕玉，安得溫柔由此鄉」（《花下同紫伯作》其一），「醉依繁絃歌子夜，不知紅燭是他鄉」（同上其二）。更多時候，這樣的繁華勝景不僅不能打動詩人，而且會將其引入更深一層的愁與痛。

> 地僻快幽攜，銜杯勝日宜。
> 如何傾國恨，又上海棠枝。
> 藉草憐衫薄，行花奏鼓遲。
> 杜鵑憔悴後，愁與落紅期。
> （《社集韋公祠看海棠同諸子分韻》其一）

這首詩中，「快」、「宜」本是言歡，但卻被「傾國」之愁沖淡。詩歌結尾「杜鵑憔悴後，愁與落紅期」，抒寫了一種連綿不絕的亡國之恨。

> 霞蘊發瓊枝，東風萬玉垂。
> 花憐萍迹改，春入醉鄉悲。
> 舊夢遷香草，荒煙冷麗姿。
> 林中雙燕過，楚楚說興衰。（同上其二）

詩歌頷聯頗爲沉痛。「花憐萍迹改」已有自譏失節、自慚形穢之意。而「春入醉鄉悲」，更是將因此而帶來的精神重壓表露無遺。「春光無限好，我卻爲春愁」（眞山民《春感》）是一層悲，是遺民之悲，而以酒遣愁，醉後更悲，則是難以逃脫的靈魂自責，是貳臣獨有的感受了。頸聯的「芳草」似有所指，可理解爲那些身處荒野僻陋之地依然沒有擺脫政治迫害的遺民吧。「麗姿」是對遺民操守的讚賞和仰慕，「荒煙」則蘊含著對其生活狀態的擔憂與關愛。

龔鼎孳雖爲貳臣，其詩歌對故國的無限眷戀與遺民並無二致。「濃香一閣憐江左，好句雙鬟想盛唐」（《花下同紫伯作》其一），面對繁花似

〔註46〕徐世昌《晚晴簃詩彙》，中國書店，1984年版。

錦和歌兒舞女，詩人彷彿回到了過去。這裏的盛唐，是明的指代。「萬
國鼓聲天寶淚，十年煙草洛陽城。風前醉酒休辭醉，故里花開又盛兵」
（《昭慶蘭若看牡丹》），看到了牡丹，想到了天寶舊事，想到了兵亂，自
然聯繫到天崩地坼的甲申之變。「銷魂玉笛吹難盡，薄命春風影自憐。
惆悵永豐名勝日，一枝曾譜入宮弦。」（《友人索賦新柳詩因和宋其武韻》）
一枝岸邊搖曳的弱柳，在詩人筆下，也成了舊朝遺物，寄託著無盡的
追憶和哀怨。

　　龔氏詩集中，若只有懷舊戀國，會讓人感到不夠誠懇，也如錢牧
齋有偽飾之嫌。龔氏的坦誠在於，他並沒有迴避作為降臣的事實，也
沒有掩飾內心的愧疚與恥辱。他有一首梅花詩，其開篇云：「平生擱
筆梅花句，恐褻寒香點染中」（《和友人梅花詩一東韻》）。梅花是古人慣
詠之物，而且被賦予了在險惡的生存環境中嚴守己志、堅貞不屈的人
格內涵。宋明兩代的遺民，大量地吟詠梅花，體現了這一群體強烈的
道德優越感。元代方回、趙孟頫亦以梅花抒己志，可見此兩人雖為貳
臣，其人格的自信並未受挫。龔氏則不然，在放誕浮華的表象背後，
是一個愧疚、恥辱的靈魂，是一份陰沉、抑鬱的心境。

　　　　永蟾光似昔，辛苦破層陰。
　　　　難補高秋恨，猶憐碧海心。
　　　　吹燈殘夜下，過雁一江深。
　　　　今夕看虛幌，何辭徹曙砧。（《中秋苦雨至十八夜始見月》）

那辛苦穿破雲層的微弱的月光，並不能點亮什麼，卻契合了詩人陰鬱
的心情。「猶憐碧海心」，化自李商隱《嫦娥》詩「嫦娥應悔偷靈藥，
碧海青天夜夜心」。此處的一個「悔」字，和前句中的「補」相照應，
揭示出詩人內心苦苦的掙扎。那在虛幌中久久難以入睡的身影，和浩
瀚夜空中一輪擔荷著悔恨的明月遙相輝映，讓人倍感淒婉。

　　這個以己為恥而擱筆梅花的詩人，只能歌詠微物以自表：

　　　　止應書幌坐，何意傍金扉。
　　　　霧細從侵濕，風斜故怯飛。
　　　　清砧千樹亂，團扇一身微。

豈惜幽棲遠，山山有落輝。(《詠螢和魏石生都諫四首》其一)

瑤階流碧影，任隔水精簾。

埋照非同暗，全身不近炎。

心難秋草歇，光肯薄塵霑。

絡緯啼方急，遵時在守潛。(《詠螢和魏石生都諫四首》其二)

龔氏詩中多用興，少用比，很少託情於物以明心迹。所以這組詩，雖屬酬唱之作，也顯得極爲重要。詩中以流螢自比，描繪其霧濕風怯、經不起樹搖扇撲的微弱之態，是詩人意志薄弱和不善應對風雲突變的政治局勢的自我人格表白。最後一句似乎說，曾經有過歸隱的打算，只是依然有嚴霜被草之懼。第二首亦以自表。「埋照」是韜光養晦，與「遵時」、「守潛」一樣，都表明自己雖和光同塵，但心志未改。「全身」兩字，坦言自己只求保全性命的初衷。此外，詩歌還透露了詩人的心志。「勿訝奔星小，銀河正渺漫」(其三)，「補天輸玉燭，傳火燦金繩」(其四)，表明願意爲救亡盡綿薄之力。這層意思，在他的《長安中秋對月歌》中，表達得更爲明確：

百年蓬轉實自厭，四海桂叢尚難保。

安能拂衣歸去來，明月常伴鸚鵡杯。

「四海桂叢」在明季是南明諸朝的指代，此處推及四海，似乎範圍更廣些，有以香草代遺民之意。詩人認爲，自己沒有拂衣歸去，一個重要的原因是要利用權位，抵制清廷的政治圍剿，保全更多的遺民志士。當然，這樣的表白，顯得蒼白無力，其所折射出的，正是詩人在沉重的道德重壓之下，內心的焦慮和不安。

三、貳臣心理的人文關懷

歷史已成爲過去，傳統的政治倫理更是在新的體制和人性解放的衝擊下灰飛煙滅。但是，對於「貳臣」的重新認識，卻依然任重而道遠。

關於貳臣，張仲謀曾有一段論述：

強大的人文傳統，與已故英烈的高大人格，對他們都構成

> 一種無形的迫壓。而來自遺民社會的譴責，以及來自新朝
> 主子的輕蔑，都在不斷地提醒他們，他們是國家的罪人，
> 民族的罪人。沒有什麼人比他們更有負罪之感了。因爲大
> 節有失，人格有污，即此便是永墮孽海，不僅此生無救，
> 抑且萬劫不復了。所以貳臣常有雖生猶死而又欲死不能的
> 感覺。〔註47〕

自古以來，貳臣是被放置於歷史的恥辱柱上遭受鞭撻的。雖然如此，
筆者認爲，上面的論斷未免有些言過其實。以生活在最爲惡劣的政治
環境下的江左三家來說，錢謙益於暮年抱得美人歸，其大節有虧並不
曾影響其生活的品質和情趣。龔鼎孳也有橫波夫人共度風流瀟灑的一
生。即使吳偉業沒有和卞氏終結連理，也到不了「欲死不能」的境地。
而且，錢、吳、龔三人始終在遺民群體中保持良好的關係和威望。在
眾多的評論中，也是正面積極的占著多數。雖然，部分人對錢宗伯頗
有微詞，但也多集中在其處世的機詐和虛僞。總體來說，再仕新朝的
經歷多少有損於其形象的完美，並且帶給他們一些內心的愧疚，但也
到不得「永墮孽海」、「萬劫不復」的地步。

很顯然，張仲謀在這段話中加入了太多主觀性的判斷，以至歪曲
了歷史的眞相。而其《貳臣人格》一書，便是建構在這樣的基礎之上。
筆者認爲，此書存在著嚴重的價值觀的扭曲，尤其在其核心問題──
「人格」判斷上。張氏判斷人格，以「大節」爲首要標準。如在《論
方回》一章中說道：

> 至於他想以詩補過，或以詩求不朽，這在中國崇尚倫理道
> 德的文化傳統下，更顯得荒唐可笑。這不是收成之豐歉，
> 可以「堤外損失堤內補」；詩寫得再好，也無補於人格大節
> 之損。〔註48〕

一個頗有成就的詩人，和一個死國的忠臣，哪一種生命更有意

〔註47〕張仲謀《懺悔與自贖──貳臣人格》，東方出版社，2009年版，封
　　　　底。
〔註48〕張仲謀《懺悔與自贖──貳臣人格》，東方出版社，2009年版，頁
　　　　93。

義，哪一種精神更有價值？對於這樣問題的解答，武斷並不代表眞理。

　　張氏判斷人格的第二標準是看分析對象有無「懺悔」之意：

　　　才高遭忌，名爲身累。也許是因爲庾信文名太盛，才成爲
　　　集矢之的。同時仕於北周的王褒等人，既是被俘投降，又
　　　無懺悔之辭，《周書》本傳稱其因「荷恩眄」，遂「忘羈旅」，
　　　大有樂不思蜀之意。則就人格而言，當然不及庾信。〔註49〕

　　沉溺於過去的陰影裏直至精神極度抑鬱，這便意味著高尙；走出過去，樂觀面對現在和未來，成了卑鄙和無恥。這樣的邏輯，著實令人費解。

　　馬大勇在撰寫《清初廟堂詩歌集群研究》時，似乎也注意到了張的偏激，於是寫到：

　　　張仲謀先生在《貳臣人格》一書中開篇即感喟到：這是「一
　　　個難以言說的話題」。正如本書緒論中曾指出的，對於貳臣
　　　這樣一個政治、道德本位相結合而構成的意義指稱，而欲
　　　作出人文向度的判斷，衝突、矛盾之激烈是必不可免的。
　　　然而問題不容迴避，沒有這一判斷爲前提，對於這一特殊
　　　群體的心音的聽察只會成爲空泛的、隔膜的誤讀，也不能
　　　眞正揭示其詩史地位和意義。〔註50〕

確實，對於「貳臣」的人格解讀，是到了轉向「人文向度」的時候了。但是，這確實是一個充滿了激烈的矛盾衝突的判斷，邁出每一步都顯得那麼艱難。在書中，馬大勇「大概梳理了貳臣群像」，並歸納出了「四種主要形態」：一、利欲熏心、冥頑不靈者；二、雖仕新主，不昧本心者；三、含冤遭屈，走投無路者；四、顧全性命，迫不得已者。〔註51〕這樣的區分，雖然多少深入到了貳臣的內心，觸及到了人性的

〔註49〕張仲謀《懺悔與自贖——貳臣人格》，東方出版社，2009 年版，頁
　　　　50。
〔註50〕馬大勇《清初廟堂詩歌集群研究》，吉林人民出版社，2007 年版，頁
　　　　33。
〔註51〕馬大勇《清初廟堂詩歌集群研究》，吉林人民出版社，2007 年版，頁

層面，但其最終的判斷，依然脫離不了政治道德的標準。而且同爲貳臣，卻要分出個動機和本心，恐怕又陷入了「誅心」的泥淖，所謂的人文關懷可以忽略不計。

顯然，爲了避免對貳臣的再次誤讀，我們需要更具顛覆性的思想轉變。對此，筆者認爲，蔣寅在《明清之際知識分子的命運與選擇》一文中的許多觀點極具開拓性：

> （我們要談的問題）是針對學術界固有的評價歷史人物的一種參照系。（所謂不事新朝、不事異族（這常被人們與民族氣節、愛國主義聯繫起來），這究竟出於一種什麼樣的觀念？說穿了，是家臣之忠和民族優越感。

> 打個絕對的比方，一婦女遭強暴，一君子袖手旁觀，以不助紂爲虐爲節操，可乎哉？爲此，我對許多所謂潔身自好其實無所事事的氣節之士一向很鄙視。對此，我們應該尊重當事人的選擇，而不應以正統的封建道德標準來衡量，正像對古代的「節婦」不必去讚美、對追求愛情的「淫奔」不必去譴責一樣。爲什麼我們在男女情愛方面能以現代人的眼光體諒古人，而在出處問題上就不能了呢？說到底還是晚清以來嚴於滿漢之分的民族主義觀念在作祟。

> 在同命運抗爭失敗後的絕望中，選擇生存比赴死需要更大的勇氣和毅力，需要信念和責任感。

> （知識分子的命運與選擇）對這個問題如果沒有清醒的理解，不僅會妨礙我們合理地看待歷史上知識分子的命運與選擇，甚至還容易糾纏於無關大局的表層選擇，而忽略眞正重要的根本性的選擇，從而喪失知識分子應有的價值自居。〔註52〕

封建的社會關係雖已土崩瓦解，但抹殺個體意識和生命權利的家臣意識依然存在；國際化已成爲趨勢，民族優越感卻不能煙消雲散。

35～38。

〔註52〕以上均引自蔣寅《學術年輪》，中國文聯出版社，2000 年版，頁 138 ～150。

這些，給我們在聽察古人心聲時設置了嚴重的障礙。

　　天下之治亂，不在一姓之興亡，而在萬民之憂樂。

（黃宗羲《明夷待訪錄・原臣》）〔註53〕

　　夫天下之大，非一人之所能治，而分治以群公。故我之出
　　而仕也，爲天下非爲君也，爲萬民非爲一姓也。（同上）

漫長的封建社會，也是知識分子尋求自我解放的過程。明清之際，更
是我國思想發展的重要時期。許多清醒的知識分子在觀念上已艱難地
衝破了對君主的依附，對自我的命運和個體的價值進行了重新的思
考。這種思想的進步，是對中華文化最深刻的反思和推進，具有著振
奮人心的價值。既然我之出仕，爲天下、爲萬民，仕幾朝、仕何姓又
有何妨？古人的通達，反倒襯托出今人的迂腐。

　　一個仕新朝而能心懷天下、急人危難的貳臣，與以氣節自詡而避
亂遠禍的遺民相比，哪一個更高尚？當然，在眾多效力於清廷的貳臣
中，並非所有的人都是出於一種「信念」和「責任感」。而且，這一
參照系依然過於強調人的社會性價值，而忽略了個體意識和生命的權
利。但是，這至少抹去了死義之士和遺民隱士頭上炫目的光環，讓貳
臣能作爲平等的生命個體與之對話。

　　其實，正如蔣寅所說，對於每一個身處在易代之際的知識分子
來說，作出命運的選擇是極其艱難的。那些爲舊朝戰死沙場，或被
捕之後英勇就義的忠臣烈士，是一群視精神高於一切的人。他們所
展示出的，是人類精神世界的強大。但與此同時，對於他們的追求
和信念，我們也應具有清醒的認識。易代之際，前朝的腐朽昏暗、
民不聊生既成事實。這些舍生取義的忠烈之士，其「義」的內涵其
實很狹隘，大多只是維護舊朝、爲君主盡忠罷了。論不得張巡守睢
陽的人相食盡，也論不得史可法所帶來「揚州十日」的是是非非，
但自我與他人的生命權利被忽視，卻是一個不爭的事實。德祐元年，
元軍兵臨臨安，次年正月，謝太后奉表降元。二月，建德知州方回

────────────

〔註53〕黃宗羲《黃宗羲全集》，浙江古籍出版社，1985年版，頁4～5。

聞命請降。關於此事,方回自述到:「合眾官吏軍民,一口同辭,唯恐如常州之難,議定歸附」。其詩意云:「全城保生齒,終覺愧衰顏」(重至秀山售屋將歸十首)。但張仲謀卻認爲:

> 若以保全百姓而論,哪一座城市抗擊最爲激烈,堅守最久,城破後所受屠戮也就最重,但其百姓絕不會因此而指責那些領導守城的愛國英雄,甚至連想一想都是罪過。總之,保全民命也許不失爲一種道理,而寧死不屈、保持民族氣節卻是更大的道理。這兩種道理根本不存在矛盾衝突,而是前者應服從後者。

在行爲上,忠臣死義之士與殉節的烈婦頗爲類同。但從影響來說,情況卻要複雜得多。正如張氏所描述的那樣,忠臣烈士們不僅實現了自己的以身殉道,而且以強大的道德力量去挾裹和踐踏著他人的生命,甚至連其申訴的權利也一併剝奪。這些人,是政治的寵兒,但卻因爲道德意識的過分強大(其中也包含著強烈的功業期許),人最基本的需求和權利被忽視和抹殺,人性的本眞與美好也隨之喪失。與之形成對比的貳臣們,其生與死,仕與隱的艱難抉擇,卻最眞實地保留了人性中的堅強與懦弱,崇高與卑微,理智與感性的矛盾和複雜。其內心沉重的道德負累和自我排解的強烈欲望,闡釋的正是人與社會的不可調和的矛盾和人生而有之的命運悲劇。故前者無所謂崇高,後者也無所謂卑微。

美國文學評論家白璧德認爲,人生包含著三種境界:「一是自然的,二是人性的,三是宗教的。自然的生活,是人所不能缺少的,不應該過分擴散。人性的生活,才是我們應該時時刻刻努力保持的。宗教的生活當然是最高尚的,但亦不可勉強企求。」〔註54〕所謂「貳臣」,只是「努力保持」著「人性的生活」的一群人。既使是那些自身渴望著宗教生活的人,對其所進行的宗教的或道德的捆綁也顯得極爲粗暴。而作爲那些同樣追求「人性的生活」的現代人,在評價古人的人

〔註54〕梁實秋《關於白璧德大師》,巨浪出版社,1977年版,頁5。

格與作品時，更需要理解和寬容。最爲重要的是，作爲文學研究者，
還應把握兩點：「一、這文學是人性的，不是獸性的，也不是神性的。
二、這文學是人類的，也是個人的，卻不是種族的，國家的，鄉土及
家族的。」〔註55〕脫離了這些，一切關於文學的價值判斷，只會越走
越遠。

第三節　宦海沉浮與潤飾太平

　　嚴迪昌在《清詩史》緒論中說：「清代詩史嬗變的特點是：不斷
消長繼替過程中的『朝』『野』離立。」〔註56〕筆者認爲，「消長繼替」
一詞最能體現清初詩壇的發展態勢。在甲申以來相當長的一段時期
裏，遺民是最具影響力的文化群體。尤其是在詩壇，牧齋、梅村雖有
主盟詩壇的才識與雄心，但卻因爲貳臣的特殊身份，頗覺力不從心。
這是一個「野」壓倒「朝」的時代。與此同時，順治與康熙前期的幾
十年，是遺民詩人相繼離世，抗清激情逐漸消退，新的詩人群體逐步
成熟的重要時期。新的政治，呼喚著新的文化氣氛；新的群體，必然
形成新的詩歌氣象。新的氣象，又必然與清政府日益鞏固的文化專治
相符合。而引領這一潮流的，自然是「恒以官位之力勝匹夫」（趙執信
《鈍吟集序》）的公卿大夫，以此最終實現「朝」對「野」的「繼替」。

　　最初的仕清群體中，有相當一部分的貳臣。但他們身上，背負著
太多的精神負擔，詩歌中離亂的陰影過於沉重，不能作爲朝堂詩人的
主流。順治年間，還有一些人，雖然身世和感情與明朝頗多關聯，但
卻因爲在明朝未曾出仕，沒有爲主守貞的「分誼」〔註57〕，其仕清的
心境要坦然得多，即逃脫了貳臣的身份，也並未受到太多的譴責，可
作爲廟堂詩人的先驅（這一群體，以下亦稱「承平詩人」）。這一群體

〔註55〕周作人《藝術與生活》，河北教育出版社，2002 年版，頁 19。
〔註56〕嚴迪昌《清詩史》，浙江古籍出版社，2002 年版，頁 16。
〔註57〕陸是儀《答徐次桓論應試書》中寫道：「主辱臣死，故爲臣之大義，
　　　　至於分誼不必死者，則不過等於至親之喪。」

中，詩名之著者，莫過於被稱爲「南施北宋」的施閏章（1618～1683）和宋琬（1614～1674）。朱庭珍在《筱園詩話》中曾指出：「順治中，海內詩家，稱南施北宋。康熙中，稱南朱北王。」「南朱北王」，即朱彝尊（1629～1709）和王士禎（1634～1711）。朱雖較王年長，其對詩壇的影響卻晚於王。朱與王皆生於明崇禎年間，甲申之際未及弱冠，人生的規劃注定要以新朝爲起點，人生的輝煌注定要在新朝來實現。所以，他們的心態，與前輩詩人多有不同。王士禎橫空出世，以其卓越的才幹，不僅成爲政治的寵兒，而且承擔和完成了變革文化的時代要求，成爲了「絕世風流潤太平」的詩壇宗主〔註58〕。朱彝尊的成就與影響雖不及王士禎，但其暮年得官，又屢遭貶謫的不幸，無疑是廟堂詩歌的另一種聲音。

一、宋琬的獄中悲吟

在清初仕清文人中，宋琬是最爲坎坷和不幸的一個。三十歲以前，在明朝度過，頗有才名卻屢試不第。崇禎十六年，清兵攻破其家鄉萊陽，琬父率眾抗敵失敗，闔門數十口同時遇難。宋琬時雖與其兄在杭州避難，躲過一劫，但滅門仇恨在其今後的仕清抉擇中，將是怎樣的殘酷和糾結。宋琬於順治四年參加了清朝科考，並中了進士。對此，他無需作太多的申辯。無論如何，生計是擺在任何人面前的首要問題，而且在明朝屢試不第的屈辱，使他將功名看得頗重。自然，這樣的行爲在當時不免引起一些議論，但譴責與鄙夷往往被其不幸的遭遇所沖淡。世人的寬容，對宋琬來說，是大不幸中的小幸，但更大的不幸還在後面。順治七年，即仕清的第三年，有惡僕誣告他與山東于七起義有涉，於是含屈下獄。所幸數月之後，因查無實據而釋放。十二年之後的康熙元年，牢獄之災再次來臨。這次是被族人誣告，而且是全家入獄，並長達三年之久。在康熙四年獲釋之後，宋琬的宦途還算通暢，可是，不幸依然等待著他。康熙十一年，吳三桂叛亂，當時

〔註58〕嚴迪昌《清詩史》，浙江古籍出版社，2002年版，頁421。

任四川按察使的他入京述職，吳三桂攻破成都，全家陷於城中。最終，
在恐慌與憂懼之中，這位屢次遭受異患打擊的柔弱文人病死於京城，
結束了其悲劇的一生。宋琬的兩次入獄，是其詩歌創作的重要階段，
也是詠物詩的兩個高峰期。

　　宋琬的第一次入獄，是其步入仕途所遭遇的第一次挫折。以性格
而論，其平日為官定謹小慎微。而惡人的誣陷，如飛來橫禍，使其措
手不及，痛苦和憤怒交織，形成了這一時期詠物詩的主旋律。《雙燕歌》
中，詩人將飛近窗邊的雙燕，看作對自己不離不棄的「親串」，以燕「飛
飛萬里來相唁」〔註 59〕，反襯人情之冷暖；以燕之雙雙，襯自己的形
隻孤單和對妻子親人的思念和擔憂。「吁嗟我生太荼苦，羽毛摧剝饑膚
賤」是自傷身世和對命運的悲歎，抒發了對身心遭受摧殘的無比憤恨；
而「長安挾彈多少年，汝今銜泥向何處」，既是對燕的警告，也是其在
遭遇災難之後，對險惡的生存環境的清醒認識。《蟋蟀吟》則以床下鳴
叫的蟋蟀起興並展開議論：「我聞蜀帝之魂化為鳥，伯奇冤憤為伯勞，
放臣逐子棄妾怨，形體有時滅，精誠鬱難銷。」這裏由韓愈的「不平
則鳴」，聯想到蟋蟀「迎霜泣露」的悲戚，推物及人，抒寫自我遭遇誣
陷、無處申訴、「無衣不能飯」、有家不能回的怨憤。

　　《聽鐘鳴》、《悲落葉》兩首，是這一時期的代表作。

　　　聽鐘鳴，所聽非一聲，一聲繞到枕，雙淚忽縱橫。白頭老
　　烏作鬼語，群飛啞啞還相驚！明星落，悲風哀，關山宕子
　　行不返，高樓思婦難為懷。何況在羅網，夜半聞殷雷？無
　　靡復無禍，腸內為崩摧！聽鐘鳴，心獨苦。獄吏抱鑰來，
　　不許吞聲哭！（《聽鐘鳴》）

　　　悲落葉，落葉紛相接。無復語流鶯，飄搖舞黃蝶。朝如繁
　　華之佳人，夕若藜藿之妻妾。因風起，從風飛。放臣羈客那
　　忍見，攀條攬扼空沾衣。徘徊繞故枝，柯幹長乖違。凜凜

歲雲暮，此去將安歸？悲落葉，傷心胸。願因微鳥翼，吹
我到鄉中。(《悲落葉》)

古人爲詩，有以樂景寫哀，亦有情景交融。宋琬的《聽鐘鳴》不僅做
到了情景交融，而且還用了以悲襯悲的寫法，以他人悲之不足爲悲，
襯己之堪悲和大悲。其詩前有序云：「余覽北魏詩有蕭綜《聽鐘鳴》、
《悲落葉》二篇，詞甚悽惋。彼以貴藩播越，不失顯膴；然尚內不自
得，有憂生飄泊之嗟。矧余羈囚，日與法吏爲伍。每當宵箭將終，晨
鐘發響，淒戾之音，心飛魂慄。」在他看來，蕭綜貴爲王侯，錦衣玉
食，只因稍有失意，便作此悲戚之辭。而自己身處縲紲，窘迫淒慘甚
之千倍，怎不令人悲從中來，所以是「一聲才到枕，雙淚忽縱橫」
了。詩中援引蕩子思婦的離愁別緒，亦爲襯托。此外，詩人又將鐘鳴、風
聲、雷聲和烏啼聲相交織，烘托內心的極度痛苦和絕望，達到了情與
景的水乳交融。「白頭老烏作鬼語，群飛啞啞還相驚」更是學習李白
《蜀道難》中「但見悲鳥號枯木，雄飛雌從繞林間」的手法，以鴉之
群飛尚且「相驚」，襯托自己獨自面對人生厄運時的孤獨和不安。總
之，《聽鐘鳴》以寫現實的憂愁和悲痛爲主，重在寫情。《悲落葉》一
首，則滲入了詩人對人生的悲劇體驗，寫內心深處的「憤懣」。詩中，
借「歲時晼晚，庭樹萎然」的時序交替之景，首先抒發了榮辱相替、
人生多變之感。而「徘徊繞故枝，柯幹長乖違。凜凜歲雲暮，此去將
安歸」四句，讀之頗有餘韻。那飄零的落葉，是詩人的自喻。落葉飄
飄搖搖，自有不忍離去之深情。那「乖違」的「柯幹」，是指清統治
者的寵怒無常，還是那逝去而不堪託付的朱明王朝？詩中，通過對落
葉姿態的描繪，生動地展現出封建文人對統治政權複雜而可悲的人身
依附，展現出詩人在政治挫敗面前，精神失去依託的悲涼心境和對未
來的迷茫和困惑。

這一次入獄雖只三個月，但對宋琬來說，打破了他對仕途的美好
期許，感受更多的是人生的險難和世態的炎涼。《稨豆花》一首，將
美人樓閣前的幽蘭易被摧折，與野人墻頭的稨豆花的無人採摘、「青

子累累」作出對比，抒寫了逃離厄運、回歸田園的渴望。《三犬行》，則通過贊頌犬之忠義批判世情。「多少人倫懷二心，至交賣友生妻嫁」，雖略顯激憤，卻足以宣洩其在冤獄中所遭受的精神傷害。

宋琬的第二次入獄，妻子親人受累入獄，形勢更爲嚴峻。但由於經歷得太多，將苦難已視爲生活常態，反倒能坦然面對，心境也平和了許多。

> 疏星耿耿逼人寒，清露丁丁畫角殘。
> 客淚久從愁外盡，月明猶許醉中看。
> 棲鳥繞樹冰霜苦，哀雁橫天關塞難。
> 料得故園今夜夢，隨風應已到長安。（《獄中對月》）

依然是處孤獨悲戚之境，依然歎人生世事的艱難，抒寫對仕途風波的厭倦情緒和對退隱歸田的渴望，但較之第一次獄中諸詩，情感顯得含蓄而溫和。「客淚久從愁外盡，月明猶許醉中看」，憂愁已說得太多，無需再談，酒也罷、月也罷，詩人似乎已經找到了排解的途徑，仔細品讀，頗有些醉中行樂的意味了。

這一時期，宋琬還創作了著名的《獄中八詠》：《蘆席片》、《煤土炕》、《折足凳》、《沙鍋盆》、《黑瓷碗》、《土火爐》、《苦井水》、《鈴柝聲》。從題目，便可知獄中生活之艱苦。但品讀這些詩，並沒有想像中的悲情和沉重。相反，給人風趣幽默、深刻雋永之感。《蘆席片》由捲曲粗糙的蘆席，想到了范雎的故事，自我解嘲之餘，更有一種戰勝苦難的自信；《鈴柝生》將由夜來傳入耳中的鈴柝聲，聯想到當年求取功名的科場。科場與牢獄，這極富戲劇性的組合放在一起，既是苦樂無常的自諷，又未嘗沒有對入仕之路的反思。三年的牢獄生活，不僅意味著寒苦，還留給詩人太多的思考和體驗。「蝴蝶與莊生，君能分別否」（《煤土炕》）。躺在煤土炕上，詩人想到了莊子的蝴蝶，煤土炕可以做錦榻的美夢，錦榻卻避免不了噩夢的驚擾。人生的富貴與貧寒就在一念之間，一切只需坦然面對。「再拜老瓦盆，無以汝爲命」（《砂鍋盆》），「白金買定窰，珍重逾連璽。此物遂見遺，製自有虞氏」

（《黑瓷碗》）。陶令在歸田之後，欣喜地悟到了「容膝之易安」，悟到了繁華落盡見眞淳的道理。詩人雖心繫田園，卻最終沒能如陶令般揚舟歸去。獄中這些寒酸拙樸的飲食之器，卻給了他一個思考的契機，引導他去接近生活的本質，發現人生的眞諦。

　　宋琬這次入獄，亦作了《鐘聲》、《落葉聲》，而且一發不可收拾，又續了《秋風聲》、《秋雨聲》、《烏聲》、《雁聲》、《蟲聲》、《笛聲》、《角聲》、《箏聲》。這組詩借物抒懷，感慨人生之多艱，「寄語人間行路者，風波多似五溪深」（《笛聲》）；抒寫隱退之心，「無端只解催殘夢，不遣愁人到故鄉」（《鐘聲》）。較爲特別的是，之前很少見的亡國主題，在這組詩中反覆出現。如《笛聲》中，「劉琨北望供長嘯，馬援南征多苦心」句。劉琨爲西晉人，馬援爲東漢人，皆爲抗擊少數名族侵略的名將。而且，劉琨有投降鮮卑被殺的經歷。詩人用此二人的典故，多少有隱射滿漢戰爭之意，而劉琨身上，也多少有詩人仕清和遭遇迫害的影子。之前的兩句「嶺上梅花應駐馬，山陽宿草倍沾襟」，則更爲明顯地將讀者的思緒拉到了揚州城外那悲壯的一幕。「賤臣哭後頭終黑，腸斷當年太子丹」（《烏聲》），「南去黃陵哀帝子，北來青冢哭昭君」（《雁聲》），「銷盡客魂招未得，驚心非獨爲離群」（同上），充滿了對明朝滅亡的深切哀悼和自身迴天無術的愧恨。在漫長的三年中，詩人的思緒逐步的深入。對於自己悲慘的命運，他思考了很多。當年痛心刻骨的記憶，和自己在新朝的種種坎坷與遭遇，最終指向同一個源頭。在這天崩地坼的時代裏，感到自己如失去依託的孤兒，寄人籬下、品嘗種種的不幸和羞辱。這是一代人精神的悲劇。

　　三年闔家入獄，使宋琬幾乎傾家蕩產。出獄後的日子，貧困、痛苦。眼看著往日心愛之物一件件爲了生計變賣，內心充滿了悽楚。可能是爲了今後的緬懷吧，詩人創作了一組鬻物詩，共十首，記錄了所鬻之物的形貌和珍貴，也抒寫了此時的諸多感慨。「十載摩挲存手澤，夢魂猶自裊餘煙」（《鬻鑪》），是對宣德爐的不忍割捨；「紛紛輕薄迷眞贗，不忍重看雙淚垂」（《鬻畫》），對於這幅大癡道人的煙嵐圖，在不

捨之外，又多了一層對其命運的擔心，這頗像相交已久的友人離別了；「一縑一字徒虛耳，售得囊錢僕喜歸」（《鬻字》），是繁華如夢的感慨；「商飆轉眼吹絺綌，安得羲輪只是春」（《鬻裘》），則抒寫早日告別苦難、迎來春天的渴望。

二、施閏章的故園之思

　　與宋琬相比，施閏章（號愚山）的人生道路要平坦得多。三十一歲中進士，康熙六年朝廷因裁缺罷免，十年後又薦舉「鴻博」重新起用，從此仕途暢達，直至病逝。康熙六年的罷官，對於施閏章來說，算不得失敗和挫折，相反，倒成爲其一生中最美好的體驗。

> 谿上小園春自花，主人久客今還家。
> 藥欄欹折全應補，草閣清陰不厭遮。
> 雜蕊新移通徑曲，高枝故放出簷斜。
> 尋幽更擬桃源去，五柳先生未足誇。（《園宅種樹》）〔註60〕

　　看來，較之心爲形役的仕人，愚山更願意作盤桓於藥欄三徑的隱者。看「乍起白雲飛繞檻」（《園宅種樹》），品「半枯老梅濃作花」（同上）。那枯梅綻放的，便是詩人的心花了。歸鄉後的樂趣還在於與親朋舊友的團聚，「尊移上客風前坐，頭白名花醉裏看」（《牡丹花下集親舊》），「朋舊追歡成四坐，蓬蒿作意掩雙扉」（《集家園桂花下》）。如此之歡暢，在於詩人對「自古梁園佳會少」（《牡丹花下集親舊》）的清醒認識。而這樣閒適而充滿濃濃人情味的生活，便是詩人一生的渴望。

　　當然，對於大半生混迹於官場的施愚山來說，「鄉園」更多時候只是一個魂牽夢繞的地方。他的詠物詩，或者追憶故園舊物，抒寫濃濃的思鄉之情和多時未歸的愧疚感：「遙愧故山林下鶴，相思清夜數聲寒」（《和葉九來憶鶴》），「秋來又作桐江客，細雨繁花空閉門」（《憶故園桂》），「故人誰興劇，相趁出交遊」（《懷溪園梅花》）；或者被眼前的家鄉風物觸動了鄉愁：「好是江南樹，移來歲月深。相看娛客眼，誰遣

〔註60〕以下施閏章詩，皆引自《學餘堂詩集》，《四庫全書》本。

動鄉心」(《樞部張公爾成座上見黃橘二樹》);「縱使酸寒吾意足,故鄉一物九迴腸」(《奉酬高念東侍郎餉新橘用韻》),「故鄉餘幾樹,歸夢繞山堂」(《栗豆》)。流水落花、時序變化,也會引動詩人的羈旅之歎:「那堪正寒食,游子又離家」(《舟中見新燕》),「醉向流光喚奈何,門前春水爲誰多」(《西湖送春歌》)。

　　從以上我們不難發現,愚山詩中,清初詩歌那種濃重的悲劇情懷和傷痛感被強烈的歸隱渴望所替代。這種身在仕途而心繫故園的矛盾,若究其原因,可歸納爲兩個方面:一、仕途的不適意;二、漢族士子與滿族政權間一種本能的疏離感。當然,二者的界限並不明晰,甚至相輔相成、互爲因果,共同構織了清初漢族仕人的典型心態。

　　　曉霧漲前路,戎戎沾客衣。
　　　石林看虎踞,官道怪人稀。
　　　傍午青峰出,寒天白日微。
　　　丁寧遲雨雪,早晚故園歸。(《霧》)

這首詩通過寫霧中之景,渲染了路途的凄迷和孤獨。景中之物,更具有一定的象徵意義。「虎踞」隱射官場之險惡,「青峰」喻仕途之艱難;「人稀」似有知己難遇的寂寞,「白日微」則體現出滿漢君臣之間情感的淡漠。而那即將到來的「雨雪」,是詩人冥冥之中預感到的禍患的到來。即使這樣的不幸並沒有真正降臨,也同樣體現了漢族文子身處清廷政治安全感的缺失。「喚船遲野渡,立馬望荒城」(《途雪》),「清輝閒處得,令節客中多」(《中秋對月》),「少壯隨波去,關河行路難」(《江月》)。仕途的險難、奔波的疲憊和心身的不自由,構成了詩人仕途不適的重要方面。此外,官場生活對其性情的壓制和摧殘,也讓詩人不堪忍受。

　　　風塵非爾地,住久暫忘機。
　　　啄案翻書帙,窺軒銜客衣。
　　　長鳴寒月下,共望白雲飛。
　　　會有凌霄翮,滄江他日歸。(《署中雙鶴》)
　　　野鶴閉官舍,引吭長哀鳴。

> 稻粱豈不飽，中心殊未平。
> 塵污短翮誰憐汝，銀缾汲井濯素羽。
> 褰裳振衣大如輪，清泉一石難容身。
> 屈曲盤旋不得意，怒翻盆水滿平地。
> 請君放我江湖間，爲君清唳舞雙翅。（《浴鶴》）

　　在傳統文化中，鶴被賦予了長壽、君子之風和具有仙風道骨的人格內涵。「閒雲野鶴」的成語，又極爲寫意地突出了鶴的自由和蕭散。不知何年何代，文人有了以豢養鶴來寄託高雅情致的愛好。詩中所寫，便是官舍之鶴。那曾於山野間獨步長鳴的身姿，學作了銜衣媚客的笨蠢；而本來遊戲於清泉，潔白如洗的健壯翎羽，亦被市井風塵所污。但是，一切的改變只是表象，內心的堅守才是詩人自我情感的眞正寄託。第一首詩中的鶴是幽怨的，夜深人靜之時，看著寒月輕雲，想像著終有一天的回歸；第二首詩中的鶴已接近憤怒了，「怒翻盆水」的舉動已是對生活的激進反抗。雖然無力，但至少表明了一種姿態。

> 層冰暮皚皚，燕市繁花開。
> 輦入列侯第，懽傾上客杯。
> 花時猶未至，火力競相催。
> 拍手笑春風，待汝奚爲哉。
> 人巧淩節序，熏炙移根荄。
> 芳菲豈不早，咄嗟隨彫摧。
> 故山有佳卉，江雨閒滋培。
> 榮悴自天意，粲粲臨高臺。
> 花餘還結實，寧知搖落哀。（《都下歲首見盆桃作花》）

這首詩以桃花爲喻。故園的桃花，在溫暖的春風吹拂下安靜地開放，在暮春風雨中淒美地凋謝，是那樣地自然。而燕京市井的桃花，爲了迎合世人的需求，提前來點綴這浮世的繁華，在春寒料峭的歲初就大肆綻放了。但是，這違背自然的繁華背後，是生命的被摧殘和猝然的凋謝。煙熏火烤，這屬於人類社會的機巧，傷害了物的根基，而物性

的乖違則又隱射著人性的扭曲。詩人哀悼那些在盛世浮華中喪失本性的生命個體，懷念故園中淡然承受著風雨滋潤和摧折的桃花，嚮往平靜自然的輪迴，渴望沒有機巧、沒有異患的人生。

其實，在詩人看來，桃花的開放已有些過於絢爛了。在愚山詩中，青松才是他的最愛。在意象龐雜的詠物詩中，詠松在愚山集中絕對獨樹一幟。愚山一生，遊歷頗多，每到一處，不論名山古刹，皆以詠松為樂，如《桐川古松歌》、《黃山怪松歌》、《戒壇二松歌》、《貞靖祠堂雙白松歌》、《慈仁寺松》、《永州南數十里夾路皆古松》、《坐松壇下》、《寄題寧海州古松》、《歙城客寓有古松名曰松屋》等。愚山自己也有種松的習慣：「手植雙松樹，今年幾尺長」（《懷二松在濟南學使署中》）。愚山愛松、詠松，在於松的存在狀態與詩人對人格、人生的期許相契合。「愛君獨立凌寒煙，菀枯隨意全天年」（《桐川古松歌》），「曾見軒皇煉藥年，瘦筋綠髮今亡恙。離奇睥睨人間世，盆盎移栽空好事」（《黃山怪松歌效古人純用仄轉體》）。松凌霜傲雪的不屈，遠離塵囂、不枯不秀的淡定，歷經滄桑的自持和強大生命力，都是詩人所嚮往的。這也是所有身處在明清易代之際文人共同的心聲。他們渴望個性、渴望自由、渴望保持自我人格的完美、渴望在安樂平靜之中實現自我生命的價值。但是現實的殘酷，又使這一切成為了奢望。生與死、榮與辱，任何的選擇都不完美。還有那仕與隱、自我與社會、人格與理想的矛盾，糾結在心中。當年的陶令，可以「舟搖搖以輕颺」地決然歸去，愚山卻作出了相反的抉擇。他將身體給了官場，心靈給了故園。這便是所謂的「吏隱」了，「何人知吏隱，耳熱重論才」（《周山公少府移樽五峰山古梅下》）。沒有標榜、沒有自賞，只是以這個蹩腳的稱呼，為心靈找一個牽強的依託罷了。

施閏章於順治三年便積極參加清廷的選拔，在康熙十六年以花甲之齡再次出仕。其行為，與詩歌中濃重的隱逸心理明顯違背。是牧齋式的文辭欺人，還是人格的分裂？關於這一問題，連詩人自己也不能釋懷。「支離爾何意，不厭臥長安？」（《慈仁寺松》）

　　宣城施家爲旺族，故愚山仕清與生計關係不大。其內心的隱秘，
不妨在詩中去尋找。

> 東海有巨魚，掉尾北海灣。
> 兩目若日月，掣浪如連山。
> 朝薄扶桑津，夕過碣石還。
> 饕餮用水族，吞舟噞百川。
> 憑陵作風雨，遊戲走平原。
> 潮回忽失水，坐困沮洳間。
> 漁子揮霜刀，聚族橫相干。
> 修鱗賣洲渚，鮮膾登金盤。
> 委身供啖食，口喋不得言。
> 生爲蛟龍畏，死爲鰕鮧餐。（《海魚篇》）

很顯然，這個類似於鯤的巨魚，是詩人心志的寄託。這一形象在李白
筆下「仰噴三山雪，橫吞百川水」（李白《古風》），有一種超強自信和
豪邁。但在愚山詩中，多了一層生不逢時的悲情。「潮回忽失水，坐
困沮洳間」，是清初文人失去漢族政權的精神依賴之後，進退無據的
生動象喻。身處在易代之際，一切的壯志豪情化爲泡影，生存才是最
現實的問題。對於更多的人來說，已經失去了選擇的權利。與其等待
漁子的霜刀霍霍，不如自薦金盤，這便是吏隱的邏輯。

　　愚山的出仕，全身只是一個方面，自我實現的渴望也並沒有完全
泯滅。「施閏章詩中最突出的部分，是那些反映清初社會現實，描寫
廣大人民群眾悲慘生活的作品。」〔註61〕這一點，詠物詩中也有體現，
《終風篇》、《怪風行》、《動雷行》、《旱風篇》等，通過對自然現象的
歌詠，反映天災人禍帶給百姓的深重災難。《憫鳩》、《悲野雀行》則
通過對遭受殘害的鳥雀的同情和憐憫，呼喚社會對微末生命的關懷。
「行當雙翮健，飲啄隨所遭。勿復學鷹隼，搏擊飽腥臊。生成艱萬類，
嗟我中心勞」（《憫鳩》）；「苦慚托體微，不足一杯羹。同類爲啾啾，失

─────────────
〔註61〕趙永紀《清初著名詩人施閏章》，《江淮論壇》，1985 年第 3 期。

侶長哀鳴。君輟筵上箸,請聽檐外聲」(《悲野雀行》)。那鳥雀淒厲的鳴叫,誰說不是生活在清初政治恐怖下民眾的呻吟?「眼看遭剪伐,劫火幾時休」(《永州南數十里夾路皆古松》),面對社會動盪帶給社會的深重災難,詩人早已厭倦,他所渴望的,是太平和康樂,「何日中原罷烽火,華燈如晝長遨遊」(《煙火行》)。然而,太平盛世的創造,僅僅靠強大的統治是無法完成的,「我聞此地舊王府,夜夜鰲山照歌舞。綺羅臺榭總丘墟,園林寂寞今無主。」(同上)越在困厄之時,越需要積極參與和勇於承擔的精神,這也是社會賦予知識分子的光榮使命。對此,愚山有極為清醒的認識。其在刑部:「引徑斷獄,期於明允,有疑獄,反覆推求,常至夜分,曰:如是,則生者死者可兩無憾也」(湯賦所撰《施愚山墓誌銘》),「所全活至數十百人,而大奸亦無得漏網者」(《愚山先生年譜》卷二);其在江西:「遍歷岩谷間,扮循帖然,人呼為施佛子」,「俗多溺女,復作歌勸誘,捐資收養,全活無算」〔註62〕(《清史列傳》卷七十八)。在對自我價值與社會責任的實現中,愚山交上了一份合格的答卷。

施愚山的一生,不求富貴通達,只是盡心盡力。仕途的險惡疲憊,和違背性情所造成的心理不適,以及漢族文人在滿族政府中歸屬感的嚴重缺失,使他壓抑和痛苦。每當此時,花酒便是最好的解脫。醉倒花下,是愚山詩中的常見之景:

> 多情娛老眼,留賞駐年華。
> 夢想洛陽勝,虛聞姚魏誇。
> 但令春好在,何惜滯天涯。(《官舍看牡丹》)

> 百年歡樂能幾何,乘興呼朋如不及。
> 布襪青鞋客又來,餘花重見數枝開。
> 當頭明月復已滿,人生不飲胡為哉?
> 春風但肯相留得,還傍花叢醉幾回。(《闓園牡丹花下醉歌》)

〔註62〕王鍾翰點校《清史列傳》,中華書局,1987年版。

此刻，一切的榮辱都成虛妄，唯有這花叢、這快樂和這生命的存在最為眞實。

三、王士禛的盛世之音

　　與宋琬、施閏章不同，王士禛在晚明僅僅度過了童年時期，其青春與風流，詩情與才情，注定要在大清的詩壇與政壇盡情揮灑。嚴迪昌分析王士禛能夠成爲「絕世風流潤太平」的詩界「開國宗主」時說，這是「時代和某個特定人物之間雙向選擇的必然現象」〔註63〕，是頗有見地的。其詠物詩創作，恰好反映了這一點。

　　王士禛的成名之作，莫過於其即將步入仕途前所作的《秋柳詩》。詩中傷感哀怨的基調，契合了明王朝滅亡後民眾尚未完全平復的悲劇心境，得到了當時詩壇最具影響力的遺民群體的共鳴和推崇。與此同時，此詩對遺民、貳臣等內心世界的深入觀照，既營造出了沉悶的詩歌意境，同時也暗含著對打破這一沉悶的渴望，透露出新時代氣氛對文化的新需求。其任揚州推官時所創作的《冶春絕句》諸詩，則通過歌詠春日風物，巧妙地將興衰之感和青春的湧動打成一片，創造出一種跨時代的特殊意蘊。隋皇墓上搖曳生姿的桃花，是昨日已逝而今日依然絢爛的形象詮釋；紅橋下穿梭於舊城與新岸享樂之地的船隻，是世人渴望擺脫沉重與悲情，追求人生適意與靈魂放飛的生動寫照。總之，王士禛的這些詩歌，已觸及到了屬於他那個時代的另一種精神風貌，準確地把握了時代變化的命脈，這是此前的其他詩人都未曾做到的。

　　《漁洋精華錄》中，多紀遊詩。其司理揚州期間，足迹遍及大江南北。京城任職期間，又多次奉詔遠遊。漁洋每到一地，有景必覽，登高必賦，旅途風物，是其詠物詩的主要題材。這些詩歌中，雖也有「倦遊忽憶楊歧語，只有渠儂得自由」（《鹿》），「故國多煙水，音書好無寄」（《苦竹洲聞雁》）這樣一些抒寫愁思的作品，但正如沈德潛所云，

〔註63〕嚴迪昌《清詩史》，浙江古籍出版社，2002 年版，頁 421。

「安能使處太平之盛者，強作無病呻吟乎」〔註64〕，讀來總覺不夠真
實。而「天心愛羈旅，嚴壑飽經看」（《潛山道中雪》），才是此類詩歌的
主情調。

> 清溪枕飛梁，花氣增明媚。
>
> 綠萼紛競發，翠羽時一至。（《晚坐雨花橋看梅》）
>
> 裂帛湖光碧玉環，人家終日映潺湲。
>
> 分明一幅蔡侯紙，寫出湖南千萬山。（《裂帛湖雜詠六首》其一）

清溪、飛梁映襯下一株疏梅的素花，點綴上翠羽往還，是一幅靈動、
雅致的工筆畫；而裂帛湖的掩映中的人家與南山，一開始便入了淡遠
的水墨之境了。如此唯美的藝術境界的創造，展現了詩人內心無比的
寧靜，讀之得到一種美的享受和心境的提升，這便是漁洋所致力於的
物境清幽、心境淡遠的神韻之本。漁洋詠物紀遊詩中，相當一部分具
有懷古的性質。每到一地，必緬懷古人，一併摘其詩句，斷章拼湊。
這樣的詩歌，雖有些詩趣，但讀多了總覺詩中無人，過於草率了。

漁洋雖自稱不喜次韻，但應酬之作亦不在少數。以《立齋相公齋
中蕉花開索賦六絕句》為例：

> 中書退食日蕭蕭，簾捲西山爽氣饒。
>
> 荼臼筆床相對好，一林花放膽瓶蕉。（二）
>
> 玉宇微涼八月中，林塘香散木犀風。
>
> 綠天深處一花坼，蝙蝠飛來相映紅。（三）
>
> 紅霞一抹映瓊杯，照影銀塘細細開。
>
> 不似平泉閒草木，猶煩驛驛日南來。（五）

前一首誇中書閒居時的高雅情致和豐富的精神生活；中間一首在林塘、
木犀的清遠之外，有一種錦上添花的雍容富貴；後一首則極易使讀者將
其與小杜《過華清宮絕句》相聯繫，蘊含著一種典型的盛世氣象。

歸隱林泉的漁洋，創作了以詠物詩為主的《蠶尾後集》。數量雖
多，卻因為詩情與才情的枯竭而不足觀。但無論如何，漁洋是新朝初
期文化的典範，正如其中後期「柔淡的個性與詩風正好適應了清初滿

〔註64〕沈德潛《清詩別裁集》，上海古籍出版社，1984年版，頁125。

族朝廷凡事『以教化爲先』的政策」，其晚年詩歌的枯寂與寡淡，則是文化專制下文學發展的必然趨勢。關於王士禛各個時期詠物詩的思想與藝術，將在後文第九章中作更深層地探討。

四、朱彝尊的宦遊與酬唱

在康熙年間，詩名與王漁洋並列的惟有朱彝尊（竹垞其號）。然竹垞雖長王五歲，成名卻晚，且其畢生不僅留意於學術，還癡迷於塡詞，其詩歌不論成就還是影響，都無法與漁洋並駕齊驅。就其詠物之作來說，亦有詩不如詞之感。

較之漁洋的風光和瀟脫，朱竹垞一生顯得坎坷而艱辛。出生雖爲世家，但家道中落。甲申之際，年方十六，奮少年意氣參加抗清，兵敗避居他鄉併入贅馮氏。以布衣漂泊半生，充任幕僚二十餘年。直到50歲，得薦「鴻博」，成爲康熙的文學近侍。其間又遭遇兩次罷官，一次停職居京6年，第二次從此居鄉潛心著述。竹垞一生，仕宦生涯雖不足7年，對他的詩歌創作影響卻大。正如嚴迪昌在《清詩史》中說：「事實上就他本人而言，前期顚沛流離、落魄江湖之際所作詩即多情動於中，可資知人論世的佳製，中期而後可讀的傳世之作比例則轉小了。」〔註65〕如果將竹垞詠物詩分爲前後兩期，康熙十八年入仕便是個自然的界限。前期生活如嚴迪昌所說「落魄江湖」，其詩自然是「情動於中」而感歎遭遇；後期授翰林檢討，繼又入值南書房，境況大變，哀怨之聲消失，代之以應制唱和，潤飾太平。這既是竹垞人生和文學創作的華麗轉身，也是其詩情消亡的標誌。

朱竹垞早期詠物詩中，尚有抒寫亡國傷痛的詩歌，雖不多，但也不乏佳作：

節物驚人往事非，愁看燕子又來歸。

春風無限傷心地，莫近烏衣巷口飛。(《同沈十二詠燕》)

回首秦川落照殘，西風遠影對巑岏。

〔註65〕嚴迪昌《清詩史》，浙江古籍出版社，2002年版，頁515。

> 城頭霜月從今白，笛裏關山祇自寒。
>
> 亡國尚憐吳苑在，行人只向灞陵看。
>
> （《同曹侍郎遙和王司理秋柳之作》）

前一首以「烏衣巷」點出興廢主題，有感傷之情；後一首乃和王士禛
《秋柳詩》，其內涵雖不及王詩豐富，卻生動體現了順治末年，民眾
政治情感的逐漸消退。

　　總體來說，其前期的詩歌，以自傷身世為主，悲涼、哀怨，具有
較強的藝術感染力。

> 朱明四五月，萱草滿中園。花花連枝發，葉葉從風翻。
>
> 移萱南湖濱，樹萱北庭側。亮無同心人，馨香詎相識。
>
> 兔絲自有枝，桃葉自有根。黃花特小草，何用通慇懃。
>
> 冶容無故懼，柔條易顛倒。本是忘憂花，翻成斷腸草。
>
> （《樹萱篇》）

　　萱草本為忘憂之花，詩人植之滿園，卻無人相贈。詩中的兔絲、
桃葉、黃花、小草皆有所喻，分別指代趨炎附勢者、恃才傲物者、堅
守氣節者和才德平庸者。這些人的存在方式，似乎都被詩人所否定。
品味此詩，其所抒寫的，不僅有無人欣賞的感歎，還有人生找不到出
路的苦悶。在另一首《詠柿》詩中，詩人寫道：「嗟爾生非時，難誇
受命強。」柿本成熟於秋季，而詩人卻哀惋其不能在夏日酷暑之時與
人消渴，落得被人遺棄的可悲下場。很明顯，詩中所詠，帶有詩人的
自傷色彩，柿的生不逢時，正是詩人對自我命運的哀歎。

　　竹垞前期多詠月詩。詩歌借寫月下之景，營造飄忽、淒涼之境，
抒寫宦遊、羈旅的孤獨疲憊和濃濃的思鄉之情。

> 望遠高樓笛，行歌半夜舟。
>
> 南征有鴻雁，相傍宿沙頭。（《孤嶼亭對月》）
>
> 霜露日夜零，故鄉渺難越。
>
> 悽愴游子心，獨坐待明發。（《十五日夜月》）
>
> 感目既多顏，懷鄉匪異撰。
>
> 申旦陳苦言，庶令勞者纂。（《十七夜月》）

康熙十八年，竹垞中試，授翰林院檢討。這對於以學識名世的竹垞來說，雖然來得晚了些，但卻是終得其所。康熙的知遇和生活境況的轉變，使得前期詩歌中的諸多幽怨消失了，取而代之的，是應制和酬唱。詩歌的內容更不必言說：

> 細菌多無算，銀盤大一圍。
> 未殊榆肉脆，更較樹雞肥。
> 御墨題猶濕，嘉蔬物豈微。
> 流傳文館記，盛事景龍稀。（《銀盤菇》）

> 敕自宮門下，香從內庫來。
> 綠瓷雙甕滿，黃紙一封開。
> 燈火將除夜，屠蘇最後杯。
> 沉吟主恩重，入手且先催。（《法酒》）

> 雉兔關東最，梭魚味更良。
> 刺方青鯽少，膾比玉鱸香。
> 賜出春初早，攜歸尺半長。
> 罟師題字在，寧分小臣嘗。（《梭魚》）

這是一組宮宴應製詩，歌詠御賜酒食，同一組作品，還有《官羊》、《鹿尾》兩首，其寫法，基本趨於一致。首聯入題，中間兩聯歌詠，尾聯感恩或粉飾太平。這些詩歌，不論內涵、情感都已無可取之處，詩人自未「情動於中」，更別提打動讀者了。再如這首《詠白杜鵑花》：

> 銀牓璇題一道通，仙花移植冠芳叢。
> 色殊李白宣城見，狀比嵇含嶺外工。
> 照水影齊紅躑躅，捲簾香動玉玲瓏。
> 梯航萬里來何幸，採入瑤山睿藻中。

詩尾題注「應東宮教」。此詩結尾兩句，已將文人士子在皇權面前的奴顏媚骨發揮得淋漓盡致，令人可悲可歎。

竹垞後期詠物詩中，也有一些出於閒情逸致，具有明顯的遊戲遣情心理。如《閩中海物雜詠七首》。這組詩中，有些富有情致：如《黃螺》，「肉縮等蝸角，涎腥過蠣房。憐渠一破殼，也有九迴腸」；

《珠蚶》，「海物多充庖，珠蚶亦配酒。取禍自有胎，不在深閉口」。此二首，諷世亦有趣，除此皆不足爲觀。

竹垞後期頗見稱道的詩歌中，還有一首《憎蠅》：

> 曉夢晨光裏，群飛戶尚扃。
> 慣能移白黑，非止慕羶腥。
> 曲几思投筆，輕巾屢拂屏。
> 北牕眠未穩，孤坐憶江亭。

「本詩成於康熙二十二年（1683），詩中用《詩經‧青蠅》的傳統諷喻筆法，以蒼蠅比那些顛倒是非，趨利逐臭的小人，作者對此輩的憤恨之情可謂溢於言表，詩的結句則委婉地表現了他對出仕的後悔。」〔註66〕雖然如此，筆者認爲，詩題的「憎」字，就已下的太重，「白黑」、「羶腥」、「投筆」、「拂屏」，亦太刻露，全然不符其標榜的「淳雅」標準。但無論如何，對於官場人事的揭示，作爲對承平詩人詠物詩內容的有益補充，亦未嘗不可。

此外，朱彝尊詠物詩中還有許多聯句詩，如《棗花聯句》、《檉聯句》、《秦吉了聯句》、《雨舟聯句》、《九月八日天寧寺觀塔燈聯句》等等，這些詩歌不僅數量大（約占其詠物詩的一半），而且篇幅較長，由多個作者合詠一物，這種現象在他人詩集中很少見。此類詩歌的創作，出於純粹的娛樂心理，多辭采典實的堆砌，但卻眞實地展現了康熙中後期，廟堂詩人的文學活動，以及詠物在清初之後的發展方向，同時預示著那個屬於詠物詩的光輝時代已經過去。

第四節　清初詠物詩思想的發展趨勢

在前文中，筆者對遺民、貳臣和承平三類詩人的詠物詩分別進行了討論。可以說，這三個群體並峙的局面，貫穿清初詩壇，持續近半個世紀。在此期間，隨著時間的推移和政治的穩定，遺民詩從最初詩壇的主體力量逐漸走向衰弱。屈大均、陳恭尹，分別卒於康熙三十五

〔註66〕王鎮遠《朱彝尊詩詞選注》，頁56，上海古籍出版社，1988年版。

年和康熙三十九年，可作為遺民詩人的殿軍。他們的離世，標誌著遺民群體基本退出了歷史舞臺。貳臣，與遺民一樣，也是特殊歷史時期的產物，隨著晚明舊臣的離世，及社會觀念的轉變，其人其詩必將消失在世人的視野之中。承平詩人的創作，與前二者相反，是由弱漸強的發展趨勢。群體的壯大和社會地位的提高，使他們作為最能準確把握統治意志和文化方向的一群人，成為新時代詩歌風尚必然的開創者和領導者。在各個群體創作實力彼此消長的同時，詩歌的思想內涵也在逐漸發生著變化。這種變化，開始是由三個群體來共同承擔，最終由仕清詩人來完成。其中所蘊含的，正是這個特殊的歷史背景下詩歌發展的必然趨勢。當然，這種變化，在不同的群體和個人身上，並不表現為完全同步。這不僅與詩人的身世遭際、道德意識和政治情感有關，而且受到其所處的地域文化和個人性情的影響。

一、從復明之志到悼亡和緬懷

易代之際，強烈的政治動盪使得知識分子從晚明略帶頹廢的放縱中猛然覺醒。民族敗亡的事實觸目驚心地擺在面前，他們不得不對個人的存在價值作出重新地判斷。於是，強烈的道德意識和社會責任感被喚醒。徐州遺民萬壽祺本是一位才藝兼具而又風流放蕩的富家子弟，在甲申之際卻能「盡棄所買歌妓，亡命太湖從軍抗清，民族氣節完全取代了自娛心態」〔註67〕，他的所為，極其典型地體現了明清之際文人的思想轉變和儒學精神在社會動亂中的自然復歸。

順治時期政治動盪，南明王朝相繼建立而又走向衰敗。這一時期，是知識分子積極救亡或躲避戰亂疲於奔波的時期，也是詠物詩創作較為低迷的階段。這一時期的詩歌，以抒寫亡國之痛和復明之志為主，表現出強烈的政治意識，代表作如顧炎武的《精衛》，黃宗羲的《三月十九日聞杜鵑》等。錢謙益甲申之際投靠清廷旋即辭歸，有一段詩歌創作的沉寂期。在經歷了丁亥事件而政治聲譽有所回升之後，

〔註67〕嚴迪昌《清詩史》，江蘇古籍出版社，2002 年版，頁 108。

以遺民的身份積極投身到詩歌創作之中。無論其詩歌是否情動於中，其慷慨沉痛的亡國之悲，以及對復明大業的關注和記錄，都契合了那個時代的主題。如果沒有牧齋的《圍棋詩》，這一時期詠物詩的份量會大大減輕。

順治後期，南明王朝相繼滅亡，永曆王朝建立伊始便所表現出的腐朽昏聵，自然也破滅了眾多遺民內心的希望。康熙元年，永曆帝被絞殺於昆明，而前一年，鄭成功也退守臺灣，預示著持續了近二十年的抗清鬥爭大勢已去。舊王朝的影響力也逐步退去，新政權的鞏固成為不爭的事實。這一時期，遺民生活也相對安定，詩歌創作數量也大大增加，從而成為詩壇的主導力量。當然，詩歌的情感也在發生著變化。生活在新朝天下的人們，終於不再逃避舊朝滅亡的現實，敢於直面慘淡的人生了。在明遺民中，林古度年輩最長、聲名最盛。其甲辰（康熙三年）於揚州攜萬曆錢一枚，引起遺民界的廣泛關注，並有多人賦詩以贈。吳嘉紀詩云：「酒人一見皆垂淚，乃是先朝萬曆錢」（《一錢行，贈林茂之》），汪楫詩中亦有「座客傳看盡黯然」，「不須滴淚憶當年」（《一錢行，贈林茂之》）之句。作為晚明遺老，林古度並無仕明的經歷。那一枚銅錢，只是其懷舊情緒和不忘舊朝的精神告白，並不具備別樣的政治企圖。至於觀者的「垂淚」和「黯然」，則準確地描繪出了順康之際人們感物懷舊的典型心理。

正如王夫之所說：「即物皆載花形，即事皆含落意。」（《寄詠落花詩十首·序》）在他看來，任何事物如花般有榮有落，大明的滅亡也是必然了。雖然如此，也無法隔絕遺民與那個承擔著故國與漢族政權雙重身份的王朝的複雜而深沉的情感。故而，哀悼和懷念成為了這一時期詠物詩的主要旋律。王夫之《落花詩》共計 99 首，創作於庚子（順治十七年）冬初至次年的秋季，可作為悼明詩的代表。其後歸莊、余懷的看花組詩（歸莊詩約作於康熙二年，余懷詩作於康熙七年），則以懷舊為主調。王夫之《落花詩》以落花喻朱明王朝，抒寫「葉怨於枝」的飄零之感和對舊朝的無限眷戀。在歸莊、余懷的看花詩中，已

經不完全是心繫故國了。歸莊詩中，通過在繁花似錦的春日裏，追尋屬於過去的美好記憶，實現對現實痛苦的逃避；余懷則通過抒寫苦苦找尋舊日勝景而不得的失落心境，追憶晚明歌舞升平的文化氣氛，捎帶懷念自己早已不在的青春。

從顧炎武《精衛》中「身沉心不改」的復明之志，到王夫之《落花詩》中對明王朝的沉痛悼念，再到歸莊、余懷的懷舊情緒，政治指向依舊鮮明，但情感力度卻逐步減弱。在歸莊、余懷的詩歌情感中，易代所帶來自我生命價值得不到實現的悲劇體驗，遠遠超出了懷故戀君的道德成份，詩歌中人的個體意識在逐漸增多。錢牧齋作於順治十八年的《紅豆詩》，借紅豆以寄相思，亦是緬懷故國之意。

二、從人格自賞到困惑與思考

與亡國的悲痛糾結在一起的，還有詩人對自我人生的思考。在清初遺民詩中，這樣的思考，可以分爲兩個階段：一、對自我道德人格的品味和欣賞；二、從生命價值出發對自我選擇的反思。在王夫之的《落花詩》中，悼亡是一個層面，以落花自喻，抒寫對明王朝的一片忠心和矢志不渝的人格氣節是另一個層面。與此同時，詩歌還對在惡劣的政治環境下如何實現自我生命價值作了更深一層的討論。「無勞粉本摹春雪，一盞零香釀夕醺。」(《續落花詩》九》)在船山看來，生命的精彩只能靠自己去創造。所以，在「立功」不能的時候，他毅然地選擇了潛心著述的「立言」之路。船山是深刻的，所以在一組詩中能夠實現從自賞到自省的飛躍。對多數詩人來說，這是一個漫長的過程。以屈大均爲例，其一生的詠物詩創作，經歷了三個重要的階段：一、抒寫愛國之情和復明之志；二、歌頌自我節操和抱獨之心；三、對自我人生的反思和對命運的悲歡。第一階段集中在順治到康熙初年的青年時期，以順治十六年的詠梅詩爲代表；第二階段是其隱居初期的中年時期，詩人往往以梅菊自比，抒寫內心強烈的道德優越感。在經歷了太多失敗和人生的諸多痛苦之後，晚年的屈大均對自己的選擇

和命運進行了重新的思考。這時的他，不再吟詠清高的梅花，而寄情於同樣被造化棄置於歲暮，經受霜雪摧殘而飽含清苦的野菊。詩人還經常將自己比作驚秋的鳴蟬，發出「獨自爲高潔，應非吾子心」(《白華園作》)，「高潔雖天性，悲涼豈太和」(《蟬》)的感歎。但是，如果人生可以重來，在人生的適意與道德節操之間，詩人又將會做出怎樣的選擇？

貳臣與遺民，便是做出不同選擇的兩類人。龔鼎孳是典型的承擔著貳臣悲劇心理的一個。他的內心深處，自卑、愧疚，懺悔、自贖糾結在一起。他羞於吟詠梅花，只將自己比作微末的螢蟲。他的內心永遠漂泊，找不到精神的港灣。這種內心的痛苦、焦慮，與金錢、女人，放蕩、快意的表象形成極大的落差，闡釋著道德重負下傳統文人嚴重的人格分裂。對於自己的悲劇，龔鼎孳有著深刻的體驗，但卻永遠不能釋懷。錢謙益將人生快意放在首位，將功名、富貴、美女作爲快樂的資本，甚至最終也還要將名節也收入囊中。但是，他缺乏真誠，對社會、對道德、對他所追求的一切，無不如此。詩歌只是他自我粉飾的工具，故被塗抹得面目全非，看不到性情。在三個最重要的貳臣詩人中，吳偉業最真實，也最深刻。他的真實與深刻，在於看淡了一切身外的事物，將人生最本質的生命放在首位。不甘於生命的暗淡，他應詔出山，落得個貳臣的罵名。對此，他的詩中雖也透露了些懺悔的信息，但並不重要。可能是擺脫了名利和道德的束縛，梅村最先看到了生命的本質。仕也罷，隱也罷，明也罷，清也罷，文人的宿命都是悲劇。這既是生活在殘暴的明統治或異族政權下文人必然承受的時代悲劇，也是依附於皇權的封建文人共同的悲劇。而梅村對三千年的政治體制下知識分子生存狀態的痛苦反思，是封建末世生命個體自我意識覺醒的體現，具有著超越時代的思想價值。

三、從渴望突破到盛世情懷

不論是遺民對自我人生選擇的重新審視，還是貳臣帶有著愧疚

心理的自我懺悔，亦或是吳梅村那樣對生活了幾千年的政治環境的反思，總之，整個社會及其詩歌，進入到了一個冷靜、理性的階段。但是，最終沒有一個群體，會真正的找到答案。與初唐與宋初那意氣奮發的景象相比，清初社會的氣氛未免沉悶。但是，這確實是一個讓人輕鬆不起來的時代。既使是那些有幸逃脫了道德譴責而入仕的詩人，他們的心境也一樣沉重。宋琬一生的兩次入獄和最後悲劇的死去，提醒著人們亂世陰霾的無處逃遁。施閏章雖較之宋琬幸運，通暢的仕途依然解不開他的心結。對於這些在大明的統治下度過了半生的士人，即使得到了新朝的賞識，那一層隔閡卻永遠無法消除。他們身上失落的歸宿感，是這一特殊時代士人必然要承受的精神負擔。而施閏章《煙火行》中「何日中原罷烽火，華燈如晝長遨遊」，則唱出了這個時代的另一種渴望。

　　一個能夠打破這種傷感沉悶氣氛的詩人，將被在文學史上寫下重重的一筆，而歷史的需求總是能夠及時地得到滿足。於是，一個重要的人在最適當的時候出現了。他，便是新朝詩歌氣象的真正開拓者，被譽為「開國宗臣」的王士禛。他「恰好具備最佳的條件，適應著特定的時機，成為『絕世風流潤太平』的騷壇宗主」〔註68〕。筆者認為，王士禛的的認識意義，不在於其詩歌中對太平勝景的歌頌，而在於他對詩壇原有的悲情氣氛的打破，在於他的破舊立新、承前啟後，最終實現了從亂世文學向承平文學的轉變。王士禛之所以有此成就，在於他得天獨厚的條件。這個條件，首先是才學和膽識。王士禛出身官宦詩書之家，不僅飽讀詩書，而且深受儒家學而優則仕觀念的影響，具有遠大的抱負和理想。這一點，在其《秋柳詩》中已見倪端。詩歌高超的藝術手法首先是才情、學識的表現。同時，在多數知識分子沉溺於個人感傷之中時，漁洋詩歌卻已表現出指點江山的豪邁，對社會中各個群體曲折的內心作了大膽的揭

〔註68〕嚴迪昌《清詩史》，江蘇古籍出版社，2002年版，頁421。

示。這種積極的入世精神，是遺民詩人所無法相比的。王士禛另一個優勢條件在年齡。甲申之際，他只有十歲。易代所留下來的心靈創傷較之前輩詩人要淡得多。並且，也正是這個原因，使他在仕清時，可以不必承受道德的譴責，輕裝上陣，而且對於這個伴他成長的新朝，也少一份矛盾的糾結。當然，王士禛的成功，還在於他能夠及時地把握文化形勢，迎合社會各界和統治者的需求，獲取最大限度的認可和影響，從而反作用於詩壇，成為最終的領袖。

王士禛的詠物詩可分為四個階段：一、傷感困惑，以《秋柳詩》為代表；二、青春勃發，以《冶春》絕句為代表；三、歌頌盛世，以紀遊詠物詩為代表；四、粉飾太平、怡志遣興，以後期酬唱之作和《蠶尾後集》為代表。其《秋柳詩》通過對當時傷感困惑的社會氣氛的描繪，既是自我情緒的宣泄，也是對自己未來的一種思考，透露出打破沉悶的渴望，迎合了當時社會的心理需求，得到了極具影響力的遺民群體的關注讚賞，為今後的發展打下基礎。《冶春》絕句將懷舊與青春的意緒巧妙構織，穿透了籠罩著清初詩壇數十年的陰霾，宣告著自我與時代的春天的即將到來，是開一代風氣之作。後面的紀遊詩中，詩人通過對山川風物的描繪，唱出了一曲曲盛世之歌。《蠶尾》諸詩，便是清平宰相卸甲歸田之後的閒情逸致了。

王士禛「開國宗臣」的價值，不僅在於引領了一個時代，還在於從遺民的手中接下了詩壇盟主的杖策，並在仕人中代代相傳，使詩壇的太平景象，與康乾的盛世相互輝映，達到了最終的和諧。在這些「恒以官位之力勝匹夫」（趙執信《鈍吟集序》）公卿大夫的引導下，詩歌的主題也便沒有了懸念。得意者酬唱遣興，失意者感傷宦海沉浮，僅此而已。朱彝尊，這位雖較之漁洋年長，卻出道較晚的詩人，用他的創作應證了這個顛撲不破的真理。

第二章　清初詠物詩的藝術成就

　　清初是一個傳統文學復興的時代，詠物詩的繁榮便是個很好的證明。清初詠物詩，不僅表現出數量的激增和豐富深刻的詩歌內涵，還表現在對藝術傳統的總結和完善。以下，將從題材、藝術和審美三個方面，對清初詠物詩所取得的藝術成就，作一簡單的分析。

第一節　清初詠物詩的題材

　　康熙御製的《佩文齋詠物詩選》是距今為止體制最為龐大的詠物詩選集。其所列詩歌，按照物類劃分為 480 卷。詩中所詠之物，幾乎囊括了天地之間所有可感可識之物。有自然生成，也有人工巧製，壯大如山川河嶽，微末如螻蟻蠹魚，或有情，或無情，可謂洋洋大觀。如此豐富的詠物詩題材，為清初詩人們提供了抒寫和表現自我的廣闊空間。他們正是在前人所開創的廣泛的詠物詩題材基礎上，創造了屬於自己的輝煌。

一、題材概況

　　清代橫跨「古代」與「近代」兩個不同概念的歷史，又是農業文明向工業化轉型的重要時期。相比較而言，清初的文化較之後來要顯得單純得多。工業文明以及西方思潮的衝擊，可以忽略不計。這一點，

表現在詠物詩題材上，是清初雖然也有如高兆《荷蘭使舶歌》、王士禛《荷蘭刀》這樣一些反映西方工業文明的作品，但數量非常有限，遠遠不足以改變其鮮明的農業社會的特徵。

　　總體來說，清初詠物詩的題材並不廣泛。並且不同的群體和個人，又表現出不同的偏向。遺民詠物詩，多以自然之物爲吟詠對象。日月山川、禽蟲草木是他們的最愛：清冷的月光、哀鳴的秋蟲，北來的大雁、雪亂的落花，無不寄託著其傷感哀怨的內心。當然，也有色調明艷的詩歌意象。如歸莊詩中所說，「亂離時逐繁華事，貧賤人看富貴花」(《東行尋牡丹舟中作》)。花是遺民詩中最爲普遍的歌詠題材，佔有相當大的比重。如杜濬詠物詩約 30 餘首，花詩 24 首；萬壽祺現存詠物詩約 10 首，花詩爲 6 首；方文詠物詩約 30 首，花詩爲 15 首；傅山詠物詩 10 餘首，花詩爲 6 首等等。另如歸莊《看花雜詠》一卷，共 50 餘首；余懷在其他雜詠之外，更有《戊申看花詩》近百首。歸莊的《看花雜詠》中，梅詩近 10 首，桂詩近 10 首，牡丹詩 8 首，菊詩 6 首，其他雜詠共 12 首；余懷看花詩不分花類。再如杜濬花詩中，芍藥 10 首、梅詩 4 首，海棠、牡丹、杏花各十首。以上說明，對於大多數詩人來說，是無花不看，所詠花品較爲繁雜，並無多少特殊的偏向。在個別的詩人中，梅、菊詩所佔比重較大。如屈大均，共創作詠花詩近 300 首，梅詩 100 餘首，菊詩 60 餘首。王夫之，共創作梅詩 110 餘首。遺民的禽詩中，詠雁最多，杜鵑次之，燕、鶴也較爲常見。蟲詩中詠蟬較爲多。此外，詠月詩和歲時節令詩數量亦多。

　　貳臣詩人心態各異，性情不同，各有偏向，其詩歌題材中相通之處並不明顯。以「江左三大家」爲例。吳偉業的詠物詩題材，自然風物較少，多偏向於人工。其「梅村體」詠物詩，除《白燕吟》之外，《宣宗餵金蟋蟀盆歌》、園林山莊詩、城市詩，都屬此類。短篇詠物詩中，詠蔬菜、畜類、菜肴、日用、玩物，都取材於日常生活，這樣的題材選擇在清初詩人中較爲少見，體現出獨特的審美情趣。錢謙益多有圍棋詩，這一題材除歸莊一首外，其餘作家都少有涉及。牧齋以

棋局喻人生，喻政治，是對其性情與價值觀最爲貼切的闡釋。紅豆也是牧齋的特色題材，其靈感來源，當是王維的《相思》。王維接任僞職的經歷，與牧齋降清相近，其用意可謂深婉。其他如落葉詩，也有右丞的影響在。牧齋早期《初學集》中，詠柳較多，這一點又與王士禎接近，從中亦可以窺探出二人性情的些許相通。牧齋《有學集》諸詩，除紅豆、圍棋外，其餘如梅詩、雁字詩等與遺民詩並無二致，體現其晚年以遺民自居的心態特徵。龔鼎孳曾有詩云：「平生擱筆梅花句，恐藝寒香點染中」（《和友人梅花詩一束韻》），足以看出其在遺民面前所表現出的人格自卑。龔氏詩多「宴飲酬酢之篇」，多與一兩密友宴集花下，故看花詩最多。其詩中的憶舊傷感又較之遺民更明顯和深重，亂離之悲外更多了一層無法排解的愧恥之情。李白詩云：「我寄愁心與明月，隨君直到夜郎西」，以月遙寄對王昌齡清白人格的體貼。龔芝麓亦多作詠月詩，在月下尋求日間塵俗中無法實現的內心平靜和靈魂的慰藉。遺民以梅菊自喻，龔氏以微物自表，詠螢以明志，亦較爲獨特。

　　與貳臣相同，承平文人亦情態各異，並且隨著其所處年代遭際的差異，表現出不同的詠物旨趣。宋琬行輩較早，卻經歷了太多的苦難。其詠物詩的大部分題材，都與兩次入獄有關。身處縲紲，目之所及極爲有限，聽覺反倒更加靈敏。外界一切的生息，無不令人感傷。於是就有了大量寫聲的詩篇：《聽鐘鳴》、《悲落葉》、《蟋蟀吟》、《秋風聲》、《秋雨聲》、《鳥聲》、《雁聲》、《蟲聲》、《笛聲》、《角聲》、《箏聲》等。獄中詠物的第二類題材是獄中可觸可及的物品，如《獄中八詠》，分詠蘆席、土炕、折足凳、砂鍋、黑瓷碗、火爐、水井、鈴柝等。出獄之後，又創作了反映生活窘迫的鬻物詩。雖爲鬻物，實爲詠物，詩人變賣家產，那些珍貴的古物和書畫，自是不忍割捨，於是詩以志之。以上所列題材，皆爲宋琬獨有，而他人所未見的，是其人生苦難的眞實記錄。牢獄之外，宋琬亦有數年平靜的生活，此類時期的詠物詩雖也打上了人生苦難的印記，但就題材來說，卻有了臺閣詩人的味道。

同僚間宴飲應酬如《王敬齋先生齋中芍藥盛開》、《同閔宮用王古直及小婿王五文南屏看紅葉作》、《金太傅齋中賞牡丹》等；寫宦遊所見所感如《巫山對月》、《三峽猿聲歌》、《畫眉》、《錦雞》等。在施閏章詠物詩中，詠松詩有 20 首之多。這一本應屬於遺民詩的題材，在清初遺民卻極少見作。此外，愚山鶴詩、看花詩、詠月詩也較多。其他如《烟火行》也值得一提。這首詩不寫自然風物，而是深入市井，反映社會風貌，是其詩歌現實主義精神在詠物詩中的體現。王士禛標舉「神韻」，講究興會，其於詩歌題材並無多少偏愛。只是其早期《秋柳詩》影響太大，後期詩中，柳詩亦多，故可看作其一大特色。朱彝尊早期詠月詩較多，後期應酬聯句，亦是凡物即詠，花品、菜肴、果蔬、禽鳥隨處可見。

　　從以上的分析可知，就廣度來說，清初詩人於詠物題材雖無多大開拓。但往往能夠從自我抒情的需求出發，選擇題材，凸顯出明顯的個性特徵。隨著社會的日漸穩定，承平詩人占據了詩壇的主體地位，臺閣文學的氣象日漸形成，詠物詩抒情性隨之減弱，題材的個性特徵也逐步消失。

二、題材的時代性特徵

　　清初詩人，不曾創造出屬於這個時代特有的詠物詩題材。但其對詠物詩題材的貢獻依然值得驕傲。他們在繼承前人題材傳統的基礎上，將易代之際的社會現實和自我感受融入其中，成就了凸顯著時代精神的詠物詩。

　　清初的許多詠物詩題材是詩人們有意識選擇結果。這種選擇，表現在所詠之物，與清初特殊的政治背景的結合。《落花詩》是一個典型的例子。王夫之在《落花詩》自序中說，「庚子冬初，得些莽、大觀諸老詩，讀而和之，成十首」（註1）這說明，在清初遺民中，吟詠落花極爲普遍。對落花題材的偏愛，源自於清初遺老們特殊的政治情感，

〔註 1〕王夫之《王船山詩文集》，中華書局，1962 年版，頁 405。

一方面是感性直覺的，一方面有著別樣的寄託。王夫之在序中，對感性的一面做了揭示：「夫落悴而花榮，落今而花昔。榮悴存乎迹，今昔存乎情。」〔註2〕花開的繁華與花落的憔悴，花開的短暫與花落的必然，花落再開的輪迴與人生歡樂的不會再來，都會勾起詩人對已逝的大明王朝的痛惜。歸莊在《落花詩自序》中亦云：「我生不辰，遭值多故，客非荊土，常動華實蔽野之思，身在江南，仍有大樹飄零之感。以至風木痛絕，華萼悲深，階下芝蘭，亦無遺種。一片初飛，有時濺淚；千林如掃，無限傷懷！」〔註3〕落花同時契合了遺民身處易代之際落寞蕭索而又充滿痛苦的內心體驗。最爲重要的是，花的紅色，與明王朝統治者的「朱」性，在字義上使人產生一定的聯想。故寄詠落花，便有了哀悼明王的特殊內涵。落花之詠，古已有之，晚明才子唐寅作《落花詩三十首》，其詩正如歸莊所說：「即有感歎，不過風塵之況，憔悴之色而已」。詩情雖較之「推擊風雅，鼓吹休明」〔註4〕者濃重，卻遠不能和清初《落花詩》的纏綿淒惻相比。盛衰之歎、追念舊朝的落花詩是清初獨有的。

出於與《落花詩》同樣的心理，清初遺民以詠花最爲普遍。那嬌艷的花枝與遺民之間，有一種自然而然的親近。詩人們醉倒花下，彷彿回到了過去，找到了靈魂的歸宿。同樣，遺民對紅色也頗多偏愛。紅艷的花朵，也一併被賦予了特殊的政治內涵。屈大均寫紅石榴，「枝枝影爲朱天出，朵朵香同赤帝歸」（《紅石榴》）；寫木棉花，「扶持赤帝南溟上，吐納丹心大火中」（《南海神祠木棉花歌》）。錢謙益晚年也以遺民自居，園中偶見紅豆，便大作一番文章。「便將紅豆與雲供，坐看南荒地脈回」（《紅豆詩》其七）。這二十年一遇的紅豆，寄託著詩人光復朱明王朝的希望。

清初詠物詩，還繼承了一些明顯帶有易代色彩的詩歌題材。如精

〔註2〕王夫之《王船山詩文集》，中華書局，1962年版，頁405。
〔註3〕歸莊《歸莊集》上海古籍出版社，1984年版，頁119。
〔註4〕歸莊《歸莊集》上海古籍出版社，1984年版，頁119。

衛、子規、杜鵑等。精衛填海的故事，與易代之際天崩地坼的現實背景結合，用來抒寫光復舊國的堅定決心。子規與杜鵑有著同樣的傳說背景。蜀王失國的遭遇和子規鳥淒絕的叫聲，極易勾起遺民對崇禎皇帝自縊煤山的歷史一幕的痛苦緬懷。而杜鵑花如血的紅艷，則擔負著遺民亡國的深哀劇痛和對新朝的刻骨仇恨。

此外，清初詩人還巧妙地利用一些事物特殊的物性特徵，寄託敏感的政治情感。如雁字詩。大雁具有遷徙的習性，秋日由北往南，春日裏回歸北地。而遺民詩人大多生活在南方，這裏既是朱明故地，也是南明小朝廷聚集的地方。於是，大雁北飛，是去參加鬥爭，大雁南飛，則代表了對明王朝的忠貞。秋日惡劣的氣候環境，又使南飛具有了不畏險阻的精神內涵，如陳恭尹「六翮欲衝遼海雪，一行先別嶺南花」(《送雁》)，屈大均詩中「高秋八九月，凍死乃無悔」(《鴻雁》)，王夫之《雁字詩》中「雲林填畫筆，中土不無人」。雁字之外，梅花在清初詩人筆下，也具有著特殊的情韻。屈大均在《廣東新語》中對梅花的習性作了深入的討論，認為梅開是陽氣乍泄的結果，預示著肅殺之氣的退場，是春回大地、萬物回陽的吉兆。「瑤華答霜雪，碩果孕乾坤」(《吉祥寺古梅·其二》)，梅花開放，是復明事業有望的象徵。

清初詩人對詠物詩題材的選擇，一方面出於抒寫政治情感的需求，另一方面亦與自我內心的感受相符。如錢謙益的圍棋詩。清初紛亂的時局，在詩人看來，正如棋局的變幻莫測。而其圍棋詩，也極為生動地反映了當時反清運動的複雜和多變，具有鮮明的時代特徵。總體來說，清初詩人的情感世界是悲情和哀怨的，除詠花詩之外，大部分偏重於秋冬之詠，如落葉、雁鳴、秋蟲、梅菊等。王士禛的《秋柳詩》也可作為很好的例子。古人詠柳詩，多詠新柳，如賀知章《詠柳》，楊萬里《新柳》等詩。王士禛順治十四年於歷下明湖畔歌詠秋柳，一時和著雲集，也同時成就了青年漁洋的不凡詩名。可以說，正是詩歌中哀婉幽怨的情調打動了世人，引起了文人墨客的情感共鳴。此處如換作新柳，則斷然無此效果。再如屈大均所詠

之蟬，「蕭蕭木已落，雲鬢早驚霜」（《蟬》）的形象，正是易代之際遺
民愁苦、蕭索的內心寫照。

三、題材內涵的豐富和深化

　　清初詠物詩的題材，具有著鮮明的時代性特徵。但最突出的成
就，則是對傳統的詠物詩題材內涵的豐富和深化。下面，試舉幾例，
略作說明。

　　落花詩，古已有之，作者良多。杜甫於晚年流落沅湘，即作《風
雨看舟前落花戲爲新句》，被王嗣奭稱爲「後來詞曲之祖」〔註5〕，即
開落花詩先河之作。

> 江上人家桃樹枝，春寒細雨出疏籬。影遭碧水潛勾引，風
> 妒紅花却倒吹。吹花困傍舟楫，水光風力俱相怯。赤憎輕薄
> 遮入懷，珍重分明不來接。濕久飛遲半欲高，縈沙惹草細
> 於毛。蜜蜂蝴喋生情性，偷眼晴蜓避伯勞。

此詩正如王氏所說「皆從靜中看出，都是虛景，都是遊戲，都是弄巧」。
是杜甫困頓之時，爲遣興消愁而作。詩歌用大量筆墨，描摹花瓣飄零
之態，遊戲心理很重，並無多少深味。再如宋代陸放翁《落花》詩：
「山杏溪桃次第開，狂風正用此時來。未妨老夫憑欄興，落地殘紅點
蒼苔。」通過落花之景，抒寫詩人寵辱不驚的心態。又如徐渭的《夏
相國白鷗園》寫落花：「詞客登臨信筆裁，每於花謝笑花開。請觀世
上看花者，曾見花開不謝來？」這又是一首說理詩，由花落悟出萬物
盛衰之理。唐寅《落花詩》用意與此接近，「顏色自來皆夢幻，一番
添得鏡中愁」（《其二》），「春風五百盡須臾，花事飄零勝有無」（《其三》）。
與徐渭詩不同之處，在於多了一份感傷幽怨的情緒，是詩人懷才不遇
而又不甘沉淪的內心寫照。以上如歸莊所云，「皆生盛時，推擊風雅，
鼓吹休明，落花雖復衰殘之景，題詠多做穠麗之辭，即有感歎，不過

〔註5〕轉引自陶今雁《中國歷代詠物詩辭典》，江西教育出版社，1992年版，
　　　　頁587。

風塵之況，憔悴之色而已。」〔註6〕

王夫之《落花詩》99首，將亡國之悲、身世之痛和對自我命運、人格與價值實現的重大主題都蘊含其中。「百歲回頭三月雨，萬端到耳一聲鶯」(《廣落花詩》九)，以落花所經歷的雨橫風狂，喻明王朝在農民起義和外族侵略下不堪一擊的敗亡；「記得開時事已非，迷香逞艷衒春肥」(《補落花詩》五)，將永曆朝廷比作遲開在暮春的花朵，立國時大勢已去，而一朝君臣卻不思憂患，在風雨飄搖中依然歌舞升平、苟且偷樂；「銷魂萬里生前果，化血三年死後功」(《正落花詩》其一)，以落花喻堅貞不渝的復明之志；「堂堂背我隨餘子，微許知音一葉桐」(《正落花詩》一)，以群花凋謝，而自甘寂寞的落花自喻，抒寫知音難覓，但決不苟且逐流的抱獨之情和堅持自我的節操；「無勞粉本摹春雪，一盡零香釀夕醺」(《續落花詩》九)，則抒寫不遺餘力，實現自我的決心。總之，社會與個人，理想與現實，哀悼與反思，痛苦與勃發，眾多的情愫都在落花這一題材中得到淋漓地發揮。可以說，落花詩在前人筆下，從來沒有如此厚重和深刻。

梅花亦是古人慣詠之物。至今傳誦林和靖的「疏影橫斜水清淺，暗香浮動月黃昏」(林逋《山園小梅》)，王安石「遙知不是雪，為有暗香來」(《梅花》)，都是對梅花形色姿態的描繪。陸游《卜算子‧詠梅》「無意苦爭春，一任群芳妒」，賦予了梅花淡泊清遠的人格內涵。宋遺民亦多梅花之詠，「百花頭上頭更高，空谷天寒弄幽質」(林景熙《賦梅一花得使字》)，「明年無限風花在，奪得春回是此花」(鄭思肖《梅花》)。詩中的梅花，又具有了在惡劣的環境中保持自我的節操和傳遞春信的使命。這些，屬於對梅花概念化、抽象化的描寫，內涵也較為單薄。屈大均近百首詠梅詩，對梅花的文學內涵進行了充分地發掘。「枝枝經百折，終不畏霜雪」(《吉祥寺古梅》其三)，是堅忍不拔的鬥爭精神；「朝隨晴日放，暮作白雲飛」(同上其四)，是蕭散淡遠的心境，這都

〔註 6〕歸莊《歸莊集》上海古籍出版社，1984年版，頁119。

是對前人藝術傳統的繼承。「誰將遼海雪，來折漢陵花」(《靈谷探梅》其二)，「上林松柏盡，珍重歲寒姿」(《吉祥寺古梅》其一)，則賦予梅花王朝興衰的內涵，具有鮮明的政治情韻和時代精神。「巉岩山寺裏，鐵杆欲爲薪。殘月疑山鬼，深雲隔美人。無花留太古，何草似靈均？再弄虯枝下，江南久望春。」(《吉祥寺古梅·六》) 詩中則融入了詩人對復明的期望，對自我堅持己志、不與流俗同調的精神節操的欣賞，甘於寂寞的抱獨之心和對自我命運與人生的深切思考。可謂意境朦朧，用意深邃。

其他如牧齋《圍棋詩》、吳偉業的《宣宗餀金蟋蟀盆歌》，漁洋《秋柳詩》等，都是在繼承前人豐厚的藝術積纍的基礎上，融入時代的精神和個人對於社會、人生的思考和特殊的情感體驗的基礎上創作的，內涵之豐富與深刻，遠遠超出了前人同題材的詩歌。這些將在後文作出深入詳盡地解析，此處不再贅述。

第二節　清初詠物詩的藝術手法

詠物詩，是詩情與藝術的完美結合。清代作爲中國古典詩歌的最後階段，是幾千年深厚的藝術積澱最後勃發的時期。清初的詩人，用激蕩的詩情，和對傳統藝術精神的包容與自信，創造了詠物詩的最後輝煌。

一、比興爲上的藝術追求

詠物詩的種類，至今還缺乏明確準確的劃分。麻守中在《試論古代詠物詩》中，將詠物詩分爲三種類型：「一是狀物抒情；二是託物言志；三是寫景述理」。﹝註7﹞劉繼才在《略論中國古代詠物詩》中認爲：「從表現形式看，詠物詩可分爲三種：一是單純詠物；二是在詠物時也流露出詩人的態度；三是通體詠物，詩中用意盡在言

﹝註7﹞麻守中《試論古代詠物詩》，《吉林大學學報》，1983 年第 5 期。

外。」〔註8〕以上兩種分類方法，都存在著明顯缺陷。第一種中，言志與抒情之間的界限很難劃分，而且一些純詠物的詩歌，抒情性較弱，既不言志，也不說理，便很難歸類。第二種分類法中，「單純詠物」與「通體詠物」亦極難分辨，「流露出詩人的態度」與「用意盡在言外」更是令人難以措手。

　　這種立足於作品和現象的分析總會有以偏蓋全的可能。對詠物詩的藝術分類，應追根溯源，從發生原理出發分析歸類。本書的附錄，已經對詠物詩的發生及藝術淵源做了較爲深入的討論。原始歌謠《彈歌》中歌頌勞動工具，《易》中「觀物取象」、「立象已盡意」、《詩經》中「觸物以起情」，共同促成了詠物詩的產生。這些發生機制，決定了詠物詩最主要的表現方法，即賦、比、興的藝術傳統。在實際的詩歌創作中，比、興又往往相互交融，難以明確地區分。如《詩經》中「關關雎鳩，在河之洲。窈窕淑女，女子好逑」（《周南·關雎》）。物（成雙成對的鳥兒）與情（男女愛情）之間是啓發與被啓發的關係，是興。但物與人之間，又何嘗沒有類比的關係，這又是比了。故而，筆者認爲，詠物詩可分爲兩大類：一、純粹詠物，抒發人對物的喜愛、讚美等感情的賦體詠物詩；二、抒發人自我情感的比興體詠物詩。若要細分，第二類詠物詩又可分爲：一、感物而發（興）的興體；二、借物喻人（比）的比體；三、既有物感的因素，人與物之間又有一定的比類關係的比興混合體。賦體詠物詩，即通常所說的純粹詠物詩，如賀知章的《詠柳》，從樹幹、枝條、嫩葉三個方面描寫，表達對描寫對象的喜愛之情。比興體詠物詩抒寫詩人的主觀情志。如王維《相思》由思念紅豆而思念友人，思念是詩歌主題，紅豆是起情之物，是「興」體詩；于謙《石灰吟》，以石灰比喻自己堅忍不拔的人格精神，是「比」體詩。又如《紅樓夢》中黛玉所作《葬花吟》，落花既是眼前之景，觸發人的悲傷，同時與

〔註8〕劉繼才《略論中國古代詠物詩》，《遼寧師範大學學報》，1984年第3期。

人之間，又有一層對應的類比關係：花開的美艷喻人之青春，花的凋零喻青春和生命的逝去，花的無人理會，似抒情主人公的寄人籬下和缺少關愛。這是一首典型的比興混合體。

屈大均在《詠物詩引》中說，「詩之風，生於比興。其詩婉而多風，無物不入，油然而感人心，善於比興者也。詠物之詩，今之人大抵賦多而比興少。」(《詠物詩引》) 在屈大均看來，詩歌的動人之處，只在於比興。雖然他對「今之人」詠物詩的評價不夠準確，但其於詠物詩提倡比興是極爲明顯的。王夫之論詩，以「詩以道性情，道性之情」爲要旨，故其論齊、梁詠物詩：「標格高下，猶畫之有匠作」(《薑齋詩話》卷二)。齊梁詠物詩正是劉勰所說「巧言切狀，如印之印泥」(《文心雕龍·物色》) 的賦體。可見，王夫之、屈大均二人，在詠物詩藝術美標準上不謀而合。其所代表的，正是清初易代之際，詠物詩創作的普遍心理。

總體來說，清初詠物詩賦體較少。在早期的詩人中，吳偉業是唯一一個大量創作賦體詩的詩人，如其蔬菜詩、菜肴詩、玩物詩、水果詩等。隨著社會逐步穩定和詩風的改變，至康熙三十年之後，承平詩人賦體詩創作逐漸增多。朱彝尊、王士禛晚年，都有大量的賦體詠物詩。

比興體的詠物詩中，比體詩的藝術手法較爲原始和直接，似已不能滿足清初詩人極爲成熟的藝術審美，故而此類詩歌數量極爲有限。顧炎武是在比體詩創作取得最高成就的詩人。王翼民在《瓠》詩箋中說：「先生詩集似詠物而非詠物詩約六、七首(〔三一〕精衛、〔四六〕秋鷹、〔一二一〕秋柳、〔一二八〕桔槔、〔一九四〕蒲州鐵牛、〔二四五〕瓠、〔二七二〕簷下雀)。謂其『似』，以其全篇句句狀物；謂其『非』，以其全篇句句另有所寄。瓠蓋借瓠以自喻也。」〔註9〕以上諸詩，除《秋柳》、《蒲州鐵牛》外，其餘皆以物喻人，

〔註9〕顧炎武著、王翼民撰《顧亭林詩箋釋》，中華書局，1998 年版，頁802。

是典型的比體詠物詩。當然，顧炎武的比體詠物詩較之前人，亦有大的突破。清前的比體詩，往往如屈原《橘頌》，以物性喻人格，是程序化的對應關係。而亭林詩中，藉以自喻的瓠、雁等，不僅寄託了詩人的人格理想，也包含著詩人的身世之感和對人生重大問題的思考，是情與理的結合，顯得厚重而深邃。

較之前兩者，興體詠物詩數量大大增加。遺民詠花詩中的大部分詩，都是興體詠物詩。詩人們不辭辛苦，處處尋花，就是爲了感受鮮花所帶來的繁華氣象和生命氣息。他們或者醉倒花下，體驗這屬於自己的生命精彩；或者在這浮世的繁華中緬懷過去，勾起盛衰有時、人生無常的悲情體驗。遺民詠花詩，在花姿花色上塗抹很少，花在詩中，只是情感的觸發，是「興」。吳偉業筆下的園林、草木，也多爲起情之物。《鴛湖曲》中，詩人故地重遊，看到了友人園宅的破敗，勾起了對往日繁華的追憶，又由園林的盛衰，推之及人，感歎主人之多桀多難，引出對文人命運的深切思考。其他如《詠拙政園山茶花》、《九峰草堂歌》、《雕橋莊歌》、《後東皋草堂歌》、《吾谷行》等，莫非如此。此外，宋琬的獄中詠物詩，亦是此中典範。

清初詠物詩中，運用最廣泛，達到最高的藝術水平的，是比興的完美結合。歸莊《落花詩》序中說：「一片初飛，有時濺淚；千林如掃，無限傷懷！」又說：「借景抒情，情盡則止。」〔註10〕落花觸動了詩人的情思，而這情思，又借著落花得以抒發。

> 萬樹穠華無復存，飄零失所不須論。
> 空中何處求遺種，散後無緣更庇根。
> 佩玦臨江愁帝子，珊瑚滿路泣王孫。
> 騷人羈客關情切，觸目淒然有淚痕。（歸莊《落花詩》其八）

此詩看似寫落花，實則哀悼明亡。花與亡明之間，在遺民詩中已形成一種默契的隱喻。感落花而傷情是興，以花喻明，則爲比。這樣的寫法，在王夫之《落花詩》中亦隨手可見，而且結合得更爲緊密和自然。

〔註10〕歸莊《歸莊集》，上海古籍出版社，1984年版，頁120。

　　尋向水邊山外山，青煙冪歷有無間。

　　才過楊柳陰陰岸，又度茱萸曲曲灣。

　　小憩愈愁前路杳，向來悔不隔牆攀。

　　歸遲怕被遊人笑，摘得青條帶葉還。（王夫之《廣落花詩》十五）

這是一首尋訪落花的詩。抒情主人公在花落之後，帶著希望四處找尋，但最終卻失望而歸。這裏，飄零無迹的落花，是煙消雲散的舊朝和往事；那苦苦的尋覓，是詩人無比的留戀；摘取帶葉青條的舉動，則象徵不改的癡心。這些，都以落花喻明爲基礎而展開。脫離了後者，前者的內涵也將不復存在。王夫之還經常以落花比南明王朝，「記得開時事已非，迷香逞艷衒春肥」（《續落花詩》五）。落花於風中狂亂的景象，勾起了他對明末動蕩的政局的回憶和反思。那驟開驟落的花朵，如永曆王朝在風雨飄搖中的歌舞升平，決定了敗亡的宿命。有時，王夫之還以落花自喻，「弱羽殷勤亢谷風，息肩遲暮委牆東。」（《正落花詩》一）那飄飛的輕盈身軀，被賦予了與風雨抗爭到底的勇敢和無畏，而最終的零落牆東，則蘊含著詩人迴天無力的凄涼。

　　清初詠物詩中，還有一個具有著明顯的政治內涵的意象——秋柳。王士禎《秋柳詩》的感發，來自於濟南大明湖畔秋日的衰柳，但起句卻將讀者引到了蘊含著特殊政治指向的白下（金陵）。那衰敗的柳樹，是南明朝廷蕭索暗淡的政治前景的象喻〔註11〕。以此爲背景，詩人對社會各個群體和自我的生存狀態與未來進行了深入的思考。顧炎武的《賦得秋柳》中，「昔日金枝間白花，只今搖落向天涯」，以柳喻明之意更加明顯。此外，屈大均詠梅菊詩、錢謙益《圍棋詩》、《紅豆詩》、施閏章的松詩等等，都是比興體的優秀作品。

二、人情與物理的完美結合

　　清初詠物詩絕少描摹物色，但並不意味著對體物的忽略和草

〔註11〕此詩作於順治十四年，時永曆王朝未亡。

率。王夫之在《薑齋詩話》中說:「蘇子瞻謂『桑之未落,其葉沃若』,體物之工,非『沃若』不足以言桑,非桑不足以當『沃若』,固也。然得物態,未得物理。」(《薑齋詩話》卷一)於物態之外,提出了一個「物理」的概念。物態即事物外在形態,是清前詩人體物的主要內容;物理,即事物所蘊含的自然之理,是內在、深層的。蘇軾所稱頌的「沃若」一句,只寫出了桃葉外表的潤澤光鮮。而「『桃之夭夭,其葉蓁蓁』,『灼灼其華』,『有蕡其實』」,則揭示出了「桃至拱把以上,則液流稚結,花不榮,葉不盛,實不蕃。小樹弱枝,婀娜妍茂爲有加」(同上)的物理。葉燮在《原詩》中,將詩賦文章總結爲三個字「曰理、曰事、曰情」(《原詩‧內篇》下)。並且說:「譬之一木一草,其能發生者,理也。其既發生,則事也。既發生之後,夭矯滋植,情狀萬千,咸有自得之趣,則情也。」(同上)其所言理、事、情,即船山所謂「物理」。葉燮批判了前人「王維詩中有畫」之說,認爲「風雲雨雪,景象之至虛者,畫家無不可繪之於筆」,而極力推崇杜甫《玄元皇帝廟作》中「碧瓦初寒外」一句:

> 然設身而處當時之境會,覺此五字之情景,怳如天造地設,呈於象、感於目、會於心。意中之言,而口不能言;口能言之,而意又不可解。劃然示我以默會想像之表,竟若有內、有外,有寒、有初寒。特借「碧瓦」一實相發之,有中間,有邊際,虛實相成,有無互立,取之當前而自得,其理昭然,其事的然也。(《原詩‧內篇》下)

在他看來,體物、狀物,只停留對事物表面形色的描繪,是「死法」,乃「庸凡人可摹擬而得也」,而「惟理事之入神境者」,才是詩歌的最高境界。清初詩人不描摹物色,捨「物態」而窮「物理」,是其對詠物詩更高層次的藝術追求。

當然,詩歌的主旨,並不在於揭示物理,否則就脫了文學的本質。「窮物理」依然只是表現人類情志的手段,「即物達情」(王夫之《薑齋詩話》卷二)才是最終的目的。此外,情與景的結合,講究「妙合無垠」的興會,即情與景的水乳交融。在詠物詩中,「物」表現

爲「景」的形式，是人與物的交融。下面，試舉幾例，稍作分析。

王夫之《廣落花詩序》中說：「夫落悴而花榮，落今而花昔。榮悴存乎迹，今昔存乎情」。花昨天開放今日凋零的短暫，花開時的美艷和凋零時的憔悴，及其花凋謝留下的痕跡，都是物理。而美好事物的短暫，王朝敗亡時的淒慘，以及留在遺民心中深深的眷戀，便是人情了。歸莊《落花詩》第一首中「燕蹴鶯銜何太急，溷多因少竟安歸？」通過對落花雕謝被鳥雀叼銜踐踏，飄零於溷水污垢之中的描繪，回憶故國淪亡時的淒慘境況，抒發舊朝文人精神找不到依託的而又不甘沉淪的迷茫。再如王夫之《正落花詩》第一首中「弱羽殷勤亢谷風，息肩遲暮委墻東」句，將落花在風雨中飄搖後停落墻東的情態，賦予了自我在清廷統治下的血雨腥風中經歷抗爭，最終自感迴天無力、英雄遲暮的淒涼。總之，清初的《落花詩》，往往能做到既切物理，又合人情，是人情與物理的完美結合。

清初的梅菊詩，也很少如王安石「遙知不是雪，爲有暗香來」（《梅花》）的著色，亦無林和靖「疏影」、「橫斜」般描繪姿態，而是於物理中寄託人情。如杜濬「剩得南枝疏影橫，草堂溪館獨淒清。百年冰雪身猶在，十日春風花又生。」（《草堂外舊梅一枝放花》）「舊梅」即老梅也。詩中句句寫梅，都合「物理」，又句句寫人，切中遺民情境。「梅枝向南者得春最早，故傳統視爲春信」，「在明清之際詩文中，每每是遺民效忠明室的象徵」（註12）；老梅根植於「草堂溪館」，是遺民身處荒寒之境堅守己志的抱獨之心；因是老梅，不知歷經幾多冰雪摧殘，是遺民經受苦難和迫害的生存體驗；老梅逢春，枯枝花發，如遺民守候之中希望的到來。屈大均《廣東新語》中說：「多至雷動地中，則梅開地上，蓋其時火之氣不足於地，而發其最初之精華，故梅開。」（註13）可見，在古人看來，梅花的始發，是陽氣乍泄的結果，預示著

〔註12〕嚴志雄《體物、記憶與遺民情境 —— 屈大均一六五九年詠梅詩探究》，《中國文哲研究集刊》，第 21 期。

〔註13〕屈大均《廣東新語》，中華書局，1985 年版，頁 700。

肅殺之氣的退場，是春回大地、萬物回陽的吉兆。而中國的哲學中，異族侵略、朝政敗落主陰，太平盛世主陽。陰陽的轉換，具有扭轉乾坤的內涵。前者是物理，後者是人情。將其付諸詩筆，便是「冰以寒風壯，春從何處尋？梅花知最早，天地此時心。」(屈大均《對梅·十四》)梅花在冬春之際，因暖而開，菊花則是在秋冬之際，避開炎暖，見霜而放，此兩者，又是物理的不同了。「炎方梅易發，爭暖不宜寒。獨有黃花晚，偏當大雪殘。」(屈大均《菊殘》)詩中，通過物理的對比，對梅菊作了褒貶，抒寫自我直面嚴酷現實，勇於擔當苦難的堅定抉擇。人情與物理極為切合。

錢謙益《圍棋詩》中的棋理，亦可視為物理。

由來國手算全勝，數子拋殘未足悲。

小挫我當嚴警候，驟驕彼是滅亡時。

中心莫為斜飛動，堅壁休論後起遲。

換步移形須著眼，棋於誤後轉堪思。

(《後秋興八首之二第四首》)

乍讀此詩，通篇皆是棋理，仔細品味，又處處關合人事，牧齋無限的政治熱望已經躍然紙上。

三、切題抒情的典故運用

清初詩歌，追求蘊藉含蓄之美。這既是特殊的政治環境中文學創作的特殊需求，也是詩歌藝術發展到較高水平的必然，同時也是清初詩人對儒家「溫柔敦厚」的詩教傳統自覺繼承的結果。含蓄之美，在詠物詩中，主要靠兩個途徑來實現：一、「比興」的手法；二、典故的運用。

清初詩人，極其重視詠物詩的用典。王夫之崇尚「內極才情，外周物理」，即詩歌中才識、人情、物理的完美結合。葉燮在《原詩》中說「夫作詩者，既有胸襟，必取材於古人」(《原詩·內篇》下)。並且為詩作者提出了「才、膽、力、識」的極高要求。王士禛之「神韻說」，以「典」、「遠」、「諧」、「則」為詩歌立法。其中「典」，即詩歌

語言的典雅之美，自然包含著用典的成份。對典實的運用，較之以上論者更爲強調的是朱彝尊，他認爲「論詩必以取材博者爲尙」，以「取材」（堆砌故實）作爲判斷詩歌優劣的唯一標準，其詩也因此被稱之爲「學人之詩」〔註14〕。

　　清初詩歌中的用典，往往既豐富又貼切。既能夠切合所詠之物，又能夠巧妙準確地傳達出詩人欲說不能的委婉情緒，集體物與抒情於一體。一般來說，清初詠物詩的用典，又可分爲三種情況：局部用典、通篇用典和整體用典。

　　　　一雁渡汾河，河邊積雪多。
　　　　水枯清澗曲，風落介山阿。
　　　　塞上愁書信，人間畏網羅。
　　　　覆車方有粟，飲啄意如何？（顧炎武《一雁》）

這是一首局部用典的詠物詩。據《漢書‧蘇武傳》載：「（常惠）教使者謂單于，言天子射上林中，得雁，足有繫帛書，言武等在沼澤中」。〔註15〕此詩詠雁，用塞雁傳書故事，是爲切題。詩作於順治末年，詩人身在北國，心懷復明之志，此處以蘇武在塞外等待回信自比，抒寫對南方永曆王朝的牽掛。詩歌後兩句化用杜甫「孤雁不飲啄」句，切中雁題。另《桂陽先賢書贊》載：「成鼙，彬人，能達鳥鳴。與眾聚坐，聞雀鳴而笑曰：『東南鼙粟，車覆，雀相呼往食之。』遣視果然。」〔註16〕兩相參看，將雀之「相乎往食之」與雁之「不飲啄」相對比，體現出兩種不同的人格境界。「愁書信」者爲心懷故國，尙思報效的詩人自己；忘記亡國恥痛，只爲自身謀取稻梁甚至因國難而獲利者，是爲詩人所不齒。詩中兩個典故的使用，達到了體物與抒情的統一。

　　又如王士禛《秋柳詩》其二：

　　　　涓涓涼露欲爲霜，萬縷千條拂玉塘。

〔註14〕嚴迪昌《清詩史》，浙江古籍出版社，2002年版，頁514。
〔註15〕轉引自王翼民《顧林亭詩箋釋》，中華書局，1998年版，頁573。
〔註16〕轉引自王翼民《顧林亭詩箋釋》，中華書局，1998年版，頁573。

浦裏青荷中婦鏡，江干黃竹女兒箱。

空憐板渚隋堤水，不見琅琊大道王。

若過洛陽風景地，含情重問永豐坊。

首聯化自劉禹錫《柳枝詞》：「千條金縷萬條絲」，寫初秋季節，柳樹將衰之景。頷聯上句反用梁代江從簡《採荷諷》「欲持荷作鏡，荷本暗無光」之意，寫荷葉之圓潤光鮮；下句借用古樂府《黃竹子歌》：「江干黃竹子，堪作女兒箱」，寫黃竹之繁茂。頸聯的上句「板渚隋堤」出自《隋書》：「煬帝自板渚引河達於淮、海，謂之御河。河畔植柳樹，名曰隋堤。」下句出自《世說新語》：「桓公北征，經金城，見前爲琅琊時種柳，皆以十圍。慨然曰：『木猶如此，人何以堪！』攀枝執條，泫然流涕。」（又有樂府《琅琊王歌》：「琅琊復琅琊，琅琊大道王」句。）尾聯用白居易事。范攄《雲溪友議》載：「白居易有妓樊素善歌，小蠻善舞，年既高邁，而小蠻方豐艷，因楊柳枝以託意云：『一樹春風千萬枝，嫩於金色軟於絲。永豐西角荒原裏，盡日無人屬阿誰？』」（註17）（又永豐坊在洛陽）此篇句句皆有出處，屬於通篇用典，而且極爲貼切。首聯、頸聯和尾聯，皆寫秋柳，故所用典故都與柳有關。頷聯以荷、竹襯柳，所詠典故，即與荷竹有關。此詩意境朦朧，詩意不好把握，但仔細品味所用典故，詩情皆在其中。詩歌前半部分將秋柳輕拂堤岸的情態，與荷爲鏡、竹成箱作以對比，後者之見用，襯托出柳之未用。聯繫秋之將至，韶光即逝而壯志未酬之感呼之欲出。後半部分緊承此意，隋堤空憐，交代了亡國的身世背景和緬懷舊朝的情緒，這也是造成抒情主人公有志難申的主要原因。桓公與白居易事，包含著詩人對建立不朽之名的文武將相的羨慕。其中，桓公柳下「泫然流涕」，白居易獨對佳人的悵歎，都有自傷遲暮之意。仔細品味，詩中典故，無一處不是體物，又無一處不是抒情。詩人身處易代，異族的統治，使得其出仕心理

〔註17〕參見王士禛著、李毓芙等整理《漁洋精華錄集釋》，上海古籍出版社，1999年版，頁70。

極爲複雜。用世的渴望，只能如此婉轉地說出，才會避免可能遭受的道德譴責，同時或可引起特定群體的情感共鳴。可以說，此詩既是古典詩歌豐厚的藝術積纍結出的碩果，也是時代和個人情感訴求的雙向選擇的結果。

通篇用典，又能集體物、抒情於一體，是中國古典詩歌藝術技巧發展至最高要求的標誌。清初詠物詩中，這樣的作品隨處可見，歸莊《落花詩》第一首。「此詩看似詠落花，其實卻在藉以憑弔故國淪亡，同時感慨個人身世，寓意十分深刻。而從詩歌具體的寫作技巧來看，它幾乎句句都在用典，有的甚至一句還有好幾個典故。」〔註18〕又如王夫之《落花詩》、《雁字詩》中的大部分詩歌，朱彝尊的大部分詠物詩。此外吳偉業的《宣宗御用餵金蟋蟀盆歌》也值得一提。在如此長的篇幅中，幾乎句句有典，而且都與蟋蟀有關。詩人正是通過這些典故的運用，寄託了對於社會、歷史、士人群體和個人命運的諸多思考，成就了這篇內涵豐富、情感深沉的長篇詠物經典。

整體用典，即一首詩中以一個典故貫穿始終，並以典故所蘊含的精神內涵爲基礎，展開抒情或者說理。如詠精衛的詩，出自《山海經》中精衛填海的故事，精衛不懼強暴，抗爭到底的精神，是此類詩歌情感的基礎。又如顧炎武的《桔橰》、《瓠》，杜濬的《大椿樹歌》，皆取材於《莊子》，從相關故事中蘊含的道家的「無爲」觀展開，抒寫自己渴望用世卻生不逢時的苦悶。

第三節　清初詠物詩的審美意識

詩歌，首先是一種審美體驗。將這種體驗，通過語言，按照一定的表現技巧和形式規範表達出來，便是詩歌。詠物詩，即抒寫人對客觀世界的審美體驗。儒、釋、道三家的共同作用，構成了傳統文人獨

〔註18〕朱則傑《清代詩歌用典叢考》，《淮陰師範學院學報》（哲學社會科學版），2010 年第 4 期。

特而穩定的審美心理。而且，幾乎所有的相關理念，早在先秦時期就已形成，只是不同的時代，各有不同的選擇和偏向罷了。清初社會動亂的背景，導致儒家功利性審美的復歸，但隨著社會動盪的日益平復，社會心理的逐漸穩定，審美意識也會隨之改變。

一、立象盡意

「立象以盡意」出自《易傳》：「聖人立象以盡意，設卦以盡情僞」。因「概念不能表現或表現不清楚、不充分的，形象可以表現，可以表現得清楚，可以表現得充分」，〔註19〕故爲了將抽象的概念、道理或情感表達清楚，選取一個形象進行類比和啓發，便是「立象以盡意」。這裏，「象」爲意服務，因「意」的存在而存在，主體對客體（象）已不是純粹的審美，而帶有較強的功利性需求，其結果，是客體被主觀化、人化。詠物詩中的以物比德、借物抒情及格物論理，都是這一審美意識的體現。

屈大均在《書朱子所補致知傳後》中說：

嗟乎！知外無物也。天地物也，而無吾之知則不能高明博厚；日月物也，而無吾之知則不能以照臨；山水物也，而無吾之知則不能以流而且峙；草木鳥獸蟲魚物也，而無吾之知則不能以榮落焉、飛走焉、蠢蠢而生焉、洋洋而遊焉。

〔註20〕

在他看來，宇宙間的一切，都是爲人的意識而存在，人的意識也是評判其存在價值的唯一標準，這是一種主觀唯心主義的宇宙觀。以此爲基礎，他提出了對詠物詩的要求：

詠物之詩，今之人大抵賦多而比興少。求之於有，而不求之於無；求之於實，而不求之於虛；求之於近，而不求之於遠；求之於是，而不求之於非。故其言欲工而欲拙。

（《詠物詩引》）

〔註19〕葉朗《中國美學史大綱》頁71，上海人民出版社，1985年版。
〔註20〕屈大均《翁山文外》，民國嘉業堂叢刊本，卷九。

論中的「有」、「實」、「近」、「是」指客觀事物，「無」、「虛」、「遠」、「非」是主觀抽象的情志。他所批判的「今之人」詩，是將客體作爲審美對象，描繪物色、形狀，抒寫喜愛和讚美之情的賦體詠物詩。其所推崇的詠物詩，則是以體物爲表象、爲手段，來抒寫主體的主觀性情感，即所謂「立象以盡意」。他的觀念，代表了清初詠物詩創作中審美意識的主流。其形成，與當時的社會氣氛有關。易代和動亂，給知識分子帶來了巨大的精神痛苦。他們深厚而強烈的情感，礙於新朝政治的恐怖和繁密的文化禁錮不能直接宣泄，需要一種隱晦的方式，如借物抒懷、託物言志等婉轉地表達，這也是清初詠物詩繁榮的重要原因。所以，清初詩人詠物，往往帶有強烈的自我抒寫意味。

　　王士禛的《秋柳詩》，並不寫眼前大明湖，而是思接千里，吟詠白門之柳。可見柳作爲詩歌外在的表現對象，並不是詩歌眞正的審美客體，人對柳本身，沒有產生太多的審美體驗。柳只是作爲一個「象」，被拿來將詩人內心已經存在的難以直言的情感表達出來。其審美過程可簡單描述爲：情→物→情。物是情感的媒介和載體，因情取物（立象），借物託情（盡意）。王夫之在《寄詠落花詩序》中說道「天地指也，萬物馬也，蝦目水母也，寓木宛童也，即物皆載花形，即事皆含落意」〔註21〕。在他看來，宇宙之間的萬事萬物都可以用「花」和「落」二字概括。「花」指事物美好的存在狀態，「落」指衰敗和消亡。而「落花」之形，只是被作爲抽象的盛衰之理的有形象徵，並不是詩人憐惜、欣賞或讚美的對象。所以，在詩歌創作之時，經常是眼中無花。其《正落花詩》十首作於「庚子多初」，《補落花詩》九首作於「月寒在夕，葉怨於枝」的秋季。《雁字詩》亦是如此。其《前雁字詩十九首序》中說：「諸公於霜寒月苦，南天落翼之日，目送雲翎。而僕於花落鶯闌，炎威滅迹之餘，追惟帛字」〔註22〕。暮春寫雁字，自不是眼前之雁字，而是詩人心中的「陽禽筆陣」。鴻雁亦稱「陽禽」或「陽鳥」。

〔註21〕王夫之《王船山詩文集》，中華書局，1962年版，頁414。
〔註22〕王夫之《王船山詩文集》，中華書局，1962年版，頁475。

「此鳥南北與日進退，隨陽之鳥，故稱陽鳥。」（《尚書‧禹貢》孔穎達
疏）〔註23〕這裏的雁字，是詩人忠君意識的象徵物。其他如錢謙益的
《圍棋詩》、《紅豆詩》、《雁字詩》、《落葉詩》，亦無不是「立象以盡
意」。

二、物我合一

「立象以盡意」是儒家的美學觀，而「物我合一」則是道家所
推崇的。其發生的原理，一是「齊物觀」，即宇宙之間，萬事萬物都
平等存在，無所謂主客，無所謂主宰與附庸，人只是自然的一部分。
二是「物感」，「人稟七情，應物感斯；感物吟志，莫非自然」（《文心
雕龍‧明詩第六》）。人的情緒受到節令、氣候、它物等的影響，發生
了變化，產生了審美體驗，主體與客體之間的審美關係也因此而確
立。「物我合一」，即在主體對客體的審美過程中，被客體所打動，
完全沉浸於審美體驗之中，忘記了審美之外的其他感受。自古以來，
心與物遊、物我合一，是傳統知識分子所追求的極高審美境界，也
是其在面對現實黑暗和挫折時，最有效的精神調節方式。陶淵明歸
隱田園，在南山的暮靄中滿手把菊，將一切污濁的、痛苦的都拋到
了腦後。蘇東坡「與客泛舟」，寄情於山間明月與江上清風，人生的
失意亦隨之而逝。

清初的詠物詩，首先經歷了激情的爆發期。強烈激憤的情感，
需要一吐為快。於是「立象已盡意」，借外物來渲泄。當內心的鬱積
日漸深廣，現實的一切又無可逃避。生存的困境、人生的無望和亡
國的隱痛，時時摧殘著他們的心靈。這時，宣泄之外，還需要安撫
和慰藉，需要遺忘和麻醉。於是，他們走進自然，放浪形骸，在「物
我合一」的審美體驗中忘記現實和傷痛。清初的遺民，多有看花的
愛好。歸莊說自己「素愛名花」，自言為看花「不遺餘力」，「春則玄

〔註23〕孔國安傳、孔穎達等正義《尚書正義》，上海古籍出版社，1990年版，
　　　　頁80。

墓之梅，虎丘之蘭。夏則昆山、太倉、嘉定之牡丹。而虞美人、罌
粟、薔薇、芍藥，又皆極其繁盛之時，到處追逐」。(歸莊《看牡丹詩
自序》) 看花的樂趣，在於醉倒花下，忘記實現的痛苦。看花的樂趣，
還在於在這春日的繁華裏，生命的意識被喚醒，生活的希望被點燃。

　　紫欺紅踟躕，白學醉芙蓉。
　　草木多姿態，吾其萬事慵。(杜濬《芍藥十首》三)

　　寫窗香在影，佐酒月分卮。
　　減去愁盈尺，何妨就枕遲。(同上七)

　　愁眼對娟娟，時時復燦然。
　　忽驚憔悴色，不似妙英年。(同上八)

詩人被眼前嬌艷多姿的花朵吸引，放下了一切的精神負累。同時，春
的生機，引起了詩人對青春的留戀。「萬事慵」、「減愁」、「燦然」、「忽
驚」，描繪了審美體驗逐步漸進的過程：以我觀物（萬事慵）→忘記
自我（減愁）→物我合一（燦然）→發現自我（忽驚）。這種發現，
是將自我放在與物對等的位置上，用物理來觀照人生所獲得的感受。
而當人的「物性」（生物性）被關注，人的生命意識便覺醒了。

　　以我觀物的最高境界，是在生命意識覺醒的同時，發現超越社會
功利的生命價值。如李白在《月下獨酌》中，被人與月之間純潔美好
的情感所打動，體會到了人情中的另一種美。清初詩人中，能將對物
的審美，提升到如此境界的，首推屈大均。屈大均以梅、菊詩著稱。
在他早期的詩中，往往是「立象以盡意」，借梅菊寄託遺民情懷。但
是到了後期，隨著政治熱情的逐漸消退，人生苦難的日益深重，詩中
所體現的審美意識也發生了變化：

　　一叢籬下採，黃菊屬陶公。
　　朵朵無懷氏，枝枝太古風。
　　香沾紗幀潤，光映玉杯空。
　　大雪開逾盛，同心梅與同。(《菊》一)

　　花開罷讀書，相對一冬餘。
　　香使春風暖，氤氳滿太虛。(《對梅》二十九)

　　相看忘語默，心以暗香通。

　　不忍扃扉臥，遲回夜月中。（同上三十）

　　花以香爲教，聞香每發機。

　　春風如有意，吹入客心微。（同上三十一）

　　花開當靜者，無語只馨香。

　　神契誰能似？依依水一方。（同上三十二）

第一首菊詩中還帶有以梅、菊自比堅貞之意，但頻頻舉起的酒杯和鬢
上的一枝，分明已是在花中沉醉。「無懷氏」、「太古風」句則已如陶
令般讚美與花爲伴、與酒爲友的人生之樂了。後面的四首梅詩與上面
的狂放自是不同，是在清冷幽寂的夜裏，人與花之間的精神默契。第
二十九首中，梅花的香氣，將詩人黑暗枯寂的內心點亮，使其感受到
了春天的溫暖；第三十首中，花的香氣，喚起了詩人對美好生活的無
限珍惜，詩人徘徊花下，不忍離去；第三十一首中，花的香氣，指引
著詩人更加深層的體悟。此處所發何「機」？詩人似欲言又止，只在
第三十二首中一併說出。「花開當靜者，無語只馨香」，便是人與物的
默契。花在夜晚靜靜地開放，散發著醉人的芳香。正如人的一生，不
求聞達，堅持自己，在自我人格的自賞中體味生命的價值。在這寂靜
的夜裏，在馥鬱的花香中，詩人發現了人格美的可貴，人與花互爲知
己，合而爲一。

三、澄懷味象

　　南朝山水畫家宗炳在《山水畫序》開篇說：「聖人含道應物，賢
者澄懷味象」。「聖人」是具有儒家理想人格的人。其所謂「含道應物」，
即將人作爲宇宙的主宰，將人世的法則秩序對應到客觀世界中，將自
然主觀化、人化，是功利性的審美意識。賢人的「澄懷味象」，源於
老子的「滌除玄鑒」。老子《道德經》中說：「滌除玄鑒，能無疵乎」
（第十章）。「『滌除』就是洗除垢塵，也就是洗去人們的各種主觀欲念、
成見和迷信，使頭腦變得像鏡子一樣純淨清明。『鑒』是觀照，『玄』

是道，『玄鑒』就是對於道的觀照。」〔註24〕「澄懷味象」中的「澄懷」即與「滌除」相近，指不參雜任何主觀意念的審美心理。而「玄鑒」，強調對「道」的體悟。雖然「道」是指包含審美對象在內的客觀世界的本質和規律，但這種審美依然帶有一定的目的性。「味象」，只是對「象」本身的觀照，至於主體審美的指向，則不作規定，可此可彼、可有可無。宗炳是佛教徒，他的審美意識是佛道兩家的結合。

「澄懷味象」不同於前文所說的「立象以盡意」和「物我合一」。後二者均可稱為「以情觀物」。「立象以盡意」中，主體的感情貫穿始終，審美的體驗被忽視。「物我合一」是審美體驗左右了詩人的意識，達到了「忘情（我）」的境界，這是主體本身的情感和審美體驗共同作用的結果。「澄懷味象」則是一種「無情」的審美，強調在審美過程中，將一切主觀的意識全部清除，其體驗的，完全是審美的愉悅。清初詩人中，王士禛所標舉的「神韻」便蘊含著這一理念。

王士禛倡導神韻，對「神韻」的內涵，卻沒有作出系統的闡述。只是舉出了嚴羽「鏡中之象，水中之月，羚羊掛角，無迹可尋」（《帶經堂詩話》卷二），和司空圖「沖淡」、「自然」和「清奇」（《帶經堂詩話》卷三））。所引嚴氏語，道出了觀照之法。鏡花水月，即對於客體不參雜任何情感的純客觀地觀照，與「澄懷」相近。《詩品》中的「自然」，是心與物接時的自然而言，是「興會」之意；「沖淡」，是審美過程不參雜任何的功利性，表現在詩歌中，要求詩人擺脫個體的情感訴求，跳出對自我和社會的現實觀照；「清奇」，即抒寫獨特而超脫的審美體驗。此種體驗，是純粹「味象」的結果。

「神韻」觀念在王士禛的創作中，是個逐步漸進的過程。《秋柳詩》從詩歌的語言表現技巧來說，確實做到了含蓄。但從內容上來說，現實觀照和自我抒寫的痕迹很明確，是典型的「以情觀物」。其於順治十七年八月所作《青山》一詩，是其審美意識開始轉變的標誌。

〔註24〕葉朗《中國美學史大綱》，上海人民出版社，1985年版，頁38。

晨雨過青山，漠漠寒煙織。不見秣陵城，坐愛秋江色。

詩人連夜冒雨登山，本是要於高處眺望秣陵（南京）。秣陵是明朝舊都，也是南明諸朝聚集之處。詩人此次登高賦詩，本有諸多的感慨藉以抒發，是要「以情觀物」。然而，雨中的山頂，只是一片空濛。按照常理，失落是必然的。孟浩然《秋登萬山寄張五》中「相望始登高，心隨雁飛滅。愁因薄暮起，興是清秋發」諸句，體現了在此情況下正常的情感邏輯：相望→未見→惆悵→觀物→消愁。與之相比，王詩直接由「不見」到「愛」表達則顯得突兀得多。這似乎在告訴讀者，「不見」並未給詩人帶來太多的遺憾，而「愛」之前，似也無需作出太多的心理轉折，有點「隨遇而安」的味道。這首詩，生動闡釋了王士禛對亂世情懷的主動放棄，嘗試用平常心來觀照身外的一切。於是，就有了《冶春絕句》中夭桃與「隋皇墓」的相互輝映，有了欣賞紅橋下衣香人影匆匆逝去時的淡定。

不論是詩歌的「澄懷味象」還是「神韻」，其至高的境界，是用一顆平靜的心靈，體味出不可言說的妙理奇趣，給人一種回味無窮的藝術享受。「漁洋提倡神韻，未可厚非。神韻乃詩中最高境界。」〔註25〕但王士禛晚年的創作，雖有些「澄懷味象」的意思，但終於未達到「神韻」的至高境界，不曾成就如王維禪理詩那樣的藝術經典。究其原因，盛唐的王維，其「澄懷」是與生俱來的；身處在清初的漁洋，卻無法真正做到淡定。沒有情感，又沒有性靈，寫出來的東西自然平淡如水，毫無詩趣了。「愛好之漁洋，方為拯亂之藥。功亦偉矣。」〔註26〕漁洋的偉大，並不在於作品本身，而在於他所提出的藝術高標，並付諸於實踐，為清代詩歌指出了發展的方向。

〔註25〕鄭朝宗語，轉引自錢鍾書《談藝錄》，三聯書店，2001 年版，頁 108。
〔註26〕錢鍾書《談藝錄》，三聯書店，2001 年版，頁 234。

第三章　清初詠物詩學研究

　　研究一種詩體，作品的分析和理論的考察都極爲重要，前者具體生動，後者直觀縝密。詠物詩作爲中國最古老的詩歌形式之一，其最早的作品，伴隨著詩歌的產生而產生；其最早的理論，也因最早的詩論而存在的。孔子的「草木鳥獸之名」，《易傳》的「觀物取向」、「立象已盡意」，《樂記》中的「感物而動」，都是最早的藝術論、詩論，也是最早的詠物詩論。

　　清代是詩學集大成的時代。「乾坤一日不息，則人之智慧心思，必無盡與窮之日」。（葉燮《原詩・內篇上》）清代人正是以這種胸襟、氣魄，在前人藝術傳統的基礎上，總結、開拓，創造了屬於自己的輝煌。清初詩學中，雖較少系統的詠物詩專論，但一些大家的詩歌理論，已經觸及到了詠物詩最核心的命題。王夫之的「情景論」、葉燮的「理事情說」，系統深入地對詠物詩意象內涵和藝術本質作了討論。王士禛的「神韻說」，則爲詠物詩提出了極高的美學標準。康熙年間選編的《佩文齋詠物詩選》，以 14590 的宏闊體例，創造了詠物詩史上的奇迹，既是對數千年詠物詩創作的總結，也是時代精神的集中體現。並且，不論其編選的體例，還是編選者的詩歌理念，對後世都產生了深遠的影響。

第一節 《佩文齋詠物詩選》編者的詠物詩學觀

康熙四十五年，清聖祖詔命翰林院編修張玉書、查愼行等編選《佩文齋詠物詩選》。「全輯詠物之詩者，實始自是編。」(《四庫總目提要》) 此書是出現最早的一部詠物詩專集，也是迄今爲止最大規模的詠物詩選本。並且，不論從篇目的遴選，還是《序》、《進呈表》中所體現的詩學觀念，都既是對兩千多年詠物詩傳統的總結，也是康熙中期文化精神的集中體現。

一、御選與宏闊縝密的體例

在中國古代，康熙是最講「文治」的帝王之一。他「是一位極聰明而精力強滿的人，熱心向慕文化，有多方面的興味」〔註1〕。他留心於古代賢王的「致治隆文」(王士禛《池北偶談》卷四)，對儒家思想在統治中的重要性了然於心。不僅本人「留心藝文，晨夕披覽」(《同上》)，還重視官方對漢文典籍的搜羅和整理。「從康熙四十三年到康熙五十九年，先後編輯了《康熙字典》、《佩文韻府》、《駢字類編》等字典和辭書；又編纂了卷帙浩繁的大型類書《古今圖書集成》。」〔註2〕此外，還編有《古文淵鑒》、《歷代賦彙》、《歷代題畫詩》、《歷代詩餘》、《全唐詩》、《子史精華》、《佩文齋詠物詩選》等大型總集。《佩文齋詠物詩選》(以下簡稱《佩文齋》) 成書於康熙四十六年，書前有康熙皇帝本人之《序》，注明爲「康熙四十五年六月二十日」。又有翰林院編修高興的《御製佩文齋詠物詩選告成進呈表》，撰寫於「康熙四十六年三月初一日」。其間的九個月，可推斷爲編選所用時間。

關於此書，康熙在《序》中寫道：「朕自經帷進御，覃精六籍，至於燕暇，未嘗廢書。於詩之道，時盡心焉。爰自古昔逸詩，漢魏六

〔註1〕康有爲《中國近三百年學術史》，東方出版社，2004年版，頁17。
〔註2〕李春光《論清朝統治者對漢文化的吸收及其社會影響》，《社會科學輯刊》，2002年第3期。

朝，泊夫有唐，訖於宋元明之作，博觀耽味，搴其蕭稂，掇其菁英。命大學士陳廷敬、尚書王鴻緒……，編錄之」。高輿的《進呈表》亦云：「屢經乙夜之親裁，申命諸臣而彙輯」，「群服宸衷藻鑒之精」。可見，此書的最初遴選，是康熙皇帝親手完成的，是一部真正的「御製」本。

這部書體制宏大而有序。所選詩歌「上起古初，下訖明代」（《四庫總目提要》），共 14590 首。按所詠名物分類排列，共計 480 卷，另有「附見者四十九類」（《四庫總目提要》）。乾隆年間編入《四庫全書》，嫌其「未標卷第，惟分六十四冊，篇頁稍繁」，故「依類分析，編爲四百八十六卷」（同上）。每卷又按四言古、五言古、七言古、五言律、七言律、五言排律、七言排律、五言絕句、七言絕句之序依次編排，堪稱「諸體咸備，庶彙畢陳」，可謂「洋洋乎詞苑之大觀」（同上）。

此書卷次的排列，也有嚴格的體系。高輿在《進呈表》中只說：「詩從物類，若五色之相宣；選以體分，猶四時之成序」，太過於籠統，無助於後人的理解。所幸雍正間有一文士俞琰，在此書影響下自編《詠物詩選》一部。其書雖只收近體詩，詩歌數量與前者亦不能同日而語，但其在編排上卻能「謹遵《佩文詠物詩選》之例」。並且，關於編選體例，俞氏有極爲詳盡的說明，可作爲參考。

> 略以天、地、人、物爲綱。首天部。而歲時者，天之運行也，故歲時次之。次地部。而山水者，地之屬也，居處寺觀則附於地者也，故山水與居處寺觀次之。次人部。人有麗人，而文武者，人之所能；樂藝者，人之所習；器物雜玩，所以奉人；玉帛冠服，所以資人；飲食所以養人；果也、穀也、蔬也，皆飲食之品。故諸部次之。下次則爲物矣。百花、草木，植物也；禽獸、鱗介、水族、昆蟲，動物也。或無情，或有情，而統歸之於物。故以數者終焉。
> 〔註3〕

從大的方面來說，《佩文齋》亦可 12 分爲「天」、「地」、「人」、「物」

〔註 3〕俞琰《詠物詩選》，成都古籍書店，1984 年版，《凡例》頁 3。

四大部分。並以此四者爲中心，向外輻射延伸，又環環相扣，彼此
勾連，形成一個有機的整體。卷一至卷四十八稱爲「天部」，皆與天
有關：卷一爲天總類，卷二至卷五爲天文（如日、月、星辰、河漢），
卷六至卷十七爲天象（如風雨霜露），卷十八至卷二十三爲天氣（如
陰晴寒暑），卷二十四至卷三十二爲四時節氣，卷三十三至卷四十八
爲節日。卷四十九至卷一百二十六爲「地部」，皆與地有關：卷四十
九至卷八十三爲山類，卷八十四至卷一百一十爲水類（含江海、溪
潭、渚浦、溫泉、沼澤等），卷一百一十一至卷一百二十六爲宮殿園
林和別業。卷一百二十七至卷二百七十四爲「人部」，皆與人相關：
卷一百二十七、卷一百二十八爲舟、車，卷一百二十九至一百四十
七爲武備（含戰事、田獵和兵器），卷一百四十八至卷二百二十四爲
用具（含文具、書畫、樂器、日用等），卷二百二十五至卷二百四十
一爲人文（含漁樵、麗人、釋道、仙佛），卷二百四十二至卷二百七
十四爲食物（含菜肴、蔬果）。卷二百七十五至卷四百八十六爲「物
部」：卷二百七十五至卷三百七十五爲花木，卷三百七十六至卷三百
九十六爲藥、草，卷三百九十七至卷四百二十爲獸類，卷四百二十
一至卷四百六十七爲禽鳥，卷四百六十八至卷四百八十六爲魚蟲蜂
蝶。不僅如此，各部之間銜接緊密、過渡自然。如「地部」末尾數
卷爲橋梁、山房，皆爲人力，與人部之舟、車相接，不顯突兀。「人
部」末卷之蔬果與「物部」前卷之花木，亦渾然一體。既體現出「通
天地、類萬物」（康熙《佩文齋詠物詩選序》）的宏闊，又有著「發
揮天地萬物之理」（同上）的深邃。頗具當年司馬長卿「包括宇宙、
總攬人物」與太史公「究天人之際」的盛世風範。

　　細節上，《佩文齋》的編排亦頗爲縝密：

> 每部之中，其序次必先靈后蠢，先巨而後細，先有用而後
> 無用，無奪倫也。然其中更有以名附者，如秋海棠之附於
> 海棠，珠蘭之附於蘭是也。有以類附者，如煙火之附於香

碳，筍之附於竹是也。〔註4〕

「天」、「地」、「人」、「物」四部下，有大類；大類下，又分小類。如「物」部有花木、禽獸，花木又有梅、桃，禽獸又有熊、豹。梅、桃，熊、豹的排序，則遵從「先靈后蠢」、「先巨後細」的原則。麒麟、騶虞爲靈獸，排在獅子、虎豹之前，而熊、駝、犬、豕等蠢物又次之。狸貓鼠類等微末之物，排在最後。還有附類，有以細類附總類後，亦有非常詠之物附常詠之物後。前者如卷二百九十七梅花卷附紅梅、梅子，卷三百一十八卷海棠附秋海棠；後者如卷二百二十一燈燭附煙火，卷一百六十一衣附帕，卷一百五十三金附銀等。

> 每詠一物，以單名總詠者居先，而後及於分詠，又次及於
> 雜詠。分詠者，如天部日後繼之以早日、日午、夕陽、返
> 照之類。雜詠者，如天部中秋月後之繼以鶴林寺中秋玩月，
> 地部郊墅後繼以初夏郊行之類是也。餘可類推。〔註5〕

《佩文齋》中，以花木大類爲例。卷二百七十五爲總樹類卷，卷二百七十六爲總花類卷，卷二百七十七至卷二百九十四爲木類分詠，卷二百九十五至卷三百七十三爲花分詠，卷三百七十四爲雜樹類卷，卷三百七十五爲雜花類卷。一卷之中的排序如卷二日類，亦完全符合俞琰之說。

《佩文齋》所開創的宏大規模，至今無人超越。其嚴謹、細密的體例對後世的編選影響甚大。俞琰《詠物詩選》謹遵其例便是證明。再如今人陶今雁所編《中國歷代詠物詩詞典》，選詩近四千首，「按照所詠事物分類」，「在各目類中，籠統描寫事物的排列在前，描寫個別具體事物者則於其後依次排列」〔註6〕，開篇即爲天象類、歲時類、山類、水類等，都與《佩文齋》別無二致。

〔註4〕俞琰《詠物詩選》，成都古籍書店，1984年版，《凡例》頁4。
〔註5〕俞琰《詠物詩選》，成都古籍書店，1984年版，《凡例》頁4。
〔註6〕陶今雁編選《中國歷代詠物詩辭典》，江西教育出版社，1992年版，《凡例》。

二、廣泛的詠物詩觀念──兼論詠物詩的界定

　　清前詩話中的詠物詩評論，主要集中在摘錄佳句或藝術手法上。如：

> 唐李義山《霜月》絕句：「青女素娥俱耐冷，月中霜裏鬥嬋娟。」本朝石曼卿云：「素娥青女元無匹，霜月亭亭各自愁。」意相反而句皆工。（《二老堂詩話》）〔註7〕

> 詠物詩不待分明説盡，只彷彿形容，便見妙處。如魯直《酴醾詩》云：「露濕何郎試湯餅，日烘荀令著爐香」。義山《雨》詩云：「摵摵度瓜園，依依傍水軒。」此不待説雨，自然知是雨也。後來陳無己諸人，多用此體。（呂本中《呂氏童蒙訓》）〔註8〕

但是，古人卻忽視了一個極爲重要的問題，即詠物詩的概念和範圍。在《佩文齋》之前，還沒有專門的詠物詩選本。我們只能從一些零碎的資料中得到一些相關信息，也極爲有限。現存日本京都大學人文科學研究所影印的靜嘉堂藏宋刊本《李太白文集》中，單列李白詠物詩二十三首。四庫中保存元人謝宗可《詠物詩》一卷共計百餘首。宋刊本的李白詠物詩中，除《詠桂》、《詠山樽》、《白鷺鷥》、《紫藤樹》等典型的詠物詩之外，有一首《聽蜀僧濬彈琴》，是聽琴詩；有一首《瑩禪師房觀山海圖》，是題畫詩。謝宗可《詠物詩》除《睡蓮》、《胭脂》等典型詠物的詩歌外，有《煮茶聲》、《賣花聲》專寫聲音，《醉鄉》、《塵世》、《半日閒》則寫較爲抽象的事物和時間。從這兩卷選詩中，我們只感覺到古人詠物詩的概念比較廣泛，但廣泛到何種程度，因篇章有限，還無法得出結論。《佩文齋》作爲一部專門的詠物詩選集，其官書的性質和多名深受傳統文化薰陶的文人的直接參與決定了其典範的作用。考察其書，可極爲直觀、全面地瞭解古人的詠物詩觀念，準確地把握這一詩體的文化內涵。

〔註7〕何文煥輯《歷代詩話》，中華書局，1981年版，頁668。

〔註8〕魏慶之《詩人玉屑》，中華書局，2007年版，頁185。

翻開此書，首先會被其巨大的包容性所震撼。對此，高興在《進呈表》中，有一段極爲精彩的描繪：

> 其間包羅眾品，薈叢群材：服食器用之需，皆歸逸響；律呂權衡之事，併入妍辭；農牧樵漁，恍見野人之趣；圖書藥物，足抒大雅之襟。以及仙釋之遐蹤，將帥之行陣，異卉名花之悅性，纖鱗弱羽之遂生，莫不次第臚陳。

南朝詠物，不離宮闈之內，不出月露之形。孔子言《詩經》名物，亦不過「鳥獸草木之名」。而此書「天經、地志、人事之可以物名者罔弗列焉」（康熙《佩文齋詠物詩選序》）。書中所詠，不僅囊括了宇宙間所有的有形之物，大到天地，小到蚊蠅蟲魚，而化影於無形中的宇宙運行、四時變化，亦列於其中。物類之外，更將被今人看作「自然萬物的主宰者」，「與天地之間的一切物類有著本質的區別」〔註9〕的「人」，也作爲觀照的對象。漁樵農牧、僧道仙佛，帝王將相、文治武略，可謂窮物理、美人倫，洋洋乎大觀！於此，我們不僅領會到農耕社會人物同構的樸素的自然觀，亦能體察出編選者勾連天人、囊括宇宙的雄心壯志。

當然，貪大求全作爲一般官書的特點，也必然存在一些問題。俞琰《歷代詠物詩選》中就極爲明確地說：「歲時，非物也」。〔註10〕言下之意，「歲時詩」不應作爲詠物詩而被錄入。且不說俞琰的觀點是否正確，《佩文齋》將詠物詩概念擴大化確是事實。卷一百三十二題名爲「從軍」，屬於武事一類。卷中所列詩歌，包含大量的古體和近體的《從軍行》，如王昌齡的「青海長雲暗雪山」，王維的「燕頷多奇相」等。在宮殿園囿詩後羅列武事詩，是明顯受到了漢代郊獵賦的影響。漢賦用賦法鋪排車馬之富、鳥獸之眾，確實蘊含著詠物文學的精神特質。但作爲詩歌，由於篇幅縮減，鋪陳羅列的體物手法亦屬少見，詠物的性質可以忽略。如上所引二王詩，純屬抒寫心志之作，只能算

〔註9〕楊慶華《詠物詩芻議》，《河北大學學報》，1984 年第 2 期。
〔註10〕俞琰《詠物詩選》，成都古籍書店，1984 年版，《凡例》頁 3。

普通的邊塞詩而已〔註11〕。再如所選劉長卿《送裴四判官赴河西軍試》，孟郊《送韓愈從軍》，也只是普通的送別詩〔註12〕。可以說，《佩文齋》中卷一百二十九至卷一百三十五檢閱、狩獵、征伐、從軍、出塞、告捷、凱旋等所選詩歌，皆非詠物詩。

《佩文齋》對詠物詩範圍的過於泛化，亦頗受今人非議。今之論者，在肯定其「在我國幾千年文學歷史上是絕無僅有」的獨特地位，和「搜集畢竟廣博，選錄不少好的詠物詩」的成就之外，認為「編選者對於詠物詩的理解方面說來，卻有不少問題」〔註13〕。總體來說，分歧主要集中在以下幾個方面：首先，人不應屬於物，「從而在《佩文齋詠物詩選》裏開闢『農』、『圃』、『樵』、『漁』等專類的作法是不對的」。其次，歲時、氣候、節令亦非物類，故「詩集所羅列『春』、『夏』、『秋』、『冬』、『元日』、『人日』、『上元』、『寒食』、『清明』、『七夕』、『中秋』、『除夕』等」，「並不屬詠物詩範圍」〔註14〕。再次，山水、田園詩「已經約定俗成稱為山水、田園詩，並且獨立為詩歌題材中的一類了，地位與詠物詩並駕齊驅」。〔註15〕

以上分歧，主要集中在對「物」本身內涵的理解上。於此之外，研究者還發現，即使在一些明確達成共識的物類中，也存在著選詩的偏差。如卷三百五十七「菊類」中，錄入陶淵明「飲酒」；卷一百一

〔註11〕筆者認為邊塞詩與詠物詩屬於不同的範疇，前者反映戰爭和邊塞生活，是依題材來劃分的。而詠物詩除了純粹詠物的詩歌可作為詩歌的一種題材，更多時候詠物是指通過吟詠客觀事物來抒寫主觀情志的手法。所以二者並不對立，可以相互交叉。如岑參《白雪歌送武判官歸京》，便是一首詠物的邊塞詩。

〔註12〕送別一類，也屬於題材範疇。詠物也可送別，如《佩文齋》中所選，唐孤獨及《官渡柳歌送李員外承恩往揚州覲省》和明謝肇淛《賦得新柳送別》，便是詠物送別詩。

〔註13〕楊慶華《詠物詩芻議》，《河北大學學報》，1984年第2期。

〔註14〕于志鵬《中國古代詠物詩概念界說》，濟南大學學報，2004年第2期。

〔註15〕于志鵬《中國古代詠物詩概念界說》，濟南大學學報，2004年第2期。

十九，錄入李白《黃鶴樓送孟浩然之廣陵》。在飲酒詩中，菊花與南山、飛鳥共同組成了田園景物，只是詩人興詠的一部分。而李白詩中，黃鶴樓只是詩人送別和登高望遠的處所，亦非吟詠的主體。由此看來，此二詩亦不是詠物詩。

然而，今天的研究者，在批判《佩文齋詠物詩選》過於泛化的詠物詩概念的同時，雖也試圖建立較為完善的詠物詩概念體系，但往往不盡人意。

其中原因，首先在於過分糾纏詠物詩中「物類」的範圍，糾正了《佩文齋》的泛化，卻走向了另一個極端。楊慶華在《詠物詩芻議》一文中將歌詠對象界定為：「風雲、雪月、花草、果木鳥獸、蟲魚和器用、書畫等物類」；于志鵬《中國古代詠物詩的概念界說》中認為應是：「以自然風物，包括天象、植物、動物以及人工物品以及物化的人等物類」。誠然，上面所列風雲之類，在宇宙中佔有了一定空間，是可見可觸之物。然而，人之眼、耳、鼻、舌，可感知的色聲臭味皆為物質世界的客觀存在。花之色可以歌詠，琴聲、稻香豈能排除在外。《李太白全集》中的《聽蜀僧濬彈琴》，謝宗可《詠物詩》中的《煮茶聲》、《賣花聲》，說明詠聲即為詠物已在古人心中達成共識。此外，宇宙是空間與時間的有機結合，日月、山川、花木、鳥蟲之於空間，正如時間之有四序寒暑。不論是前者或後者，都是人類所依賴的物質世界的重要內容，與古人的生活息息相關，啟發著他們的心志，左右著他們的情感，在文學表現中應處於對等的地位。至於人算不算物，則可仁者見仁，智者見智，此類詩歌之於詠物詩，亦只如滄海之一粟，無傷大雅。

其次，今之研究者過於強調詩歌題目在詠物詩判斷中的地位，未能突出詠物詩的本質特徵。楊慶華認為，所詠之物要「作為詩歌的題目和創作內容的主體」，于志鵬則表述為「他們或為詩歌的題目，或為詩歌創作的主體」。前者將以物名題，看作是詠物詩的必要條件，後者則成為充分的條件。筆者認為，這樣的看法並不科學。一些樂府

舊題，如《竹枝詞》、《楊柳歌》，最初皆與竹枝、楊柳有關。但隨著
詩歌的發展，後人的作品往往成爲純粹的艷情詩，竹枝、楊柳只作爲
起興。又如《孔雀東南飛》，詩題亦僅在開篇出現。再比如清初吳梅
村、朱彝尊等創作的《馬草行》中，馬草只是清初的一種賦稅，其詩
所反映的是清政府的橫征暴斂，也並非詠物詩。可見，並非以物爲題
即是詠物詩。再者，題目不是物類，也可以是詠物詩。如晉張載的
《詩》：「白日隨天回，曒曒園如規。踴躍湯谷中，上登扶桑枝」。 雖
未見其以日爲題，卻是一首典型的詠日詩。因此，題目不能作爲判斷
詠物詩的決定性標準。

　　此外，如趙紅菊所云「必須以一物爲吟詠對象」、「所詠之物，必
須以具體之物爲範圍」〔註16〕更是無稽之談。仍以張載《詩》爲例：
「大穀石榴，木滋之最。膚如凝脂，汁如清瀨。江南都蔗，張披豐柿。
三巴黃甘，瓜州素柰。凡此數品，殊美絕快。渴者所思，銘之裳帶。」
將石榴、豐柿、黃甘、素柰數品共詠，誰又能說不是詠物詩？

　　筆者認爲，物類、題名，實爲細節，並非本質。詠物詩作爲一種
特殊的詩體，其最核心的特徵應是「將客體事物作爲詩歌的表現主
體」。只要符合這一要求，便是詠物詩；反之，則不然。楊說將張載
《詩》這樣典型的詠物詩排除在外，於說則將《馬草行》、《孔雀東南
飛》等以物爲題的非詠物詩歸入詠物詩，此二者都欠妥當。

　　詠物詩作爲一種以客觀事物（也可是被作爲審美對象的人）爲表
現主體的詩歌，既是一種詩歌的題材，也是一種表現的手法。對於純
粹詠物、贊物的詩歌來說，它將人類所賴以生存的客觀世界作爲表現
對象，自然是一種詩歌題材。而對於那些借詠物來寄託個人主觀情感
的詩歌來說，詠物是一種藝術表現的手法，其情感內涵極爲廣泛，可
思鄉、可懷人、可贈別，也可以抒寫豪情壯志和愛國情懷，抒發亡國
之痛和憤世嫉俗等。因此，詠物詩可分爲兩類：純粹詠物和詠物抒懷。
僅此而已。

〔註16〕趙紅菊《南朝詠物詩研究》，博士學位論文，2005 年，頁 14。

當然，對於詠物詩，還有一個重要的問題，即詠物詩與山水詩的
關係。筆者認爲，無論從何種邏輯來說，山水自然是物的重要組成部
分。其歸屬於詠物詩是毫無疑問的。但是這又是一個非常棘手的問
題，正如俞琰所說：「如山部之有諸山，水部之有諸水，居處與寺觀
等亦然，例得附入。若概爲刪去，未免聞見寂寥。然必備探，即汗牛
充棟，亦有所遺。」﹝註17﹞此不同於漁樵僧道，其是否列入影響不大。
但山水詩，如若排除在外，不合常理。倘若歸於其中，其龐大的數量，
又必然改變詠物詩的整體格局。這裏不妨約定，山水詩作爲詠物詩的
一個重要分支，在考察和編選時單列出來，這對詠物詩和山水詩的研
究都極爲有利。

三、對詠物詩詩教價值的發掘

康熙之前，詠物詩未受到太多的重視。在已開始爲詩歌分門別類
的昭明《文選》中，雖也錄有陸機《園葵》、謝朓《觀朝雨》、沈約《應
王中丞思遠詠月》、《詠湖中雁》等詩，但卻混於「雜擬」一類。後之
詩歌總集，亦未見詠物詩單列。胡應麟在《詩藪》中說：「詠物起自
六朝，唐人沿襲。」王夫之亦云：「詠物詩，齊梁多有之。」可見，
在理論家的觀念中，詠物詩與齊梁的宮體詩可相提並論，故往往將其
作爲一種娛樂性較強的詩歌形式被忽視。與之形成鮮明對比的，是清
聖祖康熙對詠物詩的重視。這種重視，源自於其對詠物詩完全不同於
前人的認識：

> 昔者子夏序詩謂：「正得失、動天地、感鬼神，莫近於詩」。
> 先王以是經夫婦、成孝敬、厚人倫、美教化、移風俗，若
> 是乎詩之道大矣哉！而周公續述唐虞、宗翼文武，製禮以
> 導天下。著《爾雅》一篇，後之序之者謂：「《爾雅》所以
> 通詁訓之指歸，敘詩人之興詠。」疏之者曰：「《爾雅》所
> 釋，徧解六經。」而獨云敘詩人之興詠者，以《爾雅》之作
> 多爲釋《詩》。是則一物多名，片言殊訓。凡以蟲魚草木之

──────────
〔註17〕俞琰《詠物詩選》，成都古籍書店，1984 年版，《凡例》頁 3。

微，發揮天地萬物之理，而六義四始之道由是以明焉。故
夫《詩》者，極其至，足以通天地類萬物，而不越乎蟲魚
草木之微。《詩》之詠物，自三百篇而已然矣。孔子曰：「邇
之事父，遠之事君，多識於鳥獸草木之名」。夫事父事君，
忠孝大節也；鳥獸草木，至微也。吾夫子並舉而極言之，
然則《詩》之道其稱名也小，其取類也大，即一物之情，
而關乎忠孝之旨。繼自騷賦以來，未之有易也，此昔人詠
物之詩所由作也。（《佩文齋詠物詩選序》）

在康熙看來，詠物詩與儒家的詩教觀念關係極為密切。自有《詩》始，
便有詩教。人倫綱常、風俗教化莫不寓於天地萬物之理中；天地萬物
之理，必然要借蟲魚草木之微得以發揮。故蟲魚草木雖微，乃《詩》
之根本，而《詩》乃忠孝大節之根本。於是有了「一物之情，而關乎
忠孝之旨」的推論，並將其看作前人創作詠物詩的出發點。他的論述，
使詠物詩擺脫了齊梁宮體詩的印記，而齊梁消沉糜爛的背景自然而然
被拋棄。以此為基礎，康熙皇帝對詠物詩的產生和源流作了重新的探
究。其《序》從毛詩說起，將《詩序》冠以子夏，將《爾雅》判給周
公，雖然不符合清初學術的嚴謹態度，但卻將詠物詩的歷史淵源追溯
得極為久遠。在《序》中，他認為詠物詩之發源，是《詩》中的草木
鳥獸之詠，後繼之以騷賦，從此，歷朝歷代，綿延不絕。在詩歌編選
中，他又將詠物詩的歷史拉長了許多。在卷六「風」中，首篇選錄據
傳為虞舜所作的《南風歌》；卷八「雲」中，首篇為《卿雲歌》。使得
詠物詩成為中國歷史上「上起初古」（《四庫總目提要》）的最古老的
詩體，而且自古至今，在政治教化中發揮著極為重要的作用。這樣，
詠物詩遣興怡情的文學性質完全被顛覆了。

　　所謂詩教，是以詩為教，即孔子所謂：「詩，可以興，可以觀，
可以群，可以怨」。「興」是情智，「觀」是見識，「群」是君臣父子
的道德倫理，「怨」是溫柔敦厚的處世姿態。四者合為一體，便是儒
家的完美人格。康熙四十幾年所編的官書中，詩教是共同的宗旨。
如《御選唐詩序》中云：「古者六藝之事，皆所以涵養性情而為道德

之助也，而從容諷詠感人最深者，莫近於詩。」〔註18〕《御選歷代詩餘序》亦云：「苟讀其詞而引伸之、觸類之，範其軼志、砥厥貞心，則是編之含英咀華，敲金戛玉者，何在不可以『思無邪』之一言該之也。」這些選本編輯，一方面表現出康熙對於儒家詩教思想的凝迷，另一方面，出於對當時世風和文化的強烈不滿和改造的願望，具有明顯的政治功利性。

康熙最初的幾年，戰亂的陰霾未完全散去，社會中新舊與民族的對立還較爲突出。經過十多年懷柔政策之後，滿漢關係趨於緩和，文化的需求也日益高漲。但兩個民族之間的心理隔膜依然存在，明末清初那種激憤的文化情趣還未徹底散去。在經濟發展的大勢之下，王陽明心學和晚明追求自適的享樂思潮亦逐漸擡頭。如此的社會氣氛，對於清朝的鞏固和持久是極爲不利的。文化，無疑也是攻克一個民族最後心理防線的最有力武器。「清的康熙、雍正和乾隆三個，尤其是後兩個皇帝，對於『文藝政策』或說得較大了點的『文化統制』，卻眞的盡了很大的努力。」《且介亭雜文·買〈小學大全〉記》〔註19〕其實，不同於後兩者的純粹統治，康熙最初的文治有著拉攏征服的色彩。其所表現出的對漢文學的極大興趣和典籍的搜羅整理，在文化上拉近了和漢族文人的距離，也逐步消除了滿漢君臣在心理上的對立。其所強調的詩教觀念，是中國傳統文化的主體，既是漢族士子所樂於接受的，也是一個統一的君主專制社會的必然要求。強調儒學的正統地位，用儒家所崇尚的詩教來改造世風，培養新一代的子民，無疑是維持統治最明智的決策。

康熙御製詩選的原則，如在《御選唐詩序》所言：「孔子曰：『溫柔敦厚，詩教也。』是編所取，雖風格不一，而皆以溫柔敦厚爲宗。其憂思感憤，倩麗纖巧之作，雖工不錄，使覽者得宣志、達情以範於和平。蓋亦用古人以正聲感人之義。」像杜甫《三吏》、《三別》

〔註18〕陳廷敬《御選唐詩》，四庫全書本。
〔註19〕魯迅《魯迅雜文全編》卷四，人民文學出版社，2006年版，頁460。

這樣的過於憂憤而偏離正聲的詩歌堅決不錄，亦表明其對文藝批判
精神的排斥。其所推崇的詩歌理念，大抵以思想正統爲宗，以情感
溫和、表達含蓄爲美。而作爲以體物爲根本的詠物詩，其「託以興
寄」、「寓物抒情」（高興《佩文齋詠物詩選告成進呈表》）的手法，最得含
蓄溫和之妙旨。所以，這位精於文治的皇帝，才要「鏤板行世，與
天下學文之士共之」，使之「由名物度數之中，求合乎溫柔敦厚之指」
（康熙《佩文齋詠物詩選序》同上）。這一舉措，確是大大「於詩教有裨
益也」（同上）。並且，康熙的所思和所爲，與遺民思想家王夫之不謀
而合。船山在《詩經稗疏》中云：「微而婉，則（詩）教存矣」（《卷
一》），在《古詩評選》中亦云：「蓋詩自有教，或溫或慘，總不可以
赤頰熱耳爭也」（《卷二嵇康《酒會》評語》）〔註20〕。看來，溫柔敦厚
的詩歌美感，不僅是清朝政府政治教化的需要，也是經歷明代政治
暴虐和易代之際的社會動亂之後人們普遍的文化心理需求。

第二節　王夫之的詠物詩學觀

王夫之與黃宗羲、顧炎武並稱「清初三大家」。但從詩學思想的
系統性，以及對詩歌藝術性的重視來看，王夫之顯得更爲突出。王
夫之後半生隱居石船山，其所著述並未昭然於世，故而對當時詩歌
創作的影響並不大。但是，這並不是說，王夫之的詩歌理論與當時
詩壇毫無關聯。王夫之身處在清初的政治狂飆之中，當時文人身上
的「經世」思想在他的身上得到突出的體現，而儒家的詩教精神貫
穿他詩學理論的始終，這些，都深深地打上了那個特殊時代的烙印。
可以說，王夫之的詩學觀念，是明末清初知識分子藝術精神的典型
代表。王夫之的詩歌理論及其豐富，《薑齋詩話》及其論析作品如《詩
廣傳》、《楚辭通譯》、《古詩評選》、《唐詩評選》、《明詩評選》等，
是其詩學思想的集中闡發。而其他政治、哲學的著作，同樣蘊含著

〔註20〕王夫之《船山全書》，嶽麓書社，1996年版。

不容忽視的價值。

一、王夫之的「內極才情，外周物理」論

在王夫之的詩歌創作中，詠物詩佔了重要的一部分，其中《落花詩》、《雁字詩》足以代表其詩歌的最高成就。王夫之對詠物詩的偏愛，源自於他獨特的「心物」觀，或可稱之為「二元論」的認識論。在他看來，世界無非「心」與「物」，「內者，心之神；外者，物之法象。法相非神不立，神非法象不顯」（《張子正蒙注》卷四）〔註21〕。「心」與「物」相互依存，物的「法相」因為人的認識活動而表現出來，具有了一定的存在價值。而「物」對「心」的作用，表現為兩個方面：「或師其成心，或隨物而移情」。所謂「師其成心」，便是「格物致知」。在王夫之看來：「理因物而有，無物則無理，故欲窮理，必即物而窮之」（《禮記章句》卷四二）。「物」之外，再無「理」，宋明理學，是構成王夫之思想的根基。而將其運用於藝術創作之中，只一「理」，政教的味道太濃。於是，又融入了一個「情」字。架在「物理」與「人情」之間的橋梁，是先秦就有的「物感說」。「『人心之動，物使之然』，則不知靜含動理，情為性緒，喜怒哀樂之正者，皆因天機之固有而時出以與物相應」（《禮記章句・樂記篇》）。如朱子所言，「人生而靜」，之所以產生各種情緒，皆因感物而起。在王夫之看來，人的任何情感，都可以在外物中找到對應：「故外有其物，內可有其情矣；內有其情，外必有其物矣。」（《詩廣傳》卷一）於是，「物理」與「人情」成為了王夫之詩學的兩個核心命題，既可以執其一端，也可以相輔相成。

> 蘇子瞻謂「桑之未落，其葉沃若」，體物之工，非「沃若」
> 不足以言桑，非桑不足以當「沃若」，固也。然得物態，
> 未得物理。「桃之夭夭，其葉蓁蓁」，「灼灼其華」，「有蕡
> 其實」，乃窮物理。夭夭者，桃之稚者也。桃至拱把以上，

〔註21〕以下所引王夫之詩論皆出自《船山全書》，嶽麓書社，1988年版。

> 則液流稚結，花不榮，葉不盛，實不蕃。小樹弱枝，婀娜
> 妍茂爲有加耳。(《薑齋詩話・卷一》)

「體物之工」，是對詠物詩普遍的要求。而一般所說的「體物」，其實
就是「狀物」，就是臨摹物體的形狀，即所謂「物態」。而王夫之卻提
出了「物理」一說。他認爲，「體物」，要揭示出物體中蘊含的「理」。
《詩經・桃夭》中描寫之所以生動傳神，就在於窮盡了新桃之理。而
更爲重要的是，這種」新桃之理」，正好與詩中所描繪的新婚女子相
互輝映，「物理」與「人情」達到了絕妙的契合。此處，王夫之雖然
未曾說盡，但這種「契合」，便是王夫之所追求詠物詩的最高審美境
界。

> 以神理相取，在遠近之間，才著手便煞，一放手又飄忽去，
> 如「物在人亡無見期」，捉煞了也。如宋人《詠河魨》云：
> 「春洲生荻芽，春岸飛楊花。」饒他有理，終是於河魨沒
> 交涉。「青青河畔草」與「綿綿思遠道」，何以相因依，相
> 含吐？神理湊合時，自然恰得。(《薑齋詩話・卷二・內篇》)

此處的「神」，便是前文中提到的「心之神」；此處的理，便是「物理」。
詩人之才，首要的便是一顆敏銳、善感的心靈。詩的靈感，來源於對
「物理」的瞬間體察及其所引起的刹那間的感動。這種感動，飄忽易
逝，難以捕捉。這種感動，正是王船山所標舉的「興會」。

> 天地之際，新故之迹，榮落之觀，流止之幾，欣艷之色，
> 形於吾心以外者，化也；生於吾心以內者，心也；相值而
> 相取，一俯一仰之際，幾與爲通，而淳然興矣。
> (《詩廣傳》卷二)

「物理」與心靈的刹那互通，產生出「情感」，詩歌只要將這種「物
理」、「情感」眞實描繪出來，便足以動他人之心神。宋梅堯臣的「春
洲生荻芽，春岸飛楊花」雖然與魨「食楊花而肥」，與「荻」合烹則
味美的「理」相切，當卻與人的心靈「沒交涉」，沒有悸動，沒有「興
會」，故而只著皮骨而已。遠不如《古詩十九首》中「青青河畔草，
綿綿思遠道」來的靈動絕妙。「內極才情，外周物理」是王夫之重要

的詩學觀念，也是他評判詠物詩優劣的主要標準，只是此處的「才情」
偏於「情」的方面，而「才」更多是一種「格物窮理」和心領神會的
能力。

> 詠物詩，齊、梁始多有之。其標格高下，猶畫之有匠作，
> 有士氣。微故實，寫色澤，廣比譬，雖極鏤繪之工，皆匠
> 氣也。又其卑者，餖湊成篇，謎也，非詩也。李嶠稱「大
> 手筆」，詠物尤其屬意之作，裁剪整齊，生意索然，亦匠筆
> 耳。至盛唐以後，始有即物達情之作，「自是寢園春薦後，
> 非關御苑鳥銜殘」，貼切櫻桃，而句皆有意，所謂「正在阿
> 堵中」也。「黃鶯弄不足，含入未央宮」，斷不可移詠梅、
> 桃、李、杏，而超然玄遠，如九轉還丹，仙胎自孕矣。宋
> 人於此茫然，愈工愈拙，非但「認桃無綠葉，道杏有青枝」
> 爲可姍笑已也。嗣是作者益趨匠畫，里耳喧傳，非俗不賞。
> 袁凱以《白燕》得名，而「月明漢水初無影，雪滿梁園尚
> 未歸」，按字求之，總成窒礙。高季迪《梅花》，非無雅韻，
> 世所傳誦者，偏在「雪滿山中」、「月明林下」之句。徐文
> 長、袁中郎皆以此衒巧。要之，文心不屬，何巧之有哉。
> 杜陵《白小》諸篇，躍踔自尋別路，雖風韻足，而如黃大
> 癡寫景，蒼茫不群。作者去彼取此，不猶善乎？
>
> （《薑齋詩話・卷二・內篇》）

這是《薑齋詩話》中一段有關詠物詩的專論，足見王夫之對詠物
詩的重視。這段文字，篇幅雖短，但卻對自魏晉至明的詠物詩發展做
出了簡練的論述和精準的評價，這在歷代詩話中實屬少見，具有文學
史的價值。文中，王夫之所推崇的，是盛唐詠物詩的「即物達情」，
其藝術精神的本質，是「物理」與「人情」的貫通，即「內極才情，
外周物理」的詩學思想。當然，在這裏，對於王夫之詩學中的「情」
還必要更深層次的剖析。「情」是王夫之詩學的核心內涵。「詩以道性
情，道性之情也」（《明詩評選》卷五）。此處的「情」並非廣泛地指涉
各種情感，「詩達情，非達欲也」（《詩廣傳》卷一《邶風》）；「性之情」
中的「性」，也並非指人的「本性」、「天性」。而是宋明理學中「性」

的概念，是「天地之性」，相當於「天理」，是符合儒家道德規範的「性情」，「性中盡有天德、王道、事功、節義、禮樂、文章」(同上)。以此來看，不論是「即物達情」、還是「內極才情，外周物理」的詩學思想，都源自於「格物致知」的理學根基。王夫之對「格物明理」進行了符合藝術規律的改造，成爲「格物生情」，並且對「情」的內涵進行了整合。其目的，使之符合「興、觀、群、怨」的儒家詩教觀念。所以，對詠物詩，王夫之強調兩點：一，「物理」與「人情」的湊合；二，詩歌的情感是健康、嚴正的。不難發現，王夫之所關注的，主要集中在詩歌的內在精神，強調詩歌的現實性、思想性。王維的《敕賜百官櫻桃》中兩句，金聖歎認爲「妙實在寫出一片敬愛其臣之聖心」〔註22〕，屬於「美刺」；而《左掖梨花》則往往使人與唐玄宗晚年相聯繫，亦有所託；杜甫的《白小》，更是對當時社會現實的折射。此三者，都是以「物理」，關合人事，抒寫詩人對國家、社會的關注，此所謂「筆墨所爭甚微，而立言所關甚大」〔註23〕，是王夫之崇尚的。與之相反，一切只追求詩歌形式的詩歌創作，都被否定了。齊梁詠物詩摹寫物色、鋪排辭採，李嶠講究對仗、格律，宋人鍊字琢句、崇尚工切，明人一味在形式上模仿唐代，並未得其「即物達情」的精神風韻。這樣的詩歌，不論如何工整、華麗、雅致，都稱不上好詩。「關情是雅、俗鴻溝，不關情者貌雅必俗」(《明詩評選》卷六，王世懋《橫塘春泛》)，「達情」是評判詩歌的重要標準。

《薑齋詩話》中，王夫之對「江西詩派」的批評簡短而直接：「作詩但求好句，已落下乘」。而「含情而能達，會景而生心，體物而得神，則自有靈通之句」，便是對其詩歌成就的高度總結。

二、王夫之的情景論

詠物詩摹寫物色，便可稱作「景語」。而要「即物達情」，便是

〔註22〕《金聖歎選批唐詩》，浙江古籍出版社，1985年版，頁44。
〔註23〕《金聖歎選批唐詩》，浙江古籍出版社，1985年版，頁44。

通過物色的描寫，來實現情感的抒發。「景」只作爲表現的手段，「情」才是詩歌最終的目的。所以，從「景」到「情」的實現，是詩歌藝術的關鍵。對情景關係的討論，由來已久，而王夫之的理論，較之前人，既有繼承，也有超越，而且更加地系統和深入。

1、清前的情景論

　　文學創作中，在抒情詩中寫景，來增強詩歌的抒情性，是中國詩歌最古老的傳統之一。在《詩經》中，已經出現了大量情景交融的詩篇。而劉勰在《文心雕龍》中列舉了「灼灼」、「依依」、「杲杲」這樣的例子，並稱其爲「以少總多，情貌無遺矣」。「情貌」其實就是「情景」，說明劉勰已經注意到《詩經》中情景交融的現象。此外，劉勰還提出「情以物興，物以情觀」，「目既往返，心亦吐納」，「既隨物以宛轉，亦與心而徘徊」。其中，既蘊含著心隨物動的「物感」原理，也揭示出審美主體的固有情緒對感物所生之「情」的影響，已隱約透出一些「物皆著我之色彩」的意識。而與之相近的鍾嶸《詩品》、陸機《文賦》中還只停留在「感物」的認識層面。與之相較，劉勰的深刻可見一斑。但是，劉勰對「物色」的討論，非只針對詩歌而發，也未放到具體的創作中去探討，顯得較爲虛泛。王昌齡是談論詩歌創作中情景運用的第一人。他在《詩格》中說：「詩一向言意，則不清及無味；一向言景，亦無味，事須景與情相兼始好」。此處，「景」已經代替了「物色」，而「意」的範圍，較之「情」有所擴大，但其主體構成依然是「情」。所以，此處的「意」與「景」，亦可看作「情」與「景」。王昌齡認爲，詩歌要「情景相兼」，並且說：「詩有上句言意，下句言狀；上句言狀，下句言意」。這便將「情景」關係具體化、形式化了。

　　唐代之後，大量的詩話出現，「情」、「景」也成爲一對重要的詩學範疇被固定下來，並且加以討論。其中，較有影響的是宋代的周弼、范晞文和元代的方回。周弼將詩中寫情、寫景之句在詩中所佔

比例作爲討論的重點，提出律詩：「以四實爲第一格，四虛次之，虛實相半又次之」。又說「四句皆景語而實」，「四句皆情思而虛也」。〔註24〕可以說：「前後虛實，不過情景之分」。范晞文師承周弼，對其虛實之說極爲肯定，所以在他的《對床夜語》中抄錄了較多周弼的論述。在此基礎上，范晞文亦不無發揮。如他提出「景無情不發，情無景不生」〔註25〕，已包含有「情景交融」的意味。元代方回的情境關係論也是在周弼的理論上的發揮，不同的是，范晞文是肯定，而方回則以否定周弼來提出自己的觀點。他在《瀛奎律髓》中說：「周弼《詩體》謂四實、四虛、前後虛實爲三體，予亦不敢謂。」他認爲，詩歌情景組合的模式應是靈活多樣、不拘一格的。他在評杜甫《秋夜五首》時說：「讀老杜此五詩，不見所謂景聯，亦不見所謂頷聯，何處是四虛，何處是四實？虛中有實，實中有虛，景可爲頷，頷可爲景，大手筆混混乎無窮也。」〔註26〕但方回並未曾放棄對詩歌情景組合的討論，而是提出了自己的模式，如「上情下景，下情上景」、「以情穿景」、「景中寓情」等，最終沒有擺脫詩歌句法、結構的束縛。

明代的情景關係論雖大多未能跳出結構、形式的束縛，但突破者亦不在少數。謝榛在《四溟詩話》中說：「凡作詩，須要知道緊要下手處，便了當得快也。其法有三：「曰事，曰情，曰景。」將「情」、「景」作爲詩歌重要的構成因素。並且強調「夫情景相觸而成詩，此作家之長也」，「景乃詩之媒，情乃詩之胚，合而爲詩，以數言而統萬興，元氣混成，其浩無涯矣」。對情景交融的藝術美感進行了闡發。此外，胡應麟在《詩藪》對情景關係也有重要的論述。他首先說：「作詩不過情、景二端，如五言律，前啓後結，中四句二言景二

〔註24〕周弼《三體詩選》，四庫全書本。
〔註25〕范晞文《對床夜語》，《歷代詩話續編》，中華書局，1983 年版，頁417。
〔註26〕方回《瀛奎律髓彙評》，上海古籍出版社，1988 年版，頁450。

言情，此通例也。」這是對周弼等情景組合模式的繼承。胡應麟的突破在於對詩歌中寫景、抒情比例與詩歌藝術風格的關係進行了分析。他認爲：「初唐五言律，惟王勃『送送多窮路』、『城闕輔三秦』等作，終篇不著景物，而興象宛然，氣骨蒼然，實首啓盛、中妙境」，而且「維杜《登梓州城樓》、《上漢中王》、《收京》、《吾宗》、《征夫》、《可惜》、《有感》、《避地》、《悲秋》等作，通篇不粘景物，而雄峭沉著，句律天然。古今能爲淡者，僅見此老」。很明顯，胡應麟對詩歌寫景並不特別推崇，認爲沒有「景語」的詩歌，更有一種「氣骨蒼然」、「雄峭沉著」，甚至古淡、天然之美。而詩歌中大量寫景，必然造成「體氣易弱」。同時，他也看到，直接抒情亦有「肉少骨多」、「意深韻淺」的弊端，故而要求情景的合理搭配，這是對其理論較爲客觀和必要的補充。

2、論情景交融

「眞正從詩的藝術本體及審美特徵的高度，從詩的藝術創作的意象或意境的美學高度來論情景，而擯棄從詩的格律、句法、章句等拘泥的一孔之見來論情景問題，從而把情景論提升到中國古代詩學前所未有的高度，使之成爲一種完備系統的詩學美學理論的是王船山。」〔註27〕首先，與胡應麟不同，王夫之極爲重視詩歌寫景。

> 不能作景語，又何能作情語耶？古人絕唱句多景語，如「高臺多悲風」、「蝴蝶飛南園」、「池塘生春草」、「亭皋木葉下」、「芙蓉露下落」，皆是也，而情寓其中矣。以寫景之心理言情，則身心中獨喻之微，輕安拈出。謝太傅於《毛詩》取「訏謨定命，遠猷辰告」，以此八句如一串珠，將大臣經營國事之心曲，寫出次第，故與「昔我往矣，楊柳依依；今我來思，雨雪霏霏」同一達情之妙。（《薑齋詩話‧卷二‧內編》）

在王夫之看來，「景語」、「情語」同樣重要。當然，這裏所說的「景語」並非漢賦中的「模山範水」，也不是六朝詩人的「窺情風景之上，

〔註27〕陶水平《船山詩學研究》，中國社會科學出版社，2001 年版，頁 101。

鑽貌草木之中」〔註28〕（《文心雕龍・物色》）的留戀風物，更不是應
制唱和中的「求形模，求比擬，求詞探，求故實」，而指那些能夠準
確生動地表達出詩人情感意蘊的寓情於其中的寫景。這也是其「以意
為主」的詩學思想的反映。「煙雲泉石，花鳥苔林，金鋪錦帳，寓意
則靈」（《薑齋詩話・卷二・內編》），「意」就是詩歌的主題，對抒情詩來
說，就是「情」。王夫之在這裏標舉「作景語」，主要看中的是「景」
能寓情，而且「景語」具有「情語」所難以達到的特殊抒情效果。如
對一些幽深、微妙的心理感受的表現，用「景語」可以「輕安拈出」，
這是直抒胸臆者所無法做到的。所以，在王夫之理論中，已有了「一
切景語皆情語」的觀念。既然如此，「景」與「情」又何需分別？「情
景名為二，而實不可分。神於詩者，妙合無垠。」（《薑齋詩話・卷二・
內編》）這便是情景的水乳交融。「情景一合，自然妙語，撐開說景者，
必無景也」（《明詩評選》卷五），以此為出發點，王夫之對前人的情景
理論進行了嚴厲的批評。

> 一虛一實，一景一情之說生，二詩遂為阱、為梏、為行尸。
> （《古詩評選》卷五，孝武帝《濟曲阿後湖》評語）
> 以一情一景為格律，以顏色言情為氣骨，雅人不屑久已。
> （《明詩評選》卷五，文徵明《四月》評語）

「在王夫之之前，關於情景理論的突出傾向是注重形式結構方面，也
就是重外在性。」〔註29〕而王夫之的情景交融理論，則完全從「景語」
的「達情」功能出發的，最終指向思想性的藝術表現，可以說「王夫
之針對偏重外在性的立場而強調內在性」〔註30〕。由此可見，王夫之
情景關係理論，已達到了前所未有的高度和深度，他對「景」的認識，
已經基本貼近於其藝術的本質。

3、王夫之的「現量說」

　　融情於景，情景交融，是王夫之崇尚的詩歌最高藝術境界。但

〔註28〕劉勰《文心雕龍》，人民文學出版社，1958年版，頁694。
〔註29〕張健《清代詩學研究》，北京大學出版社，1999年版，頁313。
〔註30〕張健《清代詩學研究》，北京大學出版社，1999年版，頁313。

是，如何做到情與景的「妙合無垠」，什麼樣的情景描寫，才最具有感染力？於此，王夫之借用佛家的「現量」來加以說明。「佛家有三量，爲現量發光」。（《薑齋詩話·卷二·內編》）關於「現量」，王夫之在《相宗絡索》中做出這樣的解釋：

> 「現量」，「現」者，有「現在」義，有「現成」義，有「顯現眞實」義。「現在」，不緣過去作影；「現成」，一觸即覺，不加思量計較；「顯現眞實」，乃去彼之體性本自如此，顯現無疑，不參虛妄。

所謂的「現量」，包含王夫之對詩歌情景描寫的三層追求：一，所描寫的對象所眼前之景，當下之情，強調有感而發，抒寫眞情實感；二，詩歌中「景」與「情」之間要求一種感性的直覺，也就是王夫之一再談到的「興會」；三，詩歌眞實表現詩人的人格境界，不虛僞、不矯飾。關於此三點，王夫之都引例證之。

> 身之所歷，目之所見，是鐵門限。即極寫大景，如：「陰晴眾壑殊」、「乾坤日夜浮」，亦必不逾此限。非按輿地圖便可云「平野入青徐」也，抑登樓所得見者耳。隔垣聽演雜劇，可聞其歌，不見其舞，更遠則但聞鼓聲，而可云所演何齣乎？前有齊、梁，後有晚唐及宋人，皆欺心以炫巧。
> （《薑齋詩話·卷二·內編》）

這裏是「現在義」。

> 「僧敲月下門」祇是妄想揣摩，如說他人夢，縱令形容酷似，何嘗毫髮關心？知然者，以其沈吟「推敲」二字，就他作想也。若即景會心，則或「推」或「敲」，必居其一，因景因情，自然靈妙，何勞擬議哉？「長河落日圓」，初無定景；「隔水問樵夫」，初非想得。則禪家所謂「現量」也。
> （《薑齋詩話·卷二·內編》）

「即景會心」、「因景因情」，都是「現成義」。

> 「池塘生春草」、「蝴蝶飛南園」、「明月照積雪」皆心中目中與相融浹，一出語時，即得珠圓玉潤；要亦各視其所懷來而與景相迎者也。「日暮天無雲，春風散微和」，想見陶

令當時胸次，豈夾雜鉛汞人能作此語？程子謂見濂溪一
月，坐春風中。非程子不能知濂溪如此，非陶令不能自知
如此也。(《薑齋詩話·卷二·內編》)

這便是「顯現眞實義」了。

王夫之於情景論中「現量」的提出，依然有很強的針對性。「不
僅是對皎然、賈島之流苦吟的不以爲然，更是對脫離實際生活而一味
擬古、掉入古人書袋中的宋人和明人的詩風的撥亂反正」〔註31〕。體
現出在當時時代背景之下，詩歌創作中現實性回歸的趨勢。

4、「景中情」、「情中景」及其他

與前人一樣，王夫之對詩歌中的情景關係進行了更細緻地分
析。不同在於，周弼、方回等人立足於詩歌的結構形式，對情、景
的分配比例、模式進行規定。而王夫之的則從「景語」、「情語」的
藝術表現出發，對其進行考察和歸類，發掘前人優秀詩篇中所蘊含
的藝術規律。

(1)「景中情」與「情中景」

情、景名爲二，而實不可離。神於詩者，妙合無垠。巧者
則有情中景，景中情。景中情者，如「長安一片月」，自然
是孤棲憶遠之情；「影靜千官裏」，自然是喜達行在之情。
情中景尤難曲寫，如「詩成珠玉在揮毫」，寫出才人翰墨淋
漓、自心欣賞之景。凡此類，知者遇之；非然，亦鶻突看
過，作等閒語耳。(《薑齋詩話·卷二·內編》)

同爲情景交融，王夫之認爲，仍可劃分爲「景中情」、「情中景」。所
謂「情中景」，即「觸景生情」，「融情於景」。如李白「長安一片月」，
寫月色所引起的邊關之思，是「觸景生情」。而老杜「影靜千官裏」，
在早朝的景象中蘊含著詩人動亂暫平之後的諸多感慨，是融情於景。
「情中景」情中寫景和情中見景。前者即王國維所謂「以我觀物，則
物皆著我之色彩」。如明代詩人曹學全《皖口阻風》：「客恨不如風裏
樹，直至吹落向南天」，船山評爲「與情中寫景」。後者指能夠讓讀者

〔註31〕陶水平《船山詩學研究》，中國社會科學出版社，2001年版，頁135。

體會出生動形象的抒情句。如「詩成珠玉在揮毫」，雖爲抒情，卻將
「才人翰墨淋漓、自心欣賞」的形象展現出來。再如：

> 「欲投人處宿，隔水問樵夫。」則山之遼廓荒遠可知，與
> 上六句初無異致，且得賓主分明，非獨頭意識懸相描摹也。
> 「親朋無一字，老病有孤舟。」自然是登岳陽樓詩。嘗試
> 設身作杜陵，憑軒遠望觀，則心目中二語居然出現，此亦
> 情中景也。孟浩然以「舟楫」、「垂釣」鈎鎖合題，卻自全無
> 干涉。(《薑齋詩話・卷二・內編》)

王維《終南山》尾聯雖未寫景，但將「山之遼廓荒遠」和盤托出；老
杜《登岳陽樓》「親朋無一字，老病有孤舟」爲抒情，但卻能夠使讀
者深切體會到杜甫於老境窮困時登樓的落魄景象。這都是典型的「情
中景」。至於船山批孟浩然詩「全無干涉」，癥結便在「現量」二字。
王、杜之詩，皆爲親至親感。而孟浩然是爲干謁所作，是爲題造景，
自然入不得船山法眼。

(2)「大景」和「小景」

> 有大景，有小景，有大景中小景。「柳葉開時任好風」、「花
> 覆千官淑景移」及「風正一帆懸」、「青靄入看無」，皆以小
> 景傳大景之神。若「江流天地外，山色有無中」、「江山如
> 有待，花柳更無私」，張皇使大，反令落拓不親。宋人所喜，
> 偏在此而不在彼。近唯文微仲《齋宿》等詩，能解此妙。

(《薑齋詩話・卷二・內編》)

「大景」、「小景」是王夫之根據規模氣象對所描寫景物做的劃分。「大
景」是氣象宏大之景，如王維「江流天地外，山色有無中」；「小景」
指細緻描寫較爲纖弱、細瑣之景，如「柳葉開時任好風」句。「大景
中小景」，則指二者兼得之景，如杜甫「江山如有待，花柳更無私」
之類。當然，王船山並沒有停留在對景物的簡單劃分，而是對其所產
生的藝術效果進行深入思考。一般認爲，「大景」給人一種廣闊雄壯
的美感，而「小景」適合抒寫細膩、幽婉的情緒。而王夫之卻認爲，
「小景」也同樣可以「傳大景之神」，寫出開闊雄壯來。相反，如果
是大景，沒有相應的詩情、詩意與之對應，就會太空、太虛，顯得情

景相隔。這便回到了情與景「妙合無垠」的基礎上來，足見船山詩學的融通和系統。

（3）「以樂景寫哀」及其他

> 「昔我往矣，楊柳依依；今我來思，雨雪霏霏。」以樂景寫哀，以哀景寫樂，一倍增其哀樂。（《薑齋詩話・卷一》）

上引常被用在詩歌賞析中，作爲對《小雅・採薇》最後一章藝術特徵最經典的闡釋。且不論這一判斷的準確與否〔註32〕，船山對詩歌中情景的內在邏輯性的探討是極爲可貴的。

> 天情物理，可哀而可樂，用之無窮，流而不滯，窮且滯者不知爾。「吳楚東南坼，乾坤日夜浮。」乍讀之若雄豪，然而適與「親朋無一字，老病有孤舟」相爲融浹。當知「倬彼雲漢」，頌作人者增其輝光，憂旱甚者益其炎赫，無適而無不適也。（《薑齋詩話・卷一》）

天地宇宙之間，萬事萬物，變化無端。不同的事物會引起人不同的情緒，而不同的人，不同的境遇，會對相同的事物產生不同的感受。所以，情與景的組合是無窮無盡的，是無迹可尋的。任何景對任何情，只要是「興會」、「現量」，則「無適而無不適」。

第三節　王士禛的詠物詩學觀

王士禛一生的詩歌追求，用「神韻」二字可以概括。不論是他前後兩期的詩歌選集《神韻集》和《唐賢三昧集》，還是他的各種詩話，以及其詩歌的創作，都將「神韻」二字貫穿始終。所以，他的詠物詩學觀也必然以「神韻」爲核心。

一、「神韻說」的提出與詩學內涵

「神韻」二字由來已久，南朝謝赫在《古畫品錄》中評顧駿之畫：

〔註32〕今按，「楊柳依依」句以「樂景寫哀」，甚爲恰切。而「雨雪霏霏」句，以「哀景寫樂」猶值得商討。

「神韻氣力，不逮前賢；精微謹細，有過往哲」〔註33〕（《第二品》）。
之後，唐宋人論畫，亦多有此。以「神韻」二字申之以詩理，亦非王
士禛首創。明胡應麟《詩藪》中，已明確有云：「神韻超然，絕去斧
鑿」（《詩藪‧內編‧近體下》）。而「神」與「韻」分別見諸於詩論，更
是常見。所以說，王士禛「神韻」說，是對前人成果的繼承，並無多
少創新。但是，在漁洋之前，「神韻」只是作爲一個普通的美學範疇，
在詩學中的地位未顯突出。而王漁洋將「神韻」作爲詩歌美學的核心
理念，形成自己獨特的詩學體系，並且對所處時代的詩歌思想和創作
產生重大的影響，卻是前所未有的。

　　王士禛倡導「神韻」，但卻未對「神韻」的內涵作出系統的分析和
論述，而是通過詩歌評論、創作和對前人相關詩學理論的推崇來表現。
如評嵇康《贈秀才入軍》中「目送歸鴻，手揮五弦。俯仰自得，遊心
太玄」諸句，「雖體似風雅，而神韻自別」。此處的「神韻」當指詩人
的神採風韻，與前人書畫論相一致，專對藝術形象而言。評徐孝嗣《答
王儉》云：「神清韻遠，晉宋風流，此焉堪託」，而「神清韻遠」已是
對詩歌整體的評論。「神清」針對思想傾向，指詩歌所體現出的詩人內
心的清正淡泊；「韻遠」，對詩歌藝術效果而言，指含蓄、蘊藉，回味
無窮的感受。漁洋早期的《秋柳》四章，可以看作其「神韻」理論付
諸實踐的典範，也是奠定其詩歌風格的重要作品。這四首詩，自然清
新、典雅雋永，同時又表現出幽深婉轉，表意朦朧的抒情特徵。在對
前人詩學的繼承方面，王漁洋主推嚴羽《滄浪詩話》和司空圖《詩品》：

　　　　嚴滄浪論詩，特拈「妙悟」二字，及所云「不涉理路，不
　　　　落言筌」，又「鏡中之象，水中之月，羚羊掛角，無迹可尋」
　　　　云云，皆發前人所未發之秘。（《帶經堂詩話》卷二）〔註34〕

　　　　司空表聖作《詩品》，凡二十四。有謂「沖淡」者曰：「遇
　　　　之匪深，即之欲稀。」有謂「自然」者曰：「俯拾即是，不

〔註33〕謝赫《古畫品錄》，四庫全書本。
〔註34〕王士禛《帶經堂詩話》，人民文學出版社，1963 年版，頁 65。

　　取諸鄰。」有謂「清奇」者曰：「神出古異，澹不可收。」
　　是品之最上者。(《帶經堂詩話》卷三)〔註35〕

　　不論是嚴羽以禪論詩的傳統，還是對「妙悟」的推崇，以及佛家所追求的「空靈」境界，都是王士禎「神韻」說的重要內容。「妙悟」王士禎稱之為「佇興」，即即興所至、心領神會。而「羚羊掛角、無迹可尋」，是詩歌所創造的空靈淡泊的境界。同時，他將「沖淡」、「自然」、「清奇」列為「品中最上者」，亦可作為其「神韻說」的重要補充。

　　由此可知，王士禎的「神韻說」具有著豐富的詩學內涵，既包含著對藝術形象傳神寫意的表現技巧，也包含著詩歌語言的清新、自然，含蓄、委婉，和詩歌境界的空靈、飄逸和淡泊、超脫。總體來說，王士禎神韻說更多表現出對詩歌藝術性的追求，可以說是「對中國古代文學藝術審美傳統的總結，著重體現了具有民族特色的特定創作原則和美學風貌」。〔註36〕王士禎詩學最突出的特徵，就是對詩歌現實性有意識的忽略。對於那些反映社會現實，針砭時弊，抒寫個人抱負、志向，甚至人生失意情懷的詩歌，王士禎很少論及，不做評價。在其晚年所編選的《唐賢三昧集》中，選錄王、孟等「雋永超逸」的山水、田園詩人四十二人，卻不錄李白、杜甫。這一現象，在唐詩選中絕無僅有。其中原因，翁方綱在《七言詩三昧舉隅》分析得頗為中肯：「吾觀先生之意，固不得以李、杜為詩家正軌也，而其沉思獨往者，則獨在沖和淡遠一派。」王士禎不主張在詩歌中寫政治性現實性很強的內容，也不喜歡在詩歌中發泄牢騷不滿，故而推崇「沖和淡遠」的山水田園一派，唯有此類詩歌，才能較好地表現王士禎「神韻」之旨。

　　王士禎標舉「神韻」，一方面出於革除明詩遺弊的目的。

〔註35〕王士禎《帶經堂詩話》，人民文學出版社，1963年版，頁72
〔註36〕張少康《中國文學理論批評史》，北京大學出版社，2005年第2版，頁326。

> 詩自太倉、歷下，以雄渾博麗爲主，其失也膚；公安、竟
> 陵以清新幽眇爲宗，其失也脆。學者兩途並窮，不得不折
> 而入宋，其弊也滯而不靈、直而好盡，語錄史論皆可成篇。
> 於是士禎等重申嚴羽之說，獨立神韻以矯之，蓋亦救弊補
> 偏，各明一義。(《四庫總目‧唐賢三昧集提要》)〔註37〕

　　而另一方面，則與當時社會士大夫階層特殊的生存環境緊密關
聯。

> 清代從康熙時期開始一方面對漢族文人拉攏收買，另一方
> 面加強思想控制，大興文字獄，嚴厲鎮壓有反滿思想的文
> 人。同時大力提倡程朱理學，提倡空談義理心性，引導文
> 人脫離現實，在書齋中消磨時光。〔註38〕

甚至可以說，「神韻」所推崇的詩歌境界，已經融入到王士禎的生存
和處世之道，成爲仕途暢達的可靠保證。

> 釋氏言：羚羊掛角，無迹可求。古言云：羚羊無些子氣味，
> 虎豹再尋它不著，九淵潛龍、千仞翔鳳乎！此是前言注腳。
> 不獨喻詩，亦可爲士君子居身涉世之法。〔註39〕

　　王士禎曾說王維等諸人之詩，「莫不各肖其爲人」，此言推人及
己，亦爲至理。

二、「神韻說」觀照下的詠物詩評

　　王夫之、葉燮、王士禎三家代表了清初不同時期，不同文人群
體的詩歌傾向。但卻有一個共同點，即對寫景、詠物的重視。在王
夫之的詩學觀中，景與情相輔相成，是詩歌表現的兩大主體。葉燮
將「表天地萬物之情狀」作爲文章的要旨，以宇宙萬物的「理」、「事」、
「情」作爲詩歌的核心主題。而王士禎的「神韻說」，來源於謝赫畫
論的「氣韻」《管錐編‧全齊文‧謝赫〈古畫品〉》〔註40〕，與摹寫

〔註37〕王士禎《唐賢三昧集》，四庫全書本。
〔註38〕張少康《中國文學理論批評史》，北京大學出版社，2005 年第 2 版，
　　　　頁 326。
〔註39〕王士禎《帶經堂詩話》，人民文學出版社，1963 年版，頁 83。
〔註40〕錢鍾書《管錐編》，三聯書店，2008 年第 2 版，頁 2109。

人物、山水、花鳥的藝術美學息息相關，以此理論詩，自然「不能寫大的題材，不能寫複雜的奮鬥生活」〔註41〕，而山水、田園以及詠物必然是詩論觀照的主要對象。與此同時，三家也有著各自鮮明的傾向。王夫之標舉盛唐，主張「緣情」。對詠物詩，更是以盛唐之「即物達情」為典範，要求創作者在「外周物理」的前提下，更應「內極才情」，「情」是詩歌的主體。葉燮所提出的「理」、「事」、「情」，將宇宙萬物的事理、情態作為詩歌表現的對象，詩歌的抒情性、現實性已明顯被忽略。而王士禛的詠物詩論，則又是其「神韻」觀的集中體現，更是將詩歌的藝術性放在首位。

> 詠物之作，須如禪家所謂不黏不脫、不即不離，乃為上乘。
>
> （《帶經堂詩話》卷十二）

這是王士禛詩論中少有的理論性文字。「黏」即宋人詩話中的「黏皮」，指只對事物形色特徵的表現，「脫」與之相對，指對事物特徵的違背；「即」，是靠近詩題，即所謂「著題」，而「離」則指脫離詠物之旨而言他。「黏」、「脫」與「即」、「離」，看似接近，卻各有側重。「黏」與「脫」主要討論「體物」方法問題。江西詩派講究工切，繪形、著色，這一詩學傾向受到較多指摘，而且往往以蘇軾「論畫以形似，見與兒童鄰；作詩必此詩，定知非詩人」為理論依據，標榜傳神。但是，對於詠物詩來說，完全脫離對事物形態特徵的描繪，也會走向另一個極端。金代詩人王若虛就曾指出「畫而不似，則如勿畫。命題而賦詩，不必此詩，果為何語！」詠物詩如果一味追求傳神，則必然導致「茫昧僻遠，按題而索之，不知所謂。」於是，提出了「不窘於題，而要不失其題」，這便是王士禛所謂「不黏不脫」。

> 詠物詩最難超脫，超脫而復精切則尤難也，宋人詠猩毛筆
> 云：「生前幾兩屐，身後五車書。」超脫而精切，一字不可
> 移。（《分甘餘話》卷四）〔註42〕

〔註41〕周振甫《詩詞例話》，中國青年出版社，2006 年滴版，頁 400。
〔註42〕王士禛《分甘餘話》，中華書局，1989 年版，頁 92。

「超脫而復精切」便是「不黏不脫」。黃庭堅《和答錢穆父詠猩猩毛筆》在宋元詩論中常被提及，往往褒貶不一。而漁洋給與充分肯定，並且指出個中妙處。山谷詠筆，卻隻字未提筆，這是「不黏」。但仔細賞讀，「平生幾兩屐，身後五車書」中，先用《華陽國志》中，猩猩愛穿屐的典故，點出「猩猩」。又用阮孚的典故，指出生命短暫，最終落在「五車書」上。生前無功而身後著述，點出了「筆」。這首詩沒有拘泥於猩猩毛筆的形體特徵的摹寫，而挖掘出其所蘊含的精神特質，是傳神筆法，但卻極爲「精切」，非筆不可，移至他物則不能，深得「不黏不脫」之妙。

「即」與「離」則側重討論詩歌的主題問題。不論是繪形、著色，還是傳神寫意，都是「體物」之法，並未脫離「詠物」，可謂「即」。而相當一部分詠物詩，卻是別有「寄興」的。在這類「託物言志」的詠物詩中，言在此（詠物），而意在彼（言志），便是「離」了。「不即不離」是通過創造朦朧和超逸的詩歌意境，來實現情志表達的似有似無和飄忽不定的藝術效果。如果說，「不黏不脫」是對王若虛詩學觀的直接繼承，那麼，「不即不離」則是王士禛在「神韻論」基礎上建立起來的獨特的詩學觀念，蘊含著對含蓄、深婉的詩美境界的追求，其《秋柳》四章便是典範。又如：

> 陸魯望《白蓮》詩：「無情有恨何人見，月白風清欲墜時。」語自傳神，不可移易，《苕溪漁隱》乃云移作白牡丹亦可，謬矣。予少時在揚州，過露筋祠有句云：「行人繫纜月初墮，門外野風開白蓮」。（《池北偶談》卷十四）〔註43〕

王士禛在《漁洋詩話》中說：「牡丹開時正風和日暖，又安得有月冷風輕之氣象」。可見，陸龜蒙《白蓮》未在形色上作文章，而是抓住了白蓮「月冷風輕」的氣象，「語自傳神」，是「不黏不脫」的佳品。而漁洋詩中，不僅「野風」、「墮月」四字，已將陸詩說盡，得其傳神之妙，而且，又多了一層「不即不離」的韻致。試想行人經宿行

〔註43〕王士禛《池北偶談》，中華書局，1982 年版，頁 335。

船，面對新浦，全無曉風殘月之恨，卻是心與「野風白蓮」相接，是何等胸襟？此處，「白蓮」與「行人」之間，形成了一種微妙的映襯。寫人乎？寫蓮乎？其中之「寄託」，似有似無，全憑讀者去體會。

「不黏不脫、不即不離」只是詠物詩論的一個方面，其大部分的詩歌理念則是通過對具體詩歌的分析和評價來完成的。

> 梅詩無過坡公「竹外一枝斜更好」七字，及「雪後園林才半樹，水邊籬落忽橫枝」。高季迪「雪滿山中高士臥，月明林下美人來」，亦是俗格。若晚唐「認桃無綠葉，辨杏有青枝」，直足噴飯。（《帶經堂詩話・卷十二》）

梅詩向來以林和靖「疏影橫斜水清淺，暗香浮動月黃昏」最爲稱道。而漁洋獨樹一幟，標舉東坡「竹外一枝斜更好」。二詩各有千秋：「疏影橫斜」、「暗香浮動」摹寫極工，而不爲漁洋稱道者，似有「粘皮」之嫌。而「竹外一枝」，極其寫意地將梅的清幽遠韻展現出來，妙在「不粘不脫」；而梅之姿容與人之雅致，呈「不即不離」之態。此外，兩句相比較，林詩過實過細，而蘇詩更顯疏落傳神，故而更得漁洋嘉賞。錢鍾書在《管錐編》中說：「『神韻』不外乎情事不落言筌者，景物有不著痕迹者，只隱約於紙上，俾揣摩於心中。……故取象如遙眺而非逼眞，用筆寧疏略而毋細密。」便可作爲上詩之注腳。至於高啓之詩，未免自我性情「落入言筌」，暴露無遺，且「高士」、「美人」此等俗語，更入不得漁洋法眼。石曼卿「辨杏」、「認桃」句只在枝葉上下功夫，「粘皮」不說，毫無詩意，直「梅謎」耳。又如：

> 余論古今雪詩，唯羊孚一贊，及陶淵明「傾耳無希聲，在目皓已潔」，及祖詠「終南陰嶺秀」一篇，右丞「灑空深巷靜，積素廣庭閒」，韋左司「門對寒流雪滿山」句最佳。若柳子厚「千山鳥飛絕」，已不免俗；降而鄭谷之「亂飄僧舍，密灑歌樓」，亦俗下欲嘔；韓退之「銀盃、縞帶」亦成笑柄，詩人詠於盛名，不敢議耳。（《帶經堂詩話・卷十二》）

前人詠物，漁洋多以「俗」批之，柳宗元「千山鳥飛絕」亦不能免此一劫。同爲寫雪中之景，漁洋爲何厚陶、王、韋而薄柳，其癥結，亦

在「神韻」二字。漁洋「神韻」之說，崇尚「清眞雅正」。「詩以達性，然須清遠爲上」。「清遠」即詩中反映出的一種沖和淡遠的思想境界，要求詩人有一種遠離現實矛盾，超然於物外的創作心態。柳宗元屢遭貶斥，常年生活於荒僻之地，詩中頗多牢騷之語，這一點，與「神韻」的理念頗爲不符，故王士禛對其詩歌的評價並不甚高：「東坡謂柳柳州詩在陶彭澤下、韋蘇州上，此言誤矣。余更其語曰：韋詩在陶彭澤下，柳柳州上。……又嘗謂陶如佛語，韋如菩薩語，王右丞如祖師語也。」「佛語」、「菩薩語」、「祖師語」，皆言陶、王、韋三人詩中空靈、超逸的境界，這是柳詩所沒有的。其《江雪》一篇，寒峭孤冷，是一種與世俗格格不入的對立心態，怎比得陶詩等之從容淡定。以下如鄭谷詩，「僧舍」、「歌樓」去「雅正」甚遠；韓退之「銀杯」、「縞帶」，粘皮著骨，了無遠韻，故難入漁洋法眼。

第四節　葉燮的詠物詩學觀

　　「理」、「事」、「情」是葉燮《原詩》中的重要概念，也是其論述的主要內容。葉燮的「理」、「事」、「情」理論，不同於傳統詩學中詩歌的說理、敍事和抒情，而是將宇宙萬物作爲詩歌表現主體的觀照之法，即所謂「文章者，所以表天地萬物之情狀也」（《原詩‧內篇下》）〔註44〕。以此來看，這一理論，也應是清代前期詠物詩學的重要組成部分。

一、「理」、「事」、「情」的詩學內涵

　　如果說，王夫之詩歌理論對現實的關注，是一種末世、亂世文人強烈的社會責任感的體現，那麼葉燮所代表的，正是充滿著展望和信心的新時代的文人情懷。葉燮的整個詩論體系，是在對「明人退化論詩史觀」批判的基礎上提出的。「變」是葉燮《原詩》的核心

〔註44〕以下所引葉燮詩論皆出自葉燮《原詩》，人民文學出版社，1979年版。

字眼，貫穿全文，「是對文學活動中創造性精神的崇揚」。〔註45〕針對前人論詩中重詩格、句法的傳統，以及明人將「法」作爲「千古詞場的關鍵」的復古論調，葉燮提出了全新看法。

> 法，有死法，有活法。……則死法爲「定位」，活法爲「虛名」。「虛名」不可以爲有，「定位」不可以爲無。不可爲無者，初學能言之；不可爲有者，作者之匠心變化，不可言也。(《原詩・內篇下》)

所謂「死法」，即是「定位」，是詩歌固定的形式、體制；「活法」，是在「死法」基礎上的變通。「活法」的提出，並非葉燮的首創。早在宋代，呂本中就已經提出：「所謂活法者，規矩具備而能出於規矩之外，變化不測而亦不悖於規矩者」。在此一點上，葉論並未有出其上者。但是，葉燮雖然在概念上繼承了呂氏之論，其關注的重點卻明顯轉向了「活法」，並且因此加以深發，確立自己的理論。葉燮認爲，「死法」人人能掌握，詩歌的「匠心」所在則完全在「活法」，「活法」是詩歌創造性的體現，也是成敗的關鍵。爲此，葉燮還舉例證之。如人之容貌「眉在眼上，鼻口居中」，這便是「死法」，人人所具有的。但是，這些並不能成就「絕世之美」。人容貌的千差萬別，就是人與人之間在此基礎上的微妙的變化。這種變化，便是「活法」。「活法」能不能稱之爲「法」，有沒有一定的規定性，葉燮未置可否，但他卻針對詩歌創作提出了以下的觀點：

> 自開闢以來，天地之大，古今之變，萬彙之賾，日星河嶽，賦物象形，兵刑禮樂，飲食男女，於以發爲文章，形爲詩賦，其道萬千。余得以三語蔽之：曰理、曰事、曰情，不出乎此而已。然則，詩文一道，豈有定法哉！先揆乎其理，揆之於理而不謬，則理得。次徵諸事，徵之於事而不悖，則事得。終絜諸情，絜之於情而可通，則情得。三者得而不可易，則自然之法立。故法者，當乎理，確乎事，酌乎情，爲三者之平準，而無所自爲法也。故謂之曰「虛名」。

〔註45〕劉誠《中國詩學史》（清代卷），鷺江出版社，2002 年版，頁 92。

（《原詩・內篇下》）

「虛名」即「活法」。從以上論述可以看到，「活法」並非無法，而是一種具有巨大的創造性空間的「法」。對於詩歌來說，便是「理」、「事」、「情」。詩歌萬變不離其道，這一「道」，是「理得」、「事得」、「情得」。當然，這裏的「理」、「事」、「情」極易被理解爲「說理」、「敘事」和「抒情」，這是一個明顯的誤讀。

> 曰理、曰事、曰情三語，大而乾坤以之定位、日月以之運行，以至一草一木一飛一走，三者缺一，則不成物。文章者，所以表天地萬物之情狀也。然具是三者，又有總而持之，條而貫之者，曰氣。事、理、情之所爲用，氣爲之用也。譬之一木一草，其能發生者，理也。其既發生，則事也。既發生之後，夭矯滋植，情狀萬千，咸有自得之趣，則情也。苟無氣以行之，能若是乎？又如合抱之木，百尺干霄，纖葉微柯以萬計，同時而發，無有絲毫異同，是氣之爲也。苟斷其根，則氣盡而立萎。此時理、事、情俱無從施矣。（《原詩・內篇下》）

王夫之雖然提出「詩以道性情」，但這「性情」是理學家的「性情」，體現出鮮明的詩教觀。葉燮主張「文章者，所以表天地萬物之情狀也」，是與王夫之完全不同的詩歌理念，其對詩歌現實性的要求也大大減弱了。所謂的「情狀」，是一個籠統的概念，若細分，即爲「理」、「事」、「情」。與之相對，葉燮又提出了「才」、「膽」、「實」、「力」。前者是主體對客體的審美內容的規定，是「在物者而爲言」；後者指決定詩歌創造性的主觀能力，是「在我者而爲言」（《原詩・內篇》（下）。由此可以看出，「理」、「事」、「情」是對審美客體的描述，而並非人主觀存在的意識形態。所謂「理」，即「物理」，是「其所以發生者」，指事物之所以能夠發生的內在依據，是事物的本質與可能性；事，即「既發生」，是事物的現實存在性；情，爲「情狀」，指事物的具體形態。總而言之，「理」、「事」、「情」是事物所蘊含的內在規律、現實存在和表現於外在的形象特徵。葉燮認爲，這應該是詩歌

表現的主要內容。宇宙之大，物類無窮，而「理」、「事」、「情」更是變化無端，如此「發爲文章」、「形爲詩賦」，「其道萬千」，詩歌所應有的創造性才能得到盡情地發揮。此外，葉燮還提出了「氣」的概念，並將「理」、「事」、「情」三者「條而貫之」。這裏的「氣」並非唯物主義「一元論」中的物質本源，而是存在於草木、鳥獸等生命世界的生氣和活力。

二、妙於事理的詠物觀

葉燮「理」、「事」、「情」的題出，旨在爲那些在故紙堆中求活計的詩人開拓一種廣闊的詩歌眼界，像古代文學家那樣「天地萬物皆遞開闢於其筆端，無有不可舉，無有不能勝，前不必有所承，後不必有所繼，而各有其愉快。」然而，前人既有所謂「理」、「事」、「情」，後人蹈之，亦未見其新意。所以，葉燮進一步強調，「必言前人所未言，發前人所未發，而後爲我之詩」。什麼樣的「理」是「未言之理」、什麼樣的「事」是「未發之事」？對此，葉燮做了深一層的闡發。

> 然子但知可言可執之理之爲理，而抑知名言所絕之理之爲至理乎？子但知有是事之爲事，而抑知無是事之爲凡事之所出乎？可言之理，人人能言之，又安在詩人之言之？可微之事，人人能述之，又安在詩人之述之？必有不可言之理，不可述之事，遇之於默會意象之表，而理與事無不燦然於前者也。(《原詩‧內篇下》)

「理」有可以說出、可以把握的理，也有難以用語言來表述的理。而事，也有具體存在的事，也有蘊含於內，不易察覺之事。葉燮認爲，詩歌要表現「不可言之理，不可述之事」，才能讓人耳目一新，回味無窮。這裏，葉燮運用了「意象」的概念。所不同的是，在傳統詩論中，「意象」指蘊含著詩歌題旨的藝術形象，而此處則指是未經藝術加工的客觀存在的詩歌審美和表現對象。葉燮認爲創作者要「默會意象之表」，這裏強調的「會」需要一種領悟能力與超常的識見，便是葉燮所謂的「才」、「膽」、「識」、「力」。

　　爲了闡明自己的觀點，他還列舉了杜甫的詩例，並作了極爲詳盡的分析。如杜甫《軒轅黃帝廟》中的「碧瓦初寒外」一句，葉燮認爲，初看似不合理，但仔細品味，卻是絕妙之至。「碧瓦」二字「有物有質」，其「事」其「情」有目可感，是「實」。而「初寒」爲「氣」，充塞於天地之間，蘊含著四時變化之「理」，而此理雖人人皆知，但卻蘊象於無形，可謂「虛」。老杜將「碧瓦」、「初寒」巧妙結合，相互生發，透過「碧瓦」之質「冷」與色「冷」，將「初寒」變得可觸可感，這便是「虛實相成，有無互立」。而這樣的藝術效果，只有通過詩歌才能實現。葉燮還舉了《宿左省作》中「月傍九霄多」和《夔州雨濕不得上岸》中「晨鐘雲外濕」的例子。「從來言月者，只有言圓缺、言明暗、言升沉、言高下，未有言多少者？」詩人直宿左省，看近處的宮殿，被月光照得極亮，似乎得到了月光也有特殊的眷顧。故而用一「多」字，極爲貼切，「非言『明』，言『高』，言『升』可得。」其實，月亮普照大地，是沒有偏私的。但是對一個在夜晚沒有入眠的人來說，總有一種特殊的親密。李白月下獨酌，月便成了他一人的友伴。蘇軾「不應有恨，何事長向別時圓」，都是善「默會意象之表」的結果。也唯有這樣的大家，對如此妙理「見而知之、而能言之」。人在江中，鐘在岸上寺中，所聞者鐘聲也，非眞見鐘也。「鐘聲入耳而有聞，聞在耳，只能辨其聲，安能辨其濕？」此句似不合情理。但細想，江中遇雨至不得上岸，凡物皆濕，何鐘聲不得濕乎？唯有一「濕」字，獨能道此時之鐘聲，若置於俗儒，作「晨鐘雲外發」、「晨鐘雲外度」之流，怎比得上老杜「妙語天開，從至理實事中領悟，乃得此境界也」。於此，葉燮不禁感歎：

　　　　古人妙於事理之句，如此極多，姑舉此四語，以例其餘耳。……夫情必依乎理，情得然後理眞。情理交至，事尚不得耶！要之作詩者，實寫理事情，可以言言，可以解解，即爲俗儒之作。惟不可名言之理，不可施見之事，不可徑達之情，則幽渺以爲理，想像以爲事，惝恍以爲情，方爲理至事至情至之語。（《原詩・內篇下》）

「妙於事理」，就是寫「不可名言之理，不可施見之事」。而「理」、「事」的表達，要借助於「情」的描繪來實現。「決不能有其事，實爲情至之語」，「夫情必依乎理，情得然後理眞」。只有實現了「理」之「不可名言」、「事」之「不可施見」，這樣的「情」才會顯得含蓄、幽深，成爲「不可徑達之情」。如此則「幽渺以爲理，想像以爲事，惝恍以爲情」，便是詩歌至高的境界。而這種境界，也只有詩歌才能創造。

> 昔人云：「王維詩中有畫。」凡詩可入畫者，爲詩家能事。如風雲雨雪，景象之至虛者，畫家無不可繪之於筆；若初寒內外之景色，即董巨復生，恐亦束手擱筆矣。天下惟理事之入神境者，固非庸凡人可摹擬而得也。

葉燮借助於對「理」、「事」、「情」的闡述，準確區分出了「詩境」和「畫境」。同時也顛覆了古人詠物詩臨摹物態、吟風弄雪的傳統，對這一「體物」詩體，提出了更高一層的藝術要求。

下編　作家論

第四章　王夫之詠物詩研究

　　王夫之（1619～1692），字而農，號薑齋，又有賣薑翁，一瓠道人、雙髻外史、夕堂先生之別號。早年曾參加抗清運動，從明桂王於廣西一帶。及事無可爲，乃歸隱石船山，埋頭著書以終，世稱「船山先生」。船山學識淵博，舉凡經學、小學、子學、史學、文學、政法、倫理等各門學術，造詣無不精深。天文、歷數、醫理、兵法乃至卜筮、星象，亦旁涉兼通。且留心當時傳入的「西學」，與顧炎武，黃宗羲同稱「清初三大儒」。

　　船山詩歌，尤以詠物見長。在傳世 1600 餘首詩歌中，有《落花詩》1 卷 99 首、《雁字詩》38 首和《題蘆雁絕句》18 首共 1 卷、《和梅花百詠詩》與《追和王百穀梅花絕句》10 首共 1 卷、《洞庭秋詩》30 首 1 卷。此外，散見於《薑齋五十自定稿》、《薑齋六十自定稿》、《薑齋七十自定稿》、《柳岸吟》、《薑齋詩分體稿》等卷中，又有如《迎秋八首》、《花詠八首》、《冰林詩十首》等近 400 首。如此估算，船山詠物詩超過 700 首，接近其詩歌總量的一半。船山詠物詩規模宏大、題材廣泛，具有濃鬱的政治色彩和悲劇情懷，既可作爲遺民詠物詩的傑出代表，將其置於清代大家作品中也毫不遜色。

第一節　王夫之《落花詩》的政治情懷

　　落花爲常詠之物，而將強烈的政治情感蘊含其中，卻是清初詩人

的首創。其中，又以王夫之《落花詩》最爲突出。對於這組詩，歷來稱道者多，關注者少，尤其是對詩中政治意識的研究，更是微乎其微。筆者認爲，借落花之詠，抒寫家國敗亡的政治幽憤，不僅是王夫之詩學觀念在詩歌創作中的集中反映，而且與明清之際士大夫獨特的情感體驗息息相關，是時代精神的體現。

一、「匡維世教」、「外周物理」的詩學支持

在清初的詩學潮流中，王夫之獨抒己見，卓然自立，其理論體系可謂別開生面。他是「詩言志」的積極倡導者，並且將「志」賦予了濃重的政治色彩。他認爲「詩言志，非言意也；詩達情，非達欲也」（《詩廣傳》卷一）〔註1〕。此處的「意」，是「念之所覬得者」，與「欲」其實相近，是個人的欲求與感受，是「私」而「小者」。所以，他積極反對用詩歌抒寫個人意識，甚至批評陶淵明「饑來驅我去」是「誤墮其中」，而杜甫「殘杯與冷炙，到處潛悲辛」是「鼓其餘波」。這一觀念和他所極力強調的士大夫社會責任感密切相關。「匡維世教以救君之失，存人理於天下者，非士大夫之責乎？」（《讀通鑒論》卷二十七）他認爲，詩人作爲掌握著社會話語權的一群，決定輿論和世風的導向，應以匡扶正統爲己任，而不是停留在對自我身世的恣怨上，或不負責任地「以歌謠諷刺爲樂事」，「蠱斯民之憤懟」。所以，對於元白的政治諷刺詩，他也是加以指斥的。〔註2〕

王夫之的詩教觀，不僅強調一般抒情詩的政治意識，並且對寫景、詠物詩功能有新的界定。王夫之對孔子提出的「興、觀、群、怨」理論極爲重視，認爲「詩盡於此矣。」但卻反對將某詩孤立地定義爲「興」或「怨」，認爲這只是「小人以往之喜怒耳，何足以言詩」。對此，他說：

〔註1〕本文所引王夫之詩論皆出自王夫之《船山全書》，嶽麓書社，1988年版。
〔註2〕劉誠《中國詩學史》（清代卷），鷺江出版社，2002年版，頁80。

> 小子學之，可以興觀者即可以群怨，哀樂之外無是非；可
> 以興觀群怨者既可以事君父，忠孝善惡之本，而歆於善惡
> 以定其情，子臣之極致也。鳥獸草木亦無非理之所著，而
> 情亦不異矣。（《詩譯》）

在他看來，「興、觀、群、怨」是相互聯繫，甚至相輔相成的。好的詩歌，必然是「四情」的完美統一。詩情無非「哀」與「樂」，而「哀樂」的「情」中包涵了詩人的價值觀念，這些觀念最終都可上昇到事君父的道德與政治倫理。「鳥獸草木」的比興，無非以「物」起「情」，自然亦可歸之於子臣之理，「情」是架在「物」與「理」之間的橋梁。於是，以描寫「鳥獸草木」爲主，具有娛樂遣性功能的詠物詩，也必以「君父」、「人理」爲最終指向，被塗抹上了濃重的政治色彩。

　　王夫之不僅主張包括詠物詩在內的抒情詩必須具有正統的政治意識，並且還一再強調，這種政治意識的抒發，必須借助詠物寫景，才能達到「神採即絕」的藝術境界。他雖然強調詩歌所蘊含的君父之理，卻堅決反對詩歌「議論入詩」，尤其是對中唐之後說理詩頗爲反感。「詩固不以奇理爲高。唐宋人於理求奇，有議論而無歌詠，何不廢詩而著論辯也。」（《古詩評選》卷五）同時，他對前人所稱道的「詩史」傳統亦持反對態度：「夫詩之不可以史爲，若口與目不相爲代也，久矣。」（《詩譯》）在他看來，詩歌創作是形象與感性的思維，而與理性的邏輯思維不相容。他曾不止一次地說：「詩以道情」，並且主張詩歌創作一定要：「內盡才情，外周物理」。

> 情者，陰陽之幾也；物者，天地之產也。陰陽之幾動於心，
> 天地之產應於外。故外有其物，內可有其情矣；內有其情，
> 外必有其物矣。（《詩廣傳》卷一）

「情」是人內心的感動，「物」是外物，是客觀世界。客觀世界的一切事物，都可以激起人的某一種感動；人的每一份情感，都會有客觀之物與之對應。而詩歌創作，應該是「才情」與「物理」的結合。

> 夫景以情合，情以景生，初不相離，唯意所適。截分兩橛，
> 則情不足興，而景非景。（《夕堂永日緒論內編》）

在大部分詩歌中,「景」是「物」的表現形式。沒有情的景,不能喚起讀者的美感,不是真正的景;沒有景的情,沒有想像的空間,缺乏詩的意境。唯有情景的完美統一,才能達到「華奕照耀,動人無際」的藝術效果。而從「景」到「情」的飛躍,是靠「興」來完成的。「興」是感發,是紐帶。評價詩歌品格之高下,「或可以興,或不可以興」,而其中的「樞機」便在於此,強調的是「景」與「情」的妙和無迹。

王夫之喜談「情」、「景」,頗重「物理」,且又崇尚「句句用興用比」,其創作必然對寫景、詠物頗多偏愛。在他一生所寫一千六百餘首詩歌中,拋開僅包含寫景成份的抒情詩不計,以寫景、詠物為題的詩歌佔了一半以上。除《落花詩》99 首之外,更有《梅花詩》100 首、《雁字詩》38 首,《洞庭秋詩》30 首。這些詠物組詩,在詩人「匡維世教」思想的影響下,往往與詩人複雜坎坷的政治命運緊密相連,抒寫詩人濟世胸襟和堅貞深沉的愛國情懷,可謂「興、觀、群、怨」「四情」皆備。在這些詩中,《落花詩》亦堪稱代表。這組詩不僅字數最多,而且兼寫景、詠物為一體,是詩人壯年時期政治情感的真實寫照。

二、搖落、蕭索的政治背景與「情」、「物」的「相值相取」

《落花詩》作於順治十七年(1660)。不幸生逢亂世,天崩地坼,42 歲的王夫之暫時避開了社會的動蕩,隱居衡陽,並結茅為屋,取名「敗葉廬」。在經歷了數年腥風血雨的戰鬥生涯和顛沛流離的漂泊之後,他的心中鬱結著太多的不平之氣:深重的亡國之痛,對以往鬥爭失敗的強烈憤恨,政治挫敗的無限苦悶,對搖搖欲墜的南明政權和抗清鬥爭的擔憂,以及與清政權對抗到底誓不低頭的決心。這些鬱結的情感無處宣泄,只能寄發於文字,鎔鑄成五千餘言的《落花詩》。這組詩共計 99 首。其在《補落花詩序》中有「九十維期,

已合春陽之數」的解釋，並且說「續靈均之九，無待門人」〔註3〕。可見，「99」的數字，是詩人有意爲之，一方面合乎陽九之數，另一方面是對「楚辭」中尚「九」傳統的繼承。同時，從一個側面反映出詩人「飄零無意反離騷」（《廣落花詩》之二十八）〔註4〕的創作心態，進一步說明對舊日君國的離別之情和對政治幽憤的抒寫將是這組詩的重要主題。

　　天地之大，品類之盛，詩人何以對落花鍾情獨具？如此深沉、強烈的情感，爲何不另假於他物？詩人在《正落花詩序》所說：「庚子冬初，得些莽、大觀諸老詩，讀而和之，成十首」〔註5〕。這一解釋頗不令人信服。如果只是和詩，十首即成，何勞綴續近百首？且「些莽、大觀諸老」，何以發起落花之詠？諸老賦詩，可見明清之際，落花爲慣詠之題，一時成爲遺民風尚。而船山《落花詩》五千餘言的篇幅，亦足見詩興之高，自是詩題與詩情契合的結果。

　　　天地之際，新故之迹，榮落之觀，流止之幾，欣艷之色，
　　　形於吾心以外者，化也；生於吾心以內者，心也；相値而
　　　相取，一俯一仰之際，幾與爲通，而浡然興矣。
　　（《詩廣傳》卷二）

　　「人」與「物」，「情」與「景」只有「相値相取」，才能得到「浡然興矣」的創作靈感。而落花與明季士子情懷的「相値相取」，則在另一位詩人歸莊的筆下得到深入論述：

　　　落花之詠，昔稱二宋，至成、弘之際，沈石田先生有落花
　　　詩三十首，同時呂太常、文待詔、徐迪功、唐解元皆有和
　　　作，率以十計；其後申相國、林山人輩唱和動數十篇，亦
　　　以窮態極致，競美爭奇，後有作者，殆難措手。然諸公皆
　　　生盛時，推擊風雅，鼓吹休明，落花雖復衰殘之景，題詠
　　　多做穠麗之辭，即有感歎，不過風塵之況，憔悴之色而已。

〔註3〕王夫之《王船山詩文集》，中華書局，1962年版，頁418。
〔註4〕文中所引王夫之《落花詩》皆出自《王船山詩文集》，中華書局，1962
　　　年版。
〔註5〕王夫之《王船山詩文集》，中華書局，1962年版，頁405。

我生不辰，遭值多故，客非荊土，常動華實蔽野之思，身
在江南，仍有大樹飄零之感。以至風木痛絕，華萼悲深，
階下芝蘭，亦無遺種。一片初飛，有時濺淚；千林如掃，
無限傷懷！是以摹寫風情，刻畫容態，前人詣極，嗣響為
難；至於情感所寄，亦非諸公所有。無心學步，敢曰齊驅；
借景抒情，情盡則止。〔註6〕

　　歸莊是清初又一位重要的遺民詩人，有《落花詩》十二首和《落
花詩又四首》。以上所引，見其《落花詩自序》。他認為，前人雖多有
「落花詩」傳世，往往只是臨摹姿色，但求逼真，鋪陳辭採，以彰才
情，並未體味落花之真味。身處在明清之際的知識分子，遭受著家國
與民族的雙重災難，迴天無力，報國無門。這種蕭索、淒涼的景象，
最能夠契合他們的處境，是「搖落深知宋玉悲」，所以也最易激起他
們內心深處真實強烈的情感。

　　除此之外，一般還認為，花色紅，紅即「朱」，與朱明王朝就有
了某種婉轉而密切的聯繫。百花盛開的春天，有王朝興盛的象徵意
蘊；風飄萬點、春意闌珊的暮春之景，是明王朝從沒落逐漸走向敗亡
的最佳比喻。「狂風發發振芳林，搖落傷殘自不禁」〔註7〕（歸莊《落
花詩》），「落花有淚因風雨，啼鳥無情自古今」〔註8〕（屈大均《壬戌
清明作》），清初詩人好詠落花，借對落花的諸多感歎來表達對故國舊
君的哀悼與懷念，從而為落花打上了鮮明的政治烙印，同時賦予了這
一主題更加深厚的情感內涵和獨特的時代氣息。

　　在諸多作品中，王夫之可謂詩情獨具。他的《落花詩》不僅在數
量與篇幅上絕對勝出，而且藝術水平也達到了前所未有的高度。陳田
《明詩紀事》評王夫之詩：「其遭時多難，囂音瘏口之作，往往與杜陵
野老吞聲，皋羽之西臺慟哭，同合於變《雅》、《離騷》之旨。」〔註9〕

〔註6〕 歸莊《歸莊集》，上海古籍出版社，1984年版，頁119。
〔註7〕 錢仲聯《清詩紀事》，江蘇古籍出版社，1989年版，頁486。
〔註8〕 朱則傑《清詩選評》，三秦出版社，2004年版，頁200。
〔註9〕 陳田《明詩紀事》，上海古籍出版社，1993年版，頁3003。

這一評價，未嘗不是對《落花詩》的準確闡釋。詩人或借花落春去的淒涼之景，寄託亡國之思；或借落花的風摧雨凌，緬懷敗亡情境；或以落花自喻，抒寫心志，幽寄哀怨。這些詩歌內涵豐富、獨特，表達含蓄、深沉，比類靈活貼切，不僅是船山詩歌成就的傑出代表，即使放眼於有清一代，也是不可多得的詠物佳作。

三、《落花詩》政治意識探析

1、故國之思與亡國之痛

面對民族的災難和國家的敗亡，王夫之甚至有殉節之志：「爲國大臣，不幸而值喪亡。雖歸休林下，亦止有一死字」。其性格之剛烈，情感之激越可想而知。在 25 歲到 40 歲的 15 年裏，面對複雜險惡的社會環境，王夫之置自我生死於不顧，積極投身到復明的事業中。他奔走呼告、起兵衡陽，轉而參加昏暗沒落的永曆政權，總渴望能夠力挽狂瀾、扭轉形勢。然而，節節敗退的現實，使他最終醒悟到大廈將傾，一木難支的悲哀。〔註10〕《落花詩》作於詩人隱居南嶽的第三年。江南政治的喧囂已離他遠去，但距離的隔絕並無法壓制他對國家、民族的一腔赤誠。他雖然隱居山林，但卻並非真正的隱者。中國傳統的隱士寄情於山水之中，放浪於形骸之外，將身心的最終合一作爲最高的追求境界。王夫之雖隱身於草莽之中半生，卻毫無此種超逸之心。他在《絕筆詩》中說：「荒郊三徑絕，亡國一臣孤。霜雪留雙鬢，飄零憶五湖」。至死，他不能忘記的依然是自己明臣的身份。忠愛越深，悲痛愈烈。「歌亦無聲哭亦狂，魂兮毋北夏飛霜」（《正落花詩》九），「登山臨水皆薦淚，定情意不在雙蛾」（《廣落花詩》八），詩人情難自禁，長歌當哭。於此同時，王夫之深受儒家詩學傳統的影響，崇尚「美在中和」的溫柔敦厚。《落花詩》中，雖有如上這樣直抒胸臆的句子，但更多的是託物言志、借景抒情：

〔註10〕蕭萐父、許蘇民《王夫之評傳》，南京大學出版社，2002 年版，頁
　　　　65～81。

並門閉目奈愁生，慢捲簾垂兩不平。

百歲回頭三月雨，萬端到耳一聲鶯。

貫休死愛香風吹，和靖難忘疏影橫。

刪抹艷根須有此，荷絲雖鍛也相縈。（《廣落花詩》九）

看似一首傷春的詩，卻與「春」情無關。陶令「園日涉以成趣，門雖設而長關」，自是一種心遠地偏的超脫；貫休弄香風、何靖賞疏影，自可聊遣寂寞，逸性娛情，亦算得別一種風流。這些，船山做不到。「百歲到頭三月雨，萬端到耳一聲鶯」是詩人最切實的感受。「海山家在鶯啼處，無計日歸空黯傷」（《廣落花詩》二十七）。那一陣鶯聲所代表的無限春光，是詩人魂牽夢繞的朱明王朝；那三月日暮的狂風驟雨，是天翻地覆的晚明局勢，是讓人熱血沸騰的抗清鬥爭，也是詩人念念不忘的政治挫敗。這種巨大的悲痛，詩人雖只用「荷絲」輕描淡寫，卻怎一個「愁」字了得。

遲暮閒情看一圍，衿霑疏雨暸斜暉。

聊過柳徑邀輕絮，共趁秋韆競舞衣。

茺葉幾留耽宛轉，桃錫欲惹滯霏微。

相逢歧路莫相妒，曾共西園聽秭歸。（《續落花詩》十七）

詩人情定舊國、感念至深，但卻表達深婉，似不著蹤迹。這首詩圍繞「惜春」二字展開，將一個深情、傷感的抒情主人公展現在讀者面前。傍晚時分那在疏雨中獨步花徑的身影，和眼前沾惹衣襟、隨風飄飛的輕絮，秋韆上獨自飛舞的彩蝶，耽溺於宛轉鶯啼的茺葉，癡迷於薄霧的桃李，構織成一幅令人沉醉的暮春圖。「一切景語皆情語」，詩人細密深情地描繪這一幕幕美好的景象，滲透著何種的癡迷與憐愛？但這一切注定要轉瞬即逝，又是何種的精神折磨？「相逢歧路莫相妒，曾共西園聽秭歸」。如果說，前面的詩句只是渲染了一種傷感的情緒，那麼，有了「秭歸」（子規）的點染，詩情便變得有幾分淒厲了。子規是中國古典詩歌的傳統意象，源自於蜀王杜宇化鵑啼血的故事。子規即杜鵑，傳說就是那位死去的蜀君所化。叫聲慘絕，催人落淚，才子詞客多詠其事。王夫之《落花詩》中亦多次提及：

　　今夕何夕春去徂，秭歸啼月宵欲孤。（《廣落花詩》二十一）

　　盡情撲翅欺蝴蝶，塞耳當頭叫秭歸。（《補落花詩》五）

在清初的時代背景下，這個與君王之死有關的悲劇故事具有特殊的隱射意義。崇禎，這位在道德重負下身殉社稷的君主，將反清志士的政治熱情和悲情意識推向了極致。於是，有了子規的加入，一首看似傷春的詩歌便被賦予了君死國亡的重大主題，而那寄託著詩人款款深情的春事，便具有了明顯的政治指向。

2、對明朝敗亡的沉痛反思

　　「明代的政治暴虐，已是一個常識性話題」〔註11〕。士大夫早起上朝，往往與妻子訣別，政治之恐怖可想而知。時局的混亂、權利上層的極度黑暗，最終的結果，必然如清人所言：「天亦厭明，不祐其成」。對此，明清之際的士大夫早有認識。顧炎武記吳志葵：「所不克者，大勢已去，公固無如之何耳。天下勢而已矣。」對於朱明王朝的感情，王夫之與其他易代之際的知識分子一樣，是極其複雜的。他的詩歌中所表現出的對舊日君國的眷戀，亦不一味是愚忠。在《讀通鑒論》中，他提出「一姓之興亡，私也，而生民之生死，公也」，並且說：「寧喪天下於廟堂，而不忍使無知赤子窺竊弄兵以相吞噬也。」可見，在他心目中，民生與社會的安定高於一切，而君臣之義則退居其次。他的學術著作，「哀其所敗，原其所劇」，借助對歷史的批判，系統而深刻地對明亡的必然作出了分析。顧炎武說：「易姓改號，謂之亡國；仁義充塞，而至於率獸食人，人將相食，謂之亡天下」〔註12〕。船山此處所「哀」者，不僅是「亡國」，更有異族入侵所帶來的深重災難和「人將相食」的「天下」之「亡」。

　　《落花詩》中，沒有直接記錄歷史事件的「史詩」，也沒有對政治作出批判的諷刺詩。但通過詩人含蓄的、詩意的表達，亦能窺見其

〔註11〕趙園《明清之際士大夫研究》，北京大學出版社，1999 年版，頁 3。

〔註12〕顧炎武著，黃汝成集釋《日知錄集釋》（卷十三），花山文藝出版社，1990 年版，頁 590。

對明朝政治的冷靜與沉痛。

> 錦陣風雌奪葆幢，萬群荼火怯宵摐。
>
> 燒殘梁殿緗千帙，擊碎鴻門玉一雙。
>
> 十里荷香消汴夢，三山芳草送吳降。
>
> 揚州蕊尾春猶在，小住何妨眷此邦。(《正落花詩》二)

這首詩是詩人對明朝敗亡過程的回憶。詩中以插飾著羽毛的華麗彩幢指代晚明王朝，「錦陣風雌」則比喻它風燭殘年的頹靡和政治上的腐朽無能。「萬群荼火」句寫明政權在轟轟烈烈的農民戰爭中不堪一擊、節節敗退。當年梁孝王與漢景帝貌合神離，周亞夫擁兵坐視，使梁國傷亡慘重；劉項會晤鴻門，項羽不聽范增忠言，喪失了打擊劉邦的最佳時機，導致兵敗垓下。「梁殿」、「鴻門」兩個典故，形象而生動地隱射在搖搖欲墜的形勢之下，末世王朝各種勢力之間複雜而多變的政治爭鬥。李自成攻陷北京，崇禎帝所託非人。吳三桂投靠滿清、引狼入室，最終使國家敗亡。「十里荷香消汴夢」頗具南宋詩人「暖風吹得遊人醉，直把杭州作汴州」的況味，抒寫詩人對統治上層苟且偷樂、置恢復大業於不顧的憤慨之情。「蕊尾」即紅藥，暮春時分開放。詩人滿懷深情地將永曆王朝比作春天最後綻放的「蕊尾」，並寄予它民族復興的殷切期望。但可悲的是，在此詩創作的同時，清軍已三路攻入雲南，昆明失陷，永曆帝倉皇逃竄，並於緬甸被俘，次年亦被絞殺。

然而，對於這一時代的知識分子來說，最可悲的不是他們身處亂世。明代惡劣的生存環境，壓制了他們對物質生活的欲求，鍛造了他們精神品質的堅強。他們以錚錚鐵骨面對腥風血雨，以強烈的獻身精神去救贖民族的危難，但往往只是一廂情願，反將自己陷身於危險而尷尬的境地。那些在明亡後紛紛自立的南明小朝廷，無非上演著或長或短的一齣齣政治鬧劇，枉費了士子的一腔熱情。李清描述弘光朝：「一時草率氣象，殊可想見」〔註13〕。這一點，王夫之自己更有深切

〔註13〕李清《三垣筆記》，中華書局，1982年版，頁97。

的體會：「懷忠而憤宗國之傾沒，聞有義聲者欣然而就之，其不爲亂賊所陷者鮮矣。」《讀通鑑論》卷十三）當時局勢的荒唐虛妄可想而之。〔註14〕

　　王夫之 24 歲中舉，次年即遭遇亡國之難，「進士夢」因此破滅。1650 年的出仕，是他的第一次，也是唯一一次，傾注著他所有的熱情，寄託著他所有美好的渴望。然而，現實的黑暗擊碎了他天真的美夢。有心報國，無處殺敵，卻捲入了權力內部可恥而殘酷的黨爭。青蠅成冤，他申訴無門，幾遭黨人毒手。最終，只能倉皇奔逃，任無限的熱望在失意中擱淺。

　　　　記得開時事已非，迷香逞艷衒春肥。
　　　　盡情撲翅欺蝴蝶，塞耳當頭叫稱歸。
　　　　桃李哇爭分咫尺，松杉雲冷避芳菲。
　　　　留春不穩消塵土，今日空沾客子衣。《補落花詩》五）

　　詩歌作於順治十八年的秋天，永曆帝已遭殺害。詩人雖未得到消息，但已經預感到了失敗的必然。首聯將永曆朝廷比作遲開在暮春的花朵，立國時大勢已去，而一朝君臣卻不思憂患，在風雨飄搖中依然歌舞升平、苟且偷樂。「衒春肥」將不顧當前形勢和國家個人命運而盲目自衒者的可笑可悲刻畫得入木三分。頷聯以盡情撲翅的蝴蝶爲喻，描繪馬士英、阮大鋮之流的姦佞嘴臉。他們結黨營私，氣焰囂張，阻塞言路，使得君主難近正直之士，難聞衷苦之聲，將國家推到了危險的境地。頸聯中的桃李之爭，寫朝中寵臣的爭權奪利。小人競進貪婪，排除異己，使得君子處境艱難，只能潔身引退。「松杉」的比喻，雖是詩人自作冷傲之態，實則飽含對政治和流俗的失望與心寒。結尾「留春不住」更是一種迴天無力的無奈。

3、「隱」而不「逸」的遺民情懷

　　遺民是易代之際特殊的士人群體，在傳統中往往被賦予潔身自

〔註14〕趙園《明清之際士大夫研究》，北京大學出版社，1999 年版，頁 50～55。

好、超然物外的精神內涵。然而，身處明季，社稷敗亡所伴隨的民族
災難，使得擔負著深重社會責任的知識分子，最終無法在精神上擺脫
現實、忘記社會，做一個真正的隱士。王夫之在《周易內傳》中說：
「雖衰世之朝廷，猶賢於平世之野草」（《周易內傳》卷二）。這種用世
之心，不僅超越了功利的欲求，而且與愚蠢的忠君無關。「朱殷十步
秦臺血，恥向青陽賦式微。」（《正落花詩》七）他不願意做一個庸庸碌
碌、頤養天年的樗材，不願做於世無補的支離疏，他渴望轟轟烈烈為
理想奮鬥到死。在他的字典裏，「有豪傑而不聖賢者，未有聖賢而不
豪傑者也」（《俟解》）。他的這種剛烈，遠遠超出了傳統儒家的價值觀
念，與道家無為、佛家空寂更是格格不入。因此，以佛道兩家思想為
根基的隱逸觀，被完全顛覆了。他批判傳統隱士，「遇難而恣情曠廢，
無明道之心，志節雖立，獨行之士耳，非君子之所謂貞也。」（《周易
內傳》卷二）他認為，即使身處亂世，埋沒於蓬蒿之中，求保全姓名妻
子，哪怕能堅守節操、潔身自好，也並非賢者。而那些任性放誕、遺
世獨立的自命清高者，充其量只能算作「獨行之士」罷了。中國傳統
隱士的價值追求，也被他徹底否定了。〔註15〕

　　王夫之是一個耐不住寂寞的人，他渴望成為「身任天下」的豪傑，
卻終沒有「血濺秦臺」，而是埋沒草莽大半生。這一切，似乎注定「吳
王洲上英雄淚，工部潭前客子悲」（《廣落花詩》二）、「寂寂仲華應笑我，
雲臺春老不書勛」（《廣落花詩》十二）這樣傷感失意的詩句，將成為他
人生的主旋律。然而，王夫之卻用這種不願孤獨的孤獨，闡釋了一種
偉大的孤獨。在陶淵明式的隱士「揮杯勸孤影」，感歎「有志不獲騁」
的時候，王夫之卻找到了自己的方式，實現了別樣的精彩人生。

　　　　輕盈無問少年時，脫卸玲瓏老更奇。
　　　　鵁鶄魚麗隨羽扇，朱干玉戚轉旌麾。
　　　　慚惶剪綵尋行墨，杜撰空花擬合離。

〔註15〕趙園《明清之際士大夫研究》，北京大學出版社，1999年版，頁217
　　　　～219。

　　　無數春風拘不得，掀翻蓺圃更憑誰？（《續落花詩》六）
既然不能戰場殺敵，也無需做一個對花落淚、多愁善感的騷人遷客。
「六經責我開生面，七尺從天乞活埋」，這是王夫之最終的選擇。
　　　陸海潘江皆錦浪，易奇詩正各丹壃。
　　　無勞粉本摹春雪，一盞零香釀夕醺。（《續落花詩》九）
　　　徒鑽故紙唯糟粕，欲掃偽書苦校讎。
　　　一洗青林煩夜雨，白蘋碧杜亦芳洲。（《續落花詩》十二）
積極投身到祖國的文化事業之中，為民族的復興奉獻餘生。王夫之把
強烈的社會責任感，偉大的愛國激情，鎔鑄成 800 萬字的皇皇巨著。
最終，這個被埋沒了身形的人，將他的思想、他的精神，永遠留在了
世間，留給了這個民族。

第二節　王夫之詠物詩的屈騷傳統

　　　王夫之出生於衡陽，終老於石船山。身處「屈平詞賦懸日月，楚
王臺榭空山丘」的沅湘大地，日飲屈子懷沙的汩羅江水，飽讀可與「日
月爭光」的絕世名篇，其創作受屈賦的浸染可想而知。「飄零無意反
《離騷》，譜牒宜收倩謝翱」（《正落花詩》八）、「浮湘特弔蓉裳客，
鶗鴂先鳴鵬止隅」（《廣落花詩》二十五）。這些在詩句上的體現只是
表象，屈騷優秀的文學品質已經鎔鑄成一種精神，影響了船山和他的
詩歌創作。顧炎武在《楚僧元瑛談湖南三十年來事作四絕句》中詠船
山云：「共對禪燈說《楚辭》，《國殤》《山鬼》不勝悲。」〔註16〕今人
嚴迪昌在《清詩史》中亦評其詩道：「唯其忠愛情深，纏綿悱惻，故
別具一種楚騷嗣音風調，讀之感人易悲。」並且說：
　　　船山之詩往昔多贊稱其《落花詩》正、續、廣、補等九十
　　　九首，凡諸《夕堂戲墨》總題下之詠物詠景之作，大抵寄
　　　興哀深，託物言懷，均屬纏綿悱惻。〔註17〕

〔註16〕顧炎武著，王翼民箋釋《顧亭林詩箋釋》，中華書局，1998 年版，頁
　　　866。
〔註17〕嚴迪昌《清史詩》，浙江古籍出版社，2002 年版，頁 324。

代表船山詩歌最高成就的是其詠物詠景詩。其「寄興」、「託物」的手法,「纏綿悱惻」的情感基調,與屈騷的關係顯得更爲密切。

一、「發憤抒情」的創作模式

司馬遷《報任少卿書》中云:

> 蓋文王拘而演《周易》;仲尼厄而作《春秋》;屈原放逐,乃賦《離騷》……大抵聖賢發憤之所爲也。此人皆心有所鬱結,不得通其道,故追述往事,思來者。〔註18〕

一般認爲,司馬遷是「不平則鳴」說的最早提出者,也是「發憤著書」的典型代表。然而,早在戰國時期,屈原在《九章‧惜誦》中就已說:「惜誦以至愍兮,發憤以抒情」,提出以吟誦賦詩的方法抒寫心中的怨情。屈作是「發憤」說的眞正源頭,司馬遷的創作,乃是對其「發憤」精神的直接繼承。魯迅先生稱《史記》爲「史家之絕唱,無韻之離騷」,正是看到了這一點。

所謂「發憤」,用今天的語言則表述如下:

> 作家、藝術家在某種心理缺失(憂患感、孤獨感、自卑感、痛苦感等)的情況下,激發出超越這種失衡狀態的文學藝術的創作能力;或者在某種心理壓抑的情況下,創造虛擬的藝術世界,使心理得到補償等。〔註19〕

「發憤」是一種宣泄、一種傾訴,是幻想中的自我實現,是在精神上對現實的超越。屈原的「憤」,既代表了一種極其強烈的情感程度,亦包含了深厚的內涵。它既是個人在遭遇重大的人生挫折和困境之時,感到難以改變的憤懣,也是洞悉社會的黑暗現實,對國家、民眾前途命運深重的憂慮,是詩人個體意識與社會道德意識的集中反映。如此鬱積的情感不被理解,無處宣泄,最終付諸於筆端,化而爲詩,自然纏綿悱惻,感人至深。在中國古典文學的發展中,「發憤」已成爲最爲優秀的傳統之一,被廣泛地接受和繼承。

〔註18〕蕭統《文選》,上海古籍出版社,1986年版,頁1864。
〔註19〕楊春時《文學概論》,人民文學出版社,2002年版,頁223～224。

　　王夫之詠物詩，往往是「發憤抒情」而來。王夫之一生飽經憂患，其憤懣與幽怨之情與屈原可謂千古同調。其出身世家，「少負雋才」、「穎悟過人」，14 歲考中秀才，24 歲中舉，可謂少年得志。然而，不幸的是，美好的前途、人生的理想很快便被狂飆驟雨般劇烈的社會動亂擊得粉碎。面對「天崩地坼」、「海徙山移」的形勢，目?水深火熱的民族災難，他並沒有為個人的不幸而唏噓消沉，而是不顧安危，投身到鬥爭激流中去，渴望奮己之身，力挽狂瀾。這種一心為國、慷慨赴死的豪邁，正是「豈余身之憚殃兮，恐皇輿之敗績」的憂世情懷和「乘騏驥以馳騁兮，來吾導夫先路」的濟世胸襟中敢於擔當的偉大氣概，也是屈騷留給中國知識分子的最嚴正、最陽剛的精神基石。1650年，王夫之不顧永曆朝綱紀大壞的黑暗現實，慨然而出，與誤國姦佞當庭抗爭，不惜使自己陷入危險的境地，可謂「雖九死其猶未悔」。即使在其後隱居的數十年中，王夫之也從未放棄過恢復舊國的責任和希望。他心繫前朝，以頑石自居，臨終依然不忘「亡國一孤臣」的身份，這又是何等的赤子情深。在王夫之的人生幽憤之中，既蘊含著家亡國破的深哀劇痛和憂世情懷，也有自我價值難以實現的苦悶、仿徨和卓然不群、挺立自我的抱獨之心。這些，都與屈原所創奏出的千古悲音相契合，也是相同的精神品質在不同的時代所奏響的又一曲激昂樂章。船山一生，半生漂泊，半生埋沒於草莽，雖將全部的政治熱情、社會責任感，以及對於這個民族的拳拳之心，化作自我實現的巨大動力，立言不朽、著書立說，至死不怠；但其鬱積於內心的巨大悲憤的宣泄，則要假之於詩歌來完成。清人鄧顯鶴在《沅湘耆舊集》中說船山「精研六經，詩其餘事」。〔註20〕而正是這一「餘事」，才真正是船山的心靈之音。

　　在王夫之的詩歌理論中，「情」是核心。他認為：「詩以道性情」，並且強調「道性之情也」。在日常的詩歌創作中，他從不脫離此道。

〔註20〕錢仲聯《清詩紀事・明遺民卷》，江蘇古籍出版社，1987 年版，頁631。

哪怕是傳統中以唱和應對為樂事的詠物詩，亦莫不如此。在《夕堂戲墨卷三・和梅花百詠詩》前有一則小序，頗有韻味，現移錄如下：

> 上湘馮子振，自號海粟，當蒙古時，以捭闔遊燕中，干權貴，蓋傾危之士也。然頗以文字自緣飾，亦或與釋中鋒相往還，曾和其梅花百詠。中峰出世因緣，為禪林孤高者所不愜，於馮將有臭味之合耶。隆武丙戌，湘詩人洪業嘉伯修、龍孔蒸季霞、歐陽淑予私和馮作各百首，歐陽炫其英，多倍之。余薄遊上湘，三子脫稿，一即相示，並邀余共綴其詞。既已薄其所自出，而命題又多不雅馴，懼為通人所鄙，戲作桃花絕句數十首抵之，以示鄭重。

序文記述作詩原委，娓娓道來，一波三折。仔細品讀，卻感弦外有音。從中不僅可以感受到詩人強烈的民族意識，對不講操守、一味求榮的鑽營者的強烈憎恨，而且還能體會到他詩歌創作的嚴正態度。馮氏與中峰人品低劣，卻往往作詩「緣飾」，「詩情」與「性情」嚴重分裂，為人所不齒。而上湘三子，吟詩屬對以張才情，詩格低下，人品自是一般。於是，船山不願與之共詠梅花，足見其對「詩情」的珍視。

船山詠物詩多有和詩現象，但所和者多為與己性情相投，或遭際相仿的古人，抑或是興之所至，借他人之題發揮而已，嚴格說來，都非真正意義上的唱和。如上面的《和梅花百詠詩》，船山之作較上湘諸子晚了 20 年。所作緣由，是對物是人非的感歎，對舊友的緬懷，「且思以掛劍三子者，掛劍廣生」而已。雖然如此，詩人亦自悔「十九夾應付」，讀之「愈增大慚」。《落花詩》前亦有自序，提及補山老人（些莾）等曾經賦詩，並說自己「讀而和之」。但是，誦讀這組規模宏大的詩歌，絕非弄筆之作，而是詩人在遭受政治挫敗和生活重重打擊（1660 年，永曆王朝覆滅，船山第三子夭折，繼而妻子鄭氏不幸身亡）之後，又逢「月寒在夕，葉怨於枝」，在「愁抽管而橫陳，思紛紜而卒亂」的心境之下，有感而發，託物言志，用血淚鎔鑄成的詩篇。其「瀏漓頓挫」、「感人至深」，「非而農王子不能」，是

「發憤抒情」的典範。又如《雁字詩》，詩前序中亦提及十年前「補山老人續唱」，但這也絕對不是一組簡單的唱和之詩。鄧樂群在《王船山〈雁字詩〉的遺民情結》中說：

> 王船山借鴻雁之節操，寫隱逸之胸襟；託鴻雁之哀吟，吐亡國之幽憤；藉鴻雁之行序，冀民族之復興；取鴻雁之艱難，歎前途之多歧；擬鴻雁之遠征，申己志之堅貞。〔註21〕

亦如屈原「願寄言於浮雲」、「因歸鳥而致辭」之浪漫，落花、雁字皆從船山胸中呼出，是其人生幽憤的物質載體與生動寫照，可謂寓意深刻、寄託遙遠。

二、忠貞、執著的精神特質

對於屈騷思想的內涵，王德華在《屈騷精神及其文化背景》中說：「一方面包含他忠貞愛國的內容，另一方面還包含著他強烈的實現自我價值的精神追求。」〔註22〕這些美好的精神特質，在王夫之的詠物詩中得到了集中的體現。

1、忠貞愛國的情懷

落花是清初詩歌常詠之題，這主要源自於生活於這一時代的知識分子特殊的情感體驗。如詩人歸莊在其《落花詩自序》中說：

> 我生不辰，遭值多故。客非荊土，常動華實蔽野之思，身在江南，仍有大樹飄零之感。以至風木痛絕，華萼悲深，階下芝蘭，亦無遺種。一片初飛，有時濺淚；千林如掃，無限傷懷！〔註23〕

花色為紅，紅亦稱「朱」。這一色彩上的巧合，使得這種風飄萬點的搖落、淒涼的落花之景，與朱明王朝有了某種婉轉而密切的聯繫，更多了幾分象徵性的政治意蘊。「百歲回頭三月雨，萬端到耳一

〔註21〕鄧樂群《王船山〈雁字詩〉的遺民情結》，《青海師範大學學報》（社會科學版），1991 年第 4 期。

〔註22〕王德華《屈騷精神及其文化背景研究》，中華書局，2004 年版，頁 3。

〔註23〕錢仲聯《清詩紀事・明遺民卷》，江蘇古籍出版社，1987 年版，頁 487～488。

聲鶯。」(《廣落花詩》九)、「桃蹊莫但惜春過,任遣餘芳恨亦多」(《廣落花詩》八)。在《落花詩》中,王夫之歌詠落花,唱歎春闌,實則抒寫一種亡國的悲痛,和對明王朝的深切懷念之情。

> 尋向水邊山外山,青煙羃歷有無間。
> 才過楊柳陰陰岸,又度茱萸曲曲灣。
> 小憩愈愁前路杳,向來悔不隔牆攀。
> 歸遲怕被遊人笑,摘得青條帶葉還。(《廣落花詩》十五)

這首傷春之詩,看似清新,實則沉痛。在晨霧迷離中,詩人向水畔山曲去尋訪春天。無奈春意闌珊,落紅無迹;前路悠邈,春歸何處?最終,詩人只能乘興而來,失望而歸,只折得一枝青條聊作慰藉。詩中充滿了對春的渴盼與執著,以及尋春不遇的失落和惆悵。那一枝帶葉的青條,印刻著逝去春天的美好記憶,寄託的是詩人對朱明王朝的無限眷戀。

此外,詩人還往往以落花自喻,抒寫自己對明王朝的無限忠貞和熱愛:

> 弱羽殷勤亢谷風,息肩遲暮委牆東。
> 銷魂萬里生前果,化血三年死後功。
> 香老但邀南國頌,青留長伴小山叢。
> 堂堂背我隨餘子,微許知音一葉桐。(《正落花詩》一)

在這首詩中,落花成為詩人自我人格的象徵。那飄飛著的輕盈身軀,被賦予了與風雨抗爭到底的勇敢和無畏。而最終的零落,又飽含著迴天無力,英雄遲暮的淒涼。「習習谷風,以陰以雨」(《詩經・邶風・谷風》),象徵清王朝統治下的腥風血雨。「牆東」一詞,源於《後漢書・逸民傳》中「避世牆東王君公」一句,詩人以王公自況,寫積極避世,與清政府誓不合作的堅貞。「銷魂萬里」句,是詩人對遠大抱負和以往抗清鬥爭的悲壯緬懷,用杜鵑啼血與萇弘化碧的典故,抒寫了生死不渝的民族氣節。「香老」一聯中,借用屈原《橘頌》中橘「受命不遷,生南國兮」的形象,表達對南明政權的美好祝願和一腔癡情,並化用淮南小山《招隱士》中「桂樹叢生兮山之幽」一句,隱射桂王(永

曆帝），並以花雖雕謝，枝葉長青，表達對這位舊日君主的無限忠誠。尾聯以群花雕謝，而自甘寂寞的落花自喻，抒寫知音難覓，但決不苟且逐流的「抱獨之情」和堅持自我的節操。

在《雁字詩》中，詩人的這顆赤子之心，通過吟頌被賦予美好人格特徵的大雁來完成。

> 此字無人識，空老歷九州。
>
> 分明扶日月，因革自春秋。
>
> 鳩篆刪妖步，鶯歌恥佞喉。
>
> 冥飛誰弋篡，不墜草玄樓。（《前雁字詩》十）

在這首詩中，詩人以「日月」為雙關語，借雁字抒寫自己對復明事業的矢志不渝。句句似寫「雁字」，但分明關合人事。首聯以雁字長途跋涉，空歷九州為喻，闡述自己為國奔走、心繫天下，而無人理解的隱衷。第三聯中，用「鳩篆」、「鶯歌」為譬類，譴責了為清政府歌功頌德、粉飾太平的民族敗類。最後一聯借用揚雄《法言·問明》中「鴻飛冥冥，弋人何篡」的句子，讚美大雁高飛遠禍，堅持為理想奮鬥的精神，婉轉地表達了自己幽棲荒山、潛心著述的苦悶。

2、執著的追求精神

「屈原的追求是一種社會價值與自我價值的高度融合」〔註24〕。其實，中國古代的知識分子，從來都是將參與政治作為自我實現的最佳方式，二者的「高度融合」是儒家文化傳統導致的必然，是一種普遍的現象。錢穆在《談詩》一文中指出：「前面並非沒有路，但屈原不肯走，寧願走絕路。」〔註25〕屈原在政治上走了絕路，因為他被楚懷王和一夥奸臣困住了手腳。但他創造了與日月爭光的千古詩文，卻為後世的知識分子另闢蹊徑，雖然連他自己也不知道。王夫之是這兩條道路的實踐者。在他自我實現的道路上，不僅有反清復明的政治事

〔註24〕王德華《屈騷精神及其文化背景研究》，中華書局，2004 年版，頁3。

〔註25〕錢穆《中國文學論叢》，生活·讀書·新知三聯書店，2002 年版，頁119。

業，亦有踵步「張橫渠之正學」的強烈渴望。不論哪個方面，其執拗與倔強與屈原同出一轍。

> 碧浪合逡巡，蕭條接迹親。
> 三蒼言外旨，七日句中春。
> 避暑疑秦火，懷沙弔楚臣。
> 雲林添畫筆，中土不無人。（《前雁字詩》二）

船山以青壯之身投身社會激流，無奈明王朝大勢盡去，大廈將傾，一木難支。四十歲之後，他雖歸隱南嶽，但卻從沒放棄復明的熱情和希望。「揚州篲尾春猶在，小住何妨眷此邦」（《正落花詩》二），「朱殷十步秦臺血，恥向青陽賦式微」（《正落花詩》七）。他一直關注著時局的發展，渴望重新投入到戰鬥中去。《雁字詩》作於1671年秋，詩人已經52歲，卻依然懷抱著「天變人終定，雲生道不孤」（《前雁字詩》十九）的堅定信念，渴望為政治理想而奮鬥終身。然而，詩人卻寂寞得可怕。那些他曾經幻想著能夠燎原的星星之火（南明政權及其他反清勢力），早已熄滅。一切，早已煙消雲散，歸於平靜。詩人化身為那躲避秦朝暴政，堅持對抗到底的桃源遺民，將自己看做那情定舊國，懷抱著忠貞與濟世渴望而無人理會的湘潭屈子。「雲林添畫筆，中土不無人」。現實一片黯淡，詩人只能將那北來的大雁幻想成傳遞革命消息的信使，在文學的虛構中，去享受希望的喜悅，這又是何等情癡，何等淒涼！1673年，吳三桂叛清，又一次在南方激起了復明的波瀾，而詩人的政治熱情也再次被點燃。「自笑漁樵非泛槎，聊聽鴻雁有新聲」（《萍鄉中秋同蒙聖功看月》），他離開衡陽，積極聯絡，渴望「近築巴丘新戰壘，可能抉目看潮生」（《夜泊湘陰追哭大學士華亭伯章文毅公》）。然而，隨著這場政治鬧劇的結束，卻將自己陷入了更深一層的失意。「王夫之就是這樣懷著一種淒涼而又不甘頹廢的複雜心情，盼望著未來的真正春天。」〔註26〕

王夫之的學術研究，並非從隱居起。早在1646年，他的《周易

〔註26〕劉春建《王夫之學行繫年》，中州古籍出版社，1989年版，頁213。

稗書》四卷已經完成，當時只有 28 歲。直到 1691 年，去世前一年，
《讀通鑑論》和《宋論》相繼完成。著書立說，是船山畢生的事業，
他整整堅持了半個世紀。

> 徒鑽故紙唯糟粕，欲掃偽書苦校讎。
>
> 一洗青林煩夜雨，白蘋碧杜亦芳洲。（《續落花詩》十二）
>
> 陸海潘江皆錦浪，易奇詩正各丹墳。
>
> 無勞粉本摹春雪，一盡零香釀夕醺。（《續落花詩》九）

如果政治的春天遲遲不肯來到，那麼他絕不會白白地等待，因為人生
的春天太短暫、太有限。落花，在船山詩中，有時蘊含著一種追求的
境界，蘊含著為人生的精彩而不惜毀滅的壯烈。那些具有著鮮紅色彩
的飄飛的精靈，即使在生命最後，也要在空中舞出最美的姿態，揮灑
盡最後一縷清香。人生，要靠自己去譜寫。

> 終知無寄處，不欲昧前期。
>
> 人世誰長目，天心自列眉。
>
> 寒宵聞見外，皚雪炫熒時。
>
> 豈為知音絕，停毫罷遠思。（《前雁字詩》十二）

王國維用晏殊《蝶戀花》中「昨夜西風雕碧樹，獨上高樓，望盡天涯
路」的詞句來比喻人生的一種境界，現實中卻很少有人能真正體會。
一個身處於亂世，卻創造出偉大事業的人，他的孤獨感該有多麼強烈。
在他的身邊，有多少人消沉、頹廢，甚至走向毀滅。而他卻以驚人的
毅力堅持著，沿著自己的路一直走下去，理想是唯一的明燈。熒光如
豆、案冷如冰，頹墻破壁上映著船山兩鬢如霜的身影，枯槁而挺直。

> 南來不為稻粱謀，徹骨森寒月下洲。
>
> 藻苦荇甜隨口過，饑鳶莫漫為含愁。（《題蘆雁絕句》九）

詩中，船山彷彿化作了那幽棲沙洲的孤雁。為了自己心中的事
業，歷盡艱辛、知音難覓，卻寧願飲盡那份寒苦，無怨無悔。

對於每一個人來說，時間是有限的，生命是有限的。對於以天下
為己任，奮鬥不息的人來說，更有一種危機感、緊迫感。《離騷》中
的「日月忽其不淹兮，春與秋其代序」、「惟草木之零落兮，恐美人之

遲暮」、「老冉冉其將至兮，恐修名之不立」，既表現出實現自我、綻放青春的渴望，又蘊含著對生命的無限熱愛與珍視。這種強烈的生命意識在王夫之的詠物詩同樣可以感受得到。

船山詩中，有大量的歌詠季節、氣候變化的詩歌。如描寫春天：《人日》、《早春》、《春興》、《春盡》；夏天：《始夏》、《初夏》、《伏日》；寫秋天：《驚秋》、《先秋一日》、《迎秋》、《初秋》、《秋興》；寫冬天：《始冬寓目》、《孟冬書懷》、《冬日書懷》等等。這些細密的詩題在船山詩中反覆出現，不僅表現出他對自然物理的關注和熱愛，更多地體現出他面對時光流轉、季序變化的敏感和焦灼。

> 白日奈朱顏，流光幾暫閒。
> 九春餘此夕，落照已前山。
> 紅豆留誰折，落花去不還。
> 逢迎他日恨，舊上鬢絲間。（《晦日二首》一）

春盡、月末、日夕，這些帶有強烈時序色彩的意象重疊在一起，給人一種日月跳丸，光陰脫兔的感覺。「還持流景謝，長遣古人愁。」（《春盡三首》二）此刻，新愁、舊恨撲面而來。落花「不還」、紅豆難寄，輝映著詩人那顆失去政治依託的心靈。而斑白的兩鬢，更能激起對年華虛度的恐懼。「定知雙鬢謝，無復惜殷勤」（《春盡三首》一）。最終，詩人沒有如陶令般「揮杯勸孤影」，而是將生命付與了朝夕不怠的辛勤耕耘。

3、傲然不群的抱獨之情

王夫之所承擔的，是生前的大寂寞。這種寂寞不是李白式的「我本不棄世，世人自棄我」的無奈和失意。這種寂寞之中，也沒有陶潛那「心遠地自偏」的蕭散和「徒設在昔心，良辰詎可待」的頹廢。甚至也不完全是屈原「既莫足以爲美政兮，吾將從彭咸之所居」的悲情。王夫之說：「以身殉他人之道」不如「以身殉己之道」（註27）。這種頗異於先賢的決絕態度，表明了他對孤獨這一存在方式的主動選擇。

〔註27〕王夫之《船山全書》，嶽麓書社，1988年版，頁219。

這種敢於直面的勇氣，正是對屈原遺世獨立、挺立自我的個體意識的
完美闡釋。

　　王夫之所堅守的「己道」，在詩中首先表現爲不合流俗與避世守
節的遺民情懷。

　　　　映水低垂帶影雙，情來奔影委流淙。
　　　　浮浮終隔相思浦，去去空沿解佩江。
　　　　輕薄自矜雲想袂，閒愁無那客臨窗。
　　　　懷貞惟憶東籬伴，青女相邀死不降。（《續落花詩》一）

這首詩抒寫了一種複雜而又曲折的情感。那臨窗獨倚的身影，與水
檻邊飄飛的落花相互輝映，傳達著一種心靈的默契。「帶影雙」便
是孤獨的寫照；「情來奔影」是詩人內心依然湧動著的激流和渴望
獻身的熱情；「相思」、「解佩」既有對明王朝的懷念與眷戀，也有
自身渴望用世，然知音難覓、壯志難申的幽怨；「死不降」是堅持
自我，抗爭到底的決心。就是這種在血雨腥風中的持守，注定了他
一生的孤獨。

　　　　健翮先飛下淺汀，魚蝦雖飽卻餘腥。
　　　　何如且帶斜陽影，點綴殘山一段青。（《題蘆雁絕句》四）

「逸足皆先路，窮郊獨向隅。」（溫庭筠《病中書懷呈友人》）飛卿詩中，
在一種自怨自艾的情緒之下，隱藏著對「逸足」辛酸的艷羨。兩相比
較，船山詩的格調明顯勝出一籌。在異族統治之下，那些先登要路津
者，無非以尊嚴和氣節換得飽腹，看似有所獲取，實則損失良多。何
如船山堅守寂寞，詮釋另一種精彩。

　　當然，王夫之的「己道」如果僅限於此，亦難見新意。王夫之
的抱獨之心，最深刻之處在於用自己的方式去思考一切問題。趙園
在《明清之際士大夫研究》一書中說：

　　　　由士的政治實踐、士於易代之際的姿態反思士的選擇，確
　　　　認士的處境與命運，從而使其孤獨具有了哲學意味的，我
　　　　以爲首推王夫之。

　　作爲一名遁迹山野的隱者，王夫之將傳統的隱逸精神完全顛覆

了。「遁非其時，則巢、許之逃堯舜，嚴光、周黨之亢光武也；非其義，則君臣道廢，而徒以全軀飽妻子爲幸，孟子所謂小丈夫也」〔註28〕。「遇難而恣情曠廢，無明道之心，志節雖立，獨行之士耳，非君子之所謂貞也」〔註29〕。傳統的隱士要高蹈，王夫之要入世；傳統的隱士堅守自我，王夫之卻堅持以身任天下。傳統的隱士在詩歌中高歌「萬事不關心」、「心遠地自偏」；王夫之的詩中，永遠是「桃李明年知別用，一匙社飯好思量」(《續落花詩》十五)、「登山臨水皆薦淚，定情意不在雙蛾」(《廣落花詩》八)。「如果晚明的士人們都有豪傑精神，漢民族又何至於亡於滿清」〔註30〕。王夫之這種不計窮達九死不悔的精神源頭，是他對於民族敗亡的沉痛反思，對中國傳統知識分子身上明哲保身的精神陋習的嚴正批判。

三、香草美人的比興手法及其他

在詠物詩中，王夫之多方面繼承了屈賦的優良傳統，除創作模式、精神內涵之外，表現手法也是不容忽視的方面。

1、香草美人的比興手法

香草美人的比興手法，是由屈原所開創的，將人的某種抽象的人格或精神用人或物的形象化外貌，或者可以感知的直觀化的物理性特徵，如姿態、色彩、啼音、芳香等來比喻的一種表現手法。這種具有象徵意義的藝術手法，雖可以追溯到《詩經》中如「如竹苞矣，如松茂矣」的比興、比德，但後者因缺乏藝術家的精雕細琢，顯得過於隨意與粗糙，尚停留在較原始的階段，未上昇到藝術的層面。在屈原的作品中，無論從意象的選擇、描繪，還是託物言志、寄詠抒懷，都經過精心的藝術加工，渾然一體，充滿著美感和詩意。可以說，屈騷中的物，沒有客觀存在的物，都是被詩人個性化、主觀化了的，並且都

〔註28〕王夫之《船山全書》，嶽麓書社，1988年版，頁291。
〔註29〕王夫之《船山全書》，嶽麓書社，1988年版，頁311。
〔註30〕蕭萐父《王夫之評傳》，南京大學出版社，2002年版，頁370。

被賦予特定的人格與道德內涵。即使是被稱作詠物詩之始的《橘頌》，
也莫不如此。

　　王夫之的詠物詩，擯棄了傳統詠物詩臨摹物態、鋪陳辭採的創
作模式，大量的使用香草美人的比興手法，集中地展現了詩人的自
我人格追求和道德風範。船山詩歌多詠自然之物，大體又可分五類：
花草、禽鳥、山水、節令、氣候。這些意象的選擇，突出地體現了
詩人感情特徵和審美情趣。以花草為例，落花是詩人在易代之際末
世情懷的最佳寄託，詠 99 首，共計 5000 字，是詠物詩之最。其次，
梅花「萬花爭盡罍東西，雪骨霜魂分不齊」（《追和王百穀梅花絕句十首》）
的寒苦與芳潔和詩人艱難的生存狀態和窮而彌堅的操守相契合，最
得詩人嘉賞，先後有《和梅花百詠》、《追和王百穀梅花絕句十首》、
《梅花四首》、《和白沙梅花二首》、《元日折梅次定山韻》等百餘篇。
此外，丹桂、梨花、芍藥等花雖可見數首，與之比較，可算寥寥無
幾。在禽鳥詩中，詩人所詠者唯雁字（蘆雁）、歸燕、白雀三種。「螢
作流人悲故苑，燕如婦妾憶新妝。」（《落花詩》十五）在詩人筆下，
歸燕被賦予了懷戀舊國的情感，而白雀也具有了「天海雖遙骨自寒」
（《白雀》）的堅韌人格。雁字是詩人的最愛，究其原因，大雁幽棲
沙洲與詩人的抱獨之心暗然相合，所以「唯覺孤心合，難將遠目韜」
（《雁字詩》十五）。此外，《落花詩》和《雁字詩》中的其他花草、禽
鳥，也往往具有鮮明的人格和道德象徵。「堂堂背我隨餘子，微許知
音一葉桐。」（《正落花詩》一）梧桐秋天落葉，最識搖落、衰敗之況
味，是唯一能與詩人分享孤獨與凄涼的知音。「陌桑曲柳空相識，我
自非卿卿自卿。」（《正落花詩》五）陌上之桑與曲岸之柳，迎來送往、
任人攀折，闡釋了一種曲己求容、攀附逢迎的苟合者形象，與詩人
求獨、堅貞的人格追求形成鮮明的對比，為詩人所不齒。「桃李畦爭
分咫尺，松杉雲冷避芳菲。」（《補落花詩》六）桃李比喻勢利小人，
松杉喻孤傲、高潔之君子，此聯生動表現永曆朝廷政治的混亂與昏
瞶。「健翮先飛下淺汀，魚蝦雖飽卻餘腥。」（《題蘆雁絕句》四）詩中

的「健翮」（指鷹隼之類），分明指那些爲了滿足個人私欲，不講氣節，投靠清廷的士人，終留下千古罵名。「飄零亦是前生果，不羨鷦鷯老一枝。」鷦鷯是指缺乏鬥志和社會責任感，只求苟安而一事無成的平庸者的形象，與「昏鴉空潑墨，何當一鴻毛」（《前雁字詩》十五）中的昏鴉頗爲相似。它如「鷹鸇疑謗詛，鳩鷽漫諮詢」（《前雁字詩》七）、「鳩篆刪妖步，鶯歌恥佞喉」（《前雁字詩》七）等，無不與王逸謂《離騷》「善鳥香草以配忠貞，惡禽臭物以比讒佞」手法相同。

2、人與物的同構

《橘頌》是《楚辭》中對後代詠物詩影響最爲深遠的一首，詩中比興手法的運用有著鮮明的特色。在《離騷》中，詩人以芳草、臭物，善鳥、惡禽等物類兩兩對舉，賦予其美、醜兩種對立的人格特徵。《橘頌》中，詩人則從橘的生活習性、枝葉、花果、皮肉等多方面進行描繪和讚美，發掘出「獨立不遷」、「秉德無私」、「淑離不淫」等豐富的人格內涵，從而成爲詩人人格理想的完美寄託。林雲銘在《楚辭燈》中指出：「看來兩段中，句句是橘頌，句句不是橘頌。但原與橘，分不得是一是二，彼此互映，有鏡花水月之妙。」這種人格與物性的異質同構，在屈原之後，成爲中國詠物詩藝術創作的重要傳統。落花、雁字是王夫之詠物詩中最爲突出的兩種意象，也是詩人情感與人格的集中體現。

如花木零落，有多種姿態：菊花枯萎，荷花殘破。《落花詩》中，詩人感歎：「即物皆載花形，即事皆含落意」（《寄詠落花十首序》）詩人獨愛枝頭飄飛的落紅，因爲它不僅最能喚起世人紅顏薄命的悲劇情懷，亦最能契合詩人對明王朝敗亡的沉痛哀思。更爲重要的是，詩人將那些紅色飄動的精靈，看做自己心靈的象徵：

　　流水還霑餘粉在，迷香仍使寸丹違。（《續落花詩》三）

　　萬紫向來空識面，寸丹何地覓知音。（《補落花詩》七）

「寸丹」是詩人以花之紅色比喻自己對明王朝的一片赤子之心。於是，落花就有了忠貞、赤忱的象徵內涵。

　　　弱羽殷勤亢谷風，息肩遲暮委牆東。(《正落花詩》一)

　　　睹命奔塵擲一緋，千秋何有大椿圍。(《正落花詩》七)

　　　作色瞋風憑血勇，消心經雨夢成殘。(《正落花詩》十)

　　　香掃歸途偷日射，魂隨雲路夢天登。(《續落花詩》十六)

在世人看來，落花身形單薄，弱不禁風。而詩人卻賦予它渴望戰鬥，
不怕犧牲的英雄人格。那紛飛瞬間，有著用生命演繹精彩的壯烈；最
終的零落，籠罩著一種迴天無力、美夢難成的悲哀。

　　　無勞粉本摹春雪，一盡零香釀夕醺。(《續落花詩》九)

那飄飛的剎那，又被詩人寄予了與命運作最後抗爭的無畏與頑強，也
是詩人後半生潛心著述的詩意闡釋。

　　　同心唯有青天月，到處相逢影一如。(《廣落花詩》二十)

這裏，落花又是孤獨的。這孤獨是詩人的孤獨，也是所有受命不遷者
的孤獨。

　　　鄧樂群在《王船山〈雁字詩〉的遺民情結》一文中引用古人對南
宋詞人郭楚望《秋鴻》詞的評語說：

　　　古之達人高士，懷不羈之才，抱異世之學，與時不和，恥
　　　混流俗，絕迹塵囂，乃取喻秋鴻「凌空明，干雲霄，擴乎
　　　四海，潔身天壤」。〔註31〕

在傳統詠物詩中，鴻雁被賦予超逸、高潔的人格特徵，是放浪不羈、
憤世嫉俗者的象徵。但在船山的性情之中，這些不是主流，也並非其
所尚。所以，船山強調：「諸公於霜寒月苦，南天落翼之日，目送雲
翎。而僕於花落鶯闌，嚴威滅迹之餘，追惟帛字。時從異軌，情有殊
畛。」船山的《雁字詩》，並非作於「長風萬里送秋雁」的時節。面
對流鶯傳響，落花成陣，詩人懷戀舊國、感歎平生。「不期病中忽有
陽禽筆陣」。這雁字，從他的胸中呼出，鬱積著詩人獨特的情感體驗，
具有著強烈的個性化色彩。

〔註31〕鄧樂群《王船山〈雁字詩〉的遺民情結》，《青海師範大學學報》(社
　　　會科學版)，1991 年第 4 期。

> 驚風吹霰雪中還，萬里黃雲一線關。
>
> 回首江南此風景，唯將嗚咽寫潺湲。（《題蘆雁絕句》一）

南國，讓我們想起了那曾經發生在這裏的轟轟烈烈的鬥爭，這是一塊曾經充滿希望的土地，也是讓多少反清志士魂牽夢繞的地方。然而，此時，這裏江山易色、物是人非，怎不令人黯然神傷。詩中的蘆雁，被賦予了詩人的深情，同時承載著詩人的悲痛。

> 野水漾初春，苔涵綠宇新。
>
> 煙雲都不染，風雨故如神。
>
> 軟影翰非弱，餘寒手不龜。
>
> 鳳兮衰已久，還現素臣身。（《前雁字詩》十一）

這首詩中，雁字分明又化作了在風霜酷暑中頑強拼搏的戰士，懷著勝利的喜悅，英姿颯爽，衝出迷離的晨霧，帶來了令詩人萬分振奮的春天的消息。詩人隱身草莽，與外界音書隔斷。只有將滿懷的希望，寄予北來的大雁，這又是何等的沉痛！

> 魚艇無蹤樵逕荒，平沙露冷月微茫。
>
> 問師此景從誰得，莫是前身現雁王。（《題蘆雁絕句》十二）

是棲息沙洲，甘心飽嘗霜露、苦辛的雁？還是在清統治下的腥風血雨之中，幽處船山，解讀經傳，爲民族的文化事業獻身的「素臣」自己？在這裏，船山與雁融爲一體。

3、情中寫景與情景交融

《九歌》是屈原作品中一組以寫景見長的詩歌。詩中優美而淒清的景致與抒情主人公幽微哀怨的情感達到了水乳的交融。「帝子降兮北渚，目眇眇兮愁予。裊裊兮秋風，洞庭波兮木葉下。」（《湘夫人》）通過波瀾起伏的湖水和落葉的蕭索，襯托出湘君內心的惆悵。「雷塡塡兮雨溟溟，猿啾啾兮狖夜明。風颯颯兮木蕭蕭，思公子兮徒離憂。」（《山鬼》）這段描寫宛如一曲動人心魄的交響樂，成功地表現出山鬼複雜、紛亂而又悽楚、絕望的心境。王夫之在《夕堂詠日緒論內編》中，將情與景的關係分爲兩類：景中情，情中景。陶水平認爲：「如

果說『景中情』是由物及我，那麼，『情中景』則是由我及物。」〔註32〕可見，「景中情」指由景生情，而「情中景」則是因情見景或爲情造景。屈原《九歌》爲一組祭歌，人物、情節均屬虛構，詩中之情自是詩人內心之鬱結。其中的景物描寫，以船山標準，自是情中之景。

　　王夫之不僅主張情景交融：「情景名爲二，而實不可離。神於詩者，妙合無垠」〔註33〕。並且在詩歌情景關係的處理上，認爲「情中景尤難曲寫」，故對其頗多偏愛。其重要的詠物詩，往往是情中寫景，情景交融。《落花詩》創作歷時一年，唯《續落花詩》作於「自冬徂夏，溯落沿開」的落花之季，其餘皆眼前無花。被詩人稱爲「變雅」的《正落花詩》，更是作於初冬季節。《雁字詩》作於「病中」，此刻正值「花落鶯闌，嚴威滅迹之餘」，所寫乃其心中之「陽禽筆陣」。《洞庭秋詩》作於遊歷洞庭湖二十七年之後，詩人亦自歎「何從有活水乎？」這些景物的描寫，或者淒美哀怨，或者寒苦蒼勁，或者壯闊蕭索，生動地展現了詩人在家國敗亡和民族危難面前痛苦和堅貞的內心世界，是典型的借景抒情或爲情造景。

　　以上，筆者從創作精神、思想內涵和藝術手法三方面對王夫之詠物詩與屈騷的共同之處進行了探討。通過分析，我們不僅可以感受到船山詠物詩與屈騷所包含的共同的文學品質，感受楚文化哺育下兩位末世才人在人格追求上的暗合與默契，更能感受到傳統的民族精神所具有的頑強生命力和在新的時代所綻放的異樣光彩。

〔註32〕陶水平《船山詩學研究》，中國社會科學出版社，2001年版，頁111。
〔註33〕王夫之《船山全書》，嶽麓書社，1988年版，頁824。